The Patient

in

Room 18

Mignon G. Eberhart

夜間病棟

ミニオン・G・エバハート

藤盛千夏 訳

論創社

The Patient in Room 18
1929
Mignon G. Eberhart

目次

主要登場人物

サラ・キート……………セント・アン病院の婦長
ランス・オリアリー………警察官
メイダ・デイ………………看護婦。サラの同僚
ルイス・レゼニー医師……セント・アン病院の院長
コロール・レゼニー………レゼニー医師のいとこ
ジム・ゲインセイ…………レゼニー家の客。技術者
フランツ・バルマン………レゼニー医師の助手
フレッド・ハイェク………研修医
ジャクソン…………………患者
ガスティン…………………患者
ソニー………………………患者
ミス・ドッティ……………看護婦
オルマ・フリン……………看護婦
ヒギンス……………………用務員

夜間病棟

ウィリアムとマーガレット・グッドへ

第一章　不愉快な晩餐会

セント・アンは古い病院で、風雨により変色した赤煉瓦の塊が四方に広がり、壁は緑色のツタに覆われ、B市から少し南東に入ったサッチャー・ヒルの斜面に建っている。建物は至る所が改築または増築されているが、ユーカリ材とクルミ材で仕上げた堂々たる強固な壁は当時のままだ。病室は古風ながらも広々としていて、全体的に確固たる威厳ある雰囲気をかもしだしている。華々しい一八九〇年代においては、サッチャー・マンションという呼び名で知られていた。

しかし、時の流れとともに変化も訪れた。低く幅のある窓が増えて最新の水道設備に電気が導入され、各階には電話が置かれた。いくつかの棟が増築され、古い外壁に合わせ、あらかじめ風雨で変色した煉瓦が使用された。西側に正面玄関があり、重厚感のあるドアと石灰華（トラバーチン）の大きな柱、そして、曲線を描いて伸びる私道が人目を引く。しかし、南側の南病棟の一番外れにあるもう一つの入口は、ほとんど人目につかない。小さな半円を描いたコロニアル式の玄関で、ドアにはガラスがはめ込まれ、静まり返った病院の廊下に続いている。目の前は細長い草地で、植え込みや林檎園、柳の木立ち、もみの木の茂みが広がっている。ドアを出ると、丘へ登る小道につながり、下手の低木や茂みの向こうには曲がりくねった埃っぽい道路が見えるが、めったに通る者はない。

南病棟は、セント・アン病院で一番新しく改築された棟で、当時の十八号室は最も快適で日当たりの良い病室だった。そう、その頃は。現在、十八号室は二人の看護実習生によって週に二回、埃が払われ、掃除がなされている。場合によっては事務局長のミス・ジョーンズが、十八号室に患者を入れようとするが、町から来た患者たちも新聞の見出しを鮮明に覚えていて――『十八号室に三人目の犠牲者』といったような――その数字をほのめかすと、ただちに拒否した。町の外から来た患者は、それほど深刻な問題ととらえていないようで、異議を唱えることもなく、当てがわれた部屋に入るが、数時間、十八号室で過ごすと、必ず違う部屋に移ることを要求する。一度、全棟の病室の番号を変えてみたりもしたが、結果は同じだった。十八号室はやはり十八号室で、たった一度の例外はあったものの、そこに入れられた患者が夜中までそこに留まることはなかった。

　こういった事態は、十八号室の歴史を不思議と嗅ぎつけた患者たちに起因するのか、それとも、明らかに不吉な様相をその部屋が呈していたためなのか、私にはわからない。看護婦たちは不幸な出来事について口にするのを固く禁じられていた。

　その不吉な様相については私も少なからず頭を悩ませた。病室は他の部屋と同じく衛生的で、実用的な家具を備え、南東の角に位置し、囲いに覆われた果樹園や緑の深い茂みを見渡すことができる。当然日よけは適切な位置まで降ろされ、他と同じくゴム引きの床で覆われているのだが。決定的な部分、つまり十八号室の壁そのものが、不快な空気を発しているのは事実だった。清掃員たちの努力にもかかわらず、はっきりと黒ずんだ染みが狭いベッドの足元に残っていた。

　そのあまりにも静まり返った病室に五分でもいると、背筋がゾクゾクして手のひらがじっとりと湿りけを帯びてきて、逃げ出したくてたまらなくなるのだった。胃が丈夫で、神経が図太く、想像力の乏しい私でさえも。

真夜中から早朝にかけての長く暗い時間帯、二回目の見回りがあるが、今でも私は不気味に閉ざされた十八号室のドアの前を避けて通っているのだ！

あの夜が事の始まりだった。丘の中腹にあるレゼニー医師のコテージで、コロール・レゼニーが晩餐会を催した。病院の南口を出て、小道を上がったところにコテージはあった。彼女は、午後遅くなってから慌ててメイダ・デイと私に電話をしてきた。どうやらレゼニー医師の友人である若き土木技師が、ウルグアイの橋梁工事現場からロシアへと向かう途中、思いがけなく立ち寄ることになり、晩餐会を開くことになったらしい。いつもならコロールの晩餐会に出席するのは、あまり気が進まなかった。食事は風変りな味付けで、とてもおいしいとは言えない。だが、旅の話や技師という職業に魅力を感じた。その夜は午前零時まで当直もなかったため、行く約束をした。メイダはあまり気乗りがしないようで、いつになく難色を示していた。電話に出ている彼女の横に立つと、声にまったく誠意がないのが感じられた。

「心配はいらないわ」メイダが受話器を戻し、コロールの快活でハスキーな声が聞こえなくなると、私は言った。「心配はいらないわ。気晴らしになるかも。それに、セント・アンの今夜の夕食は冷たいロースト・ビーフよ」

メイダは笑った。

「コロールの晩餐は、いつだって——気晴らしにはなるわ」かなり皮肉をこめて彼女は言った。「行く気がしなかったけど、彼女、かなり困っていたみたいだから。その男性、今日の午後着いたばかりで、明日の朝には出発するんですって。コロールも、私たちがこの二週間、二回目の見回りに就いていて、十二時まで非番だと知っていたのよ」

「私は、たぶん――」事務室から出て、二人で南病棟へと通じる狭い廊下を歩きながら考えた。「シルバーの薄絹のドレスを着て行くわ」

メイダは頷き、印象的な青い瞳でまっすぐに私を見つめた。彼女が正看護婦としてセント・アンに勤めて三年になるが、その青い瞳は見れば見るほど魅力的だった。

「ぜひ、そうするといいわ」彼女は同意した。「そして、髪は高く結い上げるように」

メイダは私の髪を惜しげもなく褒めてくれる。私自身も、豊かな赤い髪を気に入っている。一度も髪を切ったことはない。私くらいの歳で、高過ぎる鼻を持ち、肥満気味で、そばかすがあって、そして地面にどっかり根を生やしているような女性は髪を切るべきではないのだ。

シルバーの薄絹のドレスをまとい、華美な装いを黒っぽい絹のコートで覆って、何か問題はないか最後に確認するために南病棟へそっと入っていった。六月のその夜は曇っていた。あえて言うまでもないが、長い間、その棟の看護主任をやっていると、自然と責任感が身につくものだ。夕食を無事終えて、七時の検温も済み、腸チフスの回復期にある十一号室の患者の熱は少し下がっていた。六号室の患者は、新しいギブスに慣れてきたようだ。

六号室の患者が、私のドレスの襞(ひだ)をうっとりと見つめていた。

「おめかししてるの?」と彼は言った。感じの良い少年で、大腿骨を接合するため、あと六か月ギブスが必要だった。

「彼女、すてきでしょ?」戸口からメイダの声がした。私が声の方へ振り向く前に、少年が目を大きく見開くのがわかった。

メイダのパリッとした白い制服姿は見慣れていた。そして今、黒い髪と鋼(はがね)のように煌(きら)めく青い瞳、派手に見えない程度の頰と唇を引き立たせる鮮明なピンク——これらに加え、ガラスのビーズがほんの少し散りばめられた、うっすらと体に張り付いているダークブルーのディナードレスは、少年と同じくらいに私の心を捉えた。

「うわあ、すごい！」彼はため息を漏らした。

彼女はちょっと肩を揺らして笑った。少年の目に宿った称賛は痛ましいほどに純粋だった。

「ばかなこと言わないで、ソニーったら」メイダはそう言ったが、その瞳は輝いていた。「新しいギブスはどう？」

「うん——問題ないよ」ソニーが得意げに答える。

「戻ったら、ここに来て、パーティーがどうだったか教えてあげる」メイダは約束した（十時間前に変えたギブスが苦痛で、なかなか眠れないだろうとわかっていたのだ）。

「すごいや」再びソニーが言った。「ミス・デイ、本当にそうしてくれる？」

「ええ」彼女の魅力の一つでもある、真面目で誠意ある声で答えた。「用意はいい？　サラ」

私はメイダの後について、病室から棟の南端へ向かって廊下を進んだ。ドアを抜けて小さな玄関を横切ると、果樹園を抜ける曲がりくねった小道に出る。小さな橋を渡り、甘い香りの漂うアルファルファの野原を越えると、レゼニー・コテージがある。

小道は二人が並べるほどの幅がない。メイダが先を歩き、知らず知らず私は、彼女の細い肩や優雅で隙のない身のこなしを目で追っていた。メイダは、たとえ波の上に立っていても、いつも落ち着き払っているような印象を人に与える。常に勝利を手にしながらも、まったく尊大なところがない。彼女は希有な存在で、生まれながらの看護婦なのだ。特に気難しい心気症の患者もうまく扱い、怒りを顔に出したり、ソニーの病状に取り乱して涙することもない。むやみに彼女を褒め称えるつもりはないが、あまりにもすばらしい女性なので称賛せずにいられないのだ。私も若い頃、彼女のようだったら、もう少し違っていたかもしれない、とついつい考えてしまう。けれども、もちろん私はメイダのように美しくもなく、美しかったこともない。

　コロールが私たちを待っていた。他の客たちはすでにカクテルを手にしている。レゼニー医師が、その朝、共に手術を行ったことなど忘れたように、丁重な挨拶の言葉をかけてきた。背が高く、色が黒く痩せていて、異常なほど礼節をわきまえた人間だ。服装に関してもかなり手厳しい判断を下す。彼はメイダの外套を取るのに少し手間取り、そのあいだ何か低い声で話していたが、私には聞こえなかった。メイダは素っ気なく返事をして背を向け、細く黒い眉で不快感を示していた。

　レゼニー医師の助手、バルマン医師もいた。痩せた中背の男性で、細く青白い顔に、高く広い額は人の良さそうな印象を与える。常に私心のない、まるで夢を見ているような深みのある瞳。先の尖った顎鬚はいつも乱れている。それは酸の染みついた細い指で神経質に触る癖があるからだ。淡い色の乏しい髪は、くしゃくしゃで手入れが必要だった。ネクタイは曲がっていて、服装は堅苦しく時代遅れなものだった。

　フレッド・ハイエク医師もいた。〈Hiyec（ハイエク）〉と発音するのだが、看護学生たちは、ふざけて〈Hijack（ハイジャック）〉と呼んでいた。彼は研修医で病院に住んでいる。夜間、電話に出たり、傷の手当てをしたり、急患に対応したりするため概して重宝がられていた。他の二人の医師よりもかなり若かったが、すっかり成熟しきったようなたくましい体付きのため、年齢よりも上に見られた。角張った頭に赤らんだ顔はどこか異国風な面影があり、こじんまりした黒い口髭に、つり上がった瞼（まぶた）の下の小さな黒い瞳が、堅苦しいような抑制されたような奇妙な印象を与える。しかし、物腰は柔らかくさわやかで、はつらつとした雰囲気は魅力的と言えないでもない。

そして私の目は金髪の体の大きな若者に留まった。コロールが話しだすと、彼は前に出てきた。

「ジム・ゲインセイよ」彼女はメイダにカクテルを勧めながら、クリームブラウンの肩越しにさりげなく告げた。

彼は、私に何やら丁寧な言葉をかけたが、その目が熱心にメイダを見つめているのがわかった。目を離すことができないようで、視線は同じところに留まったままだった。私はじっくりと、この背の高い若者の品定めをしてみた。日に焼けた手と顔、世界中で橋を造っているらしいが、まだ大学生くらいにしか見えない。実際、薄いホワイトゴールドの煙草入れの表面には、男子学生クラブの紋章が輝き、彼はそれを開いて手に持ったままだった。メイダを見た途端、煙草を出そうとする手が凍り付いたようだ――。しかし、もっと近くで観察してみると、早まって下した評価を訂正しなくてはならなかった。目の周りには皺があり、日に焼けた眉は真っ直ぐに神秘的な線を描き、鼻の上でつながりそうになっている。顎は貧相で冷酷な感じがする。さりげなく着こなしているタキシードには、たくましい体の線がはっきりと見て取れ、余分な若々しさは少しも感じられない。ここにいるのは人を扱うのに手慣れている男だった。そうだ、きっと自分の目的のためには他人をうまく丸め込むのだろう。それとも、私はゆがんだ目で人を見ているのか。

そのとき、コテージのたった一人のメイドであるハルダーが台所から息をはずませ飛んできて夕食を告げた。私たちは、蠟燭の灯った長いテーブルのそれぞれの位置についた。

スープはまずく、魚にはほとんど味がついていなかったが、バージニア風のハムはなかなかの美味で、私の心は次第に和んでいった。ちらちらと揺らめく灯火、銀器やグラスや花の輝き、男性陣が白と黒のコントラストを成し、メイダの赤と白の美を引き立てている。そして、コロールの派手やかな魅力。妙な形容詞だが、コロールは確かに魅力的だった——人目につくような好色な魅力。その誘惑に少しでも抗うことは難しかった。彼女はテーブルの末席にジム・ゲインセイと座り、もう片側にはハイエク医師がいた。彼女の光沢のある金色の髪は緩やかなウェーブに整えられていた。金のスパンコールのあいだに緑色の生地が煌めいている奇妙なドレスをまとっている。ドレスは彼女の体に滑らかにまとわり付き、背中の部分が極端に開いて茶色っぽい肌がウエストの辺りまで見えていた。そのようなドレスを院長の家政婦とも言える女性が着ていることに、病院の理事たちがどう反応するかは充分予想されるものだった。コロールはレゼニー医師のいとこで、マダム・レゼニー亡き後、彼のために家の管理を行なっている。彼女のこれまでについてはほとんど知らないが、私は以前から興味を抱いていた。決して詮索好きなわけではないが。いったいどんな事情で、私たちの知っている茶色の肌をした金髪のコロールが、こういった状況に置かれたのかと、しばしば考えることがあった。彼女は、まさに華麗なペルシア猫そのものだった。瞳は淡褐色(トパーズ)で、妙に優雅な怠惰さを身につけていた。

　晩餐のあいだの会話はつまらないものだった。コロールはあまり食事に関心がないようで、ぼんやりしながら、偏った見方をすれば、何気なくジム・ゲインセイの気を引こうとしているようだ。そして、ジム・ゲインセイの視線は、ひたすらメイダに注がれている。他の誰も気付いていないようだが、私の目には明らかだった——レゼニー医師だけが気付いていたかもしれない。煙で、彼の細く黒い瞳はほとんど見えなかったが、煙草の煙を絶え間なく吐き出しながら、すべてを見ているようだった。バルマン医師はひたすら食事に専念していた。研究室での実験に夢中になっていて、日中何も食べていないと言っていた。

「でも、それを放って食事をしに来たわけね」コロールが微笑んだ。

「いいえ、違います」サラダから顔を上げずに、バルマン医師はきっぱり否定した。「実験はどうにか終えましたから」

「あら、そう」コロールが言うと、レゼニー医師の薄い唇がかすかに曲線を描いた。

「それで、あなたはウルグアイで架橋工事をなさっていたんですね？」私はジム・ゲインセイに話しかけた。彼の鋭い瞳が、こちらに向けられた。

「そうです」

「ウルグアイも、今では経済が発展して、ヨーロッパ風に文明化されたのかしら？」彼が、今まで自分に降りかかった冒険談を話してくれないかと期待していた。私には探検家の本能がありながら、この地にとどまっているのが習慣となってしまったため、代わりの人間から旅行談を得る必要があった。

「そうですね。田舎の方はまだある意味、バンダ・オリエンタル（植民地ウルグアイに対するスペイン人の呼称）のままですが」

「バンダ・オリエンタル？」コロールがぼんやりと呟いた。

「『英国が失いしパープル・ランド』（一八八五年にウィリアム・ヘンリーによって執筆された十九世紀ウルグアイを舞台にした小説）」メイダがそっと言うと、ゲインセイはすぐに興味深い眼差しで彼女の瞳を見つめた——興味だけではなく、もっと違う何かがそこにはあった。

　コロールは瞼（まぶた）をパチパチさせた。

「ドクターの書斎にコーヒーを用意してちょうだい、ハルダー」彼女は言った。「それから、窓を開けて」

その夜は、テーブルについているあいだに信じられないほど蒸し暑くなり、蠟燭の熱が耐えられないほどだった。テーブルから離れ、レゼニー医師の書斎のゆったりとしたクッション付きの椅子やソファでくつろぐことになって、皆が安堵した。テーブルの上にたった一つ照明があれば充分だった。部屋の大部分は薄暗いままだったが——ランプの笠は緑色の絹に房飾りが付いたもので、神秘的な緑の薄闇が辺りを包んでいた。窓は大きく開いていて、丘の上なのに、まったく風は入らない。外はあまりにも静かで、キリギリスの歌声や、果樹園の方からはコオロギの声、そして、かすかなラジオの調べが病院の窓から流れてくる。木々の隙間からは病院の窓の明かりがうっすらと見えた。

「病院で、ラジオを?」ジム・ゲインセイが愉快そうに尋ねた。

「そうなんだ!」レゼニー医師の声には棘があった。「君は長いあいだ、世界の外れにいたからね、ジム、今どきの病院は、最新の娯楽を備えていなくてはならないのを知らないでしょう。その中でも性能のよいラジオ、とりわけ各病室につながるラウドスピーカーが必要なんです。金は言うまでもなくかかるがね」彼は苦々しく言い添えた。「そのような考えがあるのなら、それをはるかに有意義な方法で用いることもできるはずだが。どうやって我々は研究の成果を上げればよいのだ。もし、病院のお金がすべて無駄なことに使われたら——芝生やら花やら——」彼はイライラしたように病院の方へ手を向けた——「高価な医療装置など、ほとんど使うことはなく、八千ドルの救急車やら風雨で変色した煉瓦だとか、それに——」

「それに、ラジオ」ゲインセイが穏やかに言葉を挟んだ。

レゼニー医師はかすかに笑みを漏らしたが、新たに火を点けた煙草は少し震えていた。

「そうだ、ラジオだ」彼は同意した。

「あなたのおっしゃるとおりですよ、ドクター・レゼニー」夕食を咀嚼（そしゃく）するのに夢中になっていたバルマン医師が突然声をあげたので、私は飛び上がった。彼は窓の方へぶらぶらと歩いていき、ポケットに手を入れて窓辺に立ち、セント・アン病院の明かりを見下ろした。

「あなたのおっしゃるとおり」彼は繰り返した。「もしも私が、無駄に使われているその金の半分でも持っていたら、今日の午後、失敗した研究が成功していたかもしれません」彼の声にはぞっとするような辛辣さがあった。私たちみんなが多少なりとも驚き、なんとも居心地の悪い気分だった。私たちみんなというのはコロール以外のことで、彼女の感情は容易には理解できなかった。彼女は、ランプのそばでコーヒーマシンを操作していた。ランプの明かりが、ゆるやかなウェーブのかかった金髪を一層引き立てていた。

「コーヒーをどうぞ」かすれた声でコロールは言った。「コーヒーは闇のように黒く、地獄のように熱く、愛のように甘く」小さなカップをゲインセイに差し出した。

　私たちは、彼女のこの言葉を以前にも聞いたことがあった。そして、ゲインセイは今、これを聞いてはいないようだ。彼女は繰り返そうかどうかためらっていたが、そうするほど愚かではなかった。

「無駄な出費をなくすことはできないのですか?」ゲインセイは尋ねた。

「出費をなくす?」レゼニー医師はとげとげしく笑った。「病院が個人の寄付によって成り立っていて、理事会は無学な者の集まりで、思い上がった間抜けどもばかりだというのに!　ラジウムの問題を見るがいい。何はともあれ、一グラムのラジウムがどれほど必要か。誰もが、ずっと前からそれについて耳にしていた。他の病院はすでに保有している。ラジウムこそ、なくてはならない買うべきものなのだ。しかし、理事会に研究について、長いあいだ必要とされている新しい治療法の発見について、実験室、設備、研究の必要性について話してみたまえ。彼らの肥えた腹に直接関係ないものへの理解を求めるよりも、雷を止める方がずっと簡単だ」

「しかし、ラジウムは」ゲインセイは穏やかに言った。「病院が所有すべき有効なものですよね？素晴らしい発見だと僕も思っていました」

「もちろん、もちろんだとも！」バルマン医師が割って入った。「でも、我々はそんなに多くは必要ないんだ。半グラム、四分の一グラム――たとえ六分の一だって、我々の目的に役立つんだ。しかし、だめだと！ ほんの一グラムのラジウムを手に入れるのに六万五千ドル払わなければならない。六万五千ドル！ そして、半分でも手に入れたいと嘆願する私に対して――半分の金でいいのに――彼らは笑った。研究を笑った！ 調査を！ 実験室や装備を！ そして私を空想家と呼んだ。なんということだ！ 空想家とは！」

それは、その夜の次第にひどくなる蒸し暑さのせいに違いなかった。嵐が近付きつつある緊張感が、私たちを神経質にし、混乱を招いたのだ。フランツ・バルマンが感情を爆発させた後、妙な静けさが続いた。そのとき、そばにいたハイェク医師の重苦しいため息に気が付いた。私はしびれを切らして立ち上がり、場を移った。フレッド・ハイェクのことは好きでも嫌いでもなかったが、その夜、不意に激しい嫌悪感を抱いた。部屋の空気は耐え難いほど重苦しく、暑さにもかかわらず私は少し震えた。夕食が口に合わなかったのではないかと思った。

ゲインセイが立ち上がり、灰皿を取りにいく。そして、違う椅子に再び座った。そうすることによって、メイダの近くに動いたようだ。メイダの美しい白い横顔が、窓際の暗がりにくっきりと映えていた。彼女は煙草を吸わない――と私は思っている。何かちょっとした偏見を抱いているのか、単なる好みの問題かもしれないが――華奢だが力のある彼女の手は、木彫りの肘掛けの上にそっと置かれていた。彼女の沈黙は退屈やよそよそしさを感じさせず、思慮深さをあらわす類のものだった。そばにいて最もくつろげるタイプだ。

コロールもその動きに気付き、ハイェクの隣の、私が座っていた椅子に移って小さな声で彼に何か囁いた。

「あなた方は同じ分野の研究をされているのですか？」ゲインセイが尋ねた。その当たり障りのない気楽な調子は、私の動揺を不必要でばかげたもののように思わせた。

「いいえ」レゼニー医師がぶっきらぼうに答えた。

「いいえ」バルマン医師もそう答えて唐突に窓から離れ、陰になった大型ソファの端に座った。シャツの前がぶざまにはみ出していたが、気にする様子はなかった。

「それじゃあ」コロールが口を開いた。「もしも、あたしが大金持ちだったら、あなたたちが心ゆくまで研究できるような費用を出すわ」

「いかにも」皮肉を込めてレゼニー医師は言った。女主人が感情を爆発させるのを私は恐れた。彼女の機嫌は、とてもいいとは言えなかった。

しかし、彼女は驚くような態度を見せたのだ。

「いいえ！」と、怒りを静め、率直に前言を撤回した。コロールはよく次から次へと嘘を並べ立てることがある。しかし、真実を告げるときは、これ以上ないほど正直だった。「いいえ！」彼女は続けた。「もし、あたしが大金持ちだったら、自分で使うわ――そうね、いかに使うべきかしら！　絹や毛皮、宝石、召使に車に都会の生活、それから――」

「その前に、金が尽きてしまうさ」レゼニー医師が素っ気なく意見を述べた。

「そうかもしれないわね」コロールがかすれた声で笑った。「でも、どんなに痛快かしら」

「そうだろうね」フレッド・ハイェクがぎこちなく話しだした。しばらく黙り込んでいる者たちを非難するかのように。「そういった考えは誰もが心に秘めていると思う。決して承認されないはかない夢のようなものだね」

「もちろん」レゼニー医師の声が、私の耳に不快に響いた。「誰だって金は欲しい。たいていの者は、コロールが先ほど、素晴らしく正直に認めたのと同じような理由で」

「必ずしもそうとは限りません」ゲインセイが意義を唱えた。「あなたと――ええと――バルマン医師は、お二人とも研究のためにお金が必要だと認めたじゃないですか」

「利己的な理由だがね」レゼニー医師が答えた。「我々は研究や化学によって、快い刺激を得ることができる――コロールが服や宝石や化粧品によって満たされるように。そちらのミス・キートは」彼は私の方を見て頷いた。「同じ刺激をやりがいのある仕事や円滑に進む日常業務によって得ることができるようです。唯一彼女だけは望んでいないでしょう――そんな高価なものなど」

彼の声の調子が私を苛立たせた。私が堅物か何かのように思われているのは事実かもしれない。特に看護学生たちのあいだでは。でも、誰かがそういった役割を引き受けなくてはならないのだ。

「ばかげてますわ」私は、はっきりと言い放った。「私だって、他の方と同じようにお金が欲しいです」

その言葉が切実に響いたせいか、レゼニー医師が立ち上がった。

「君の内に秘めた欲求は何かね、サラ・キート?」いつも私をイライラさせる、少し面白がっているような口調で問いかけてきた。「さあ、白状したまえ！　楽しい夜遊びかね？　それとも、新聞の一面をにぎわすような噂の的になりたいという隠れた衝動かね？」

その後の状況を考えて、何か言わなくてはならなかった。彼がそう促したのは明らかだった。

「彼女は華麗な女流飛行士になるかもしれないですよ」ジム・ゲインセイが薄闇の中で微笑みながら言った。

私は彼らに何も言う気にはならなかった。とりわけ、旅することに憧れているなどとは。旅行はお金がかかるものだと誰もが知っている。私は素っ気なく言葉を返した。

「誰だってお金は欲しいですわ」

「あなたはどう、メイダ？」コロールが悪意ある声で不意に訊いた。

メイダは普段、自分の感情を隠す手腕においては完璧と言えるほどだった。部屋の薄暗さが、わざと軽薄に振る舞う彼女をいつもと違うものに見せていたのだろうか。近付きつつある台風の恐怖が彼女の神経を捉え、いつも装備していた鎧に穴を開けてしまったのか。とにかく彼女の答えは思いもよらないものだった。

「お金！」メイダは声をあげた。「お金！　お金のためだったら、私の魂を捧げたっていいわ！」

もちろん、それは彼女の本意ではないと私にはわかっていた。しかし、レゼニー医師は夕闇を突き刺すような素早い視線を彼女に送った。コロールは光沢のある頭を揺らして笑った。ジム・ゲインセイは椅子に座ったまま、すぐに体の向きを変えてメイダの翳った瞳を見つめていた。

「僕は、お金をほとんど持っていません」彼は率直に言った。まるでメイダが質問したかのように。他の者たちはすっかり夢中になって、このやりとりを観察していた。「まったくと言ってもいいくらい」

「それであなたは、お金がなくても幸せなのかしら、ジム？」優しくなだめるような声で、コロールは訊いた。

「そうですね……」ジム・ゲインセイは口ごもった。「今までは、そうでした」

彼はメイダに話し続けていた。レゼニー医師は何かに気付いたようだ。たった一つの真実と言えるようなものに。ジム・ゲインセイの声はとても静かで思慮深く、抑制した言葉で語りかけていた。

「突然、この現実に向きあって、君はどうするつもりかね？」

「いくらか金をつくります」ゲインセイはあっさりと答えた。

レゼニー医師は笑った――感じの良い笑いではなかった。

「でも、きみ、それはそんなに簡単なことかね？」

「難しいとは思いません」レゼニー医師の鋭い皮肉に、ゲインセイが動揺している様子はなかった。

「現実には地球上の何十億もの人々が、そうやって利益の上がらない労働に虚しく精を出している。そのような長い道のりにおいて、どうやって目標を達成するつもりかね？」

「もちろん、そんなことにはなりません。もし、うまく行けば――そうですね――五万ドル――いや、欲しいだけの金が手に入ります。きっとできます。やってみせますよ」彼は真剣だった。それでいて、さりげなかった。メイダのためだけに言った言葉だ。彼女が金を欲しがるのなら、その望みを叶えるべく努力する。それだけのことだ！　あまりに明確だった。当惑するほどに。メイダもゲインセイも、まったく当惑などしていなかったが。

「五万ドル」レゼニー医師は静かに考えていた。「それは大層な金額ですな。多くの者が手に入れようとして失敗してきた——決して手の届かない額だ」

「僕はちゃんと手に入れてみせます」ジム・ゲインセイが言った。

「そして、それを手に入れてどうするつもりかね？　どうやって目標の額まで増やしてゆくんだ？」

「請負事業です」その短い答えには秘めたものがあり、レゼニー医師にそれ以上追及することを許さなかった。


コロールは再び笑った。

「おもしろいわね！」彼女は言った。「あたしたちそれぞれが、熱烈にお金が欲しいことを白状したってわけね。フランツとドクター・ハイェクは別だけど。でも、みんなわかってるわ、フランツはどんな犠牲も惜しまないって——研究のためにだけど——十年かけても、貴重な実験を続けるお金のためなら」

「私たちがみな、法律を遵守する市民であって良かったですわ」皮肉をこめて言った。

「でも、あたしは念のため、今夜は宝石箱に鍵をかけておくわ！」コロールが応じた。

「ばかなことを！」レゼニー医師がたしなめた。

コロールのトパーズ色の瞳が、怒りで緑色に光った。

「あら、本気よ、ルイス。いずれにせよ、得られぬものを切望するより、自分の欲望のおもむくままに行動する方がずっとましよ」

彼女の愚かとも言える答えは、私の心に何の反応ももたらさなかった。レゼニー医師は不意に姿勢を正し、薄い唇をきつく引き結んだ。

「続きは後にしよう」その言葉には鋭い怒りが含まれていた。「いいか、後でだ。今はお客様がいらっしゃるんだ」

私は、たんに蒸し暑い空気が、レゼニー医師の激しやすい神経に障ったのだと思った。そうでなければ、必要以上に粗野な態度を取るはずがない。彼は言葉少なで聡明な人物だが、コロールの方は、猫のような狡猾な攻撃で脳みその足りない部分を補っていると言われていた。しかし、この不釣合いな同居人の二人が、マナーを欠いた戦いを大っぴらに繰り広げるのを目にしたのは、これが初めてだった。

ハイェク医師は些細な諍いの後、必然的に張りつめた沈黙が続いたことに安堵したようだ。

「今日、あなたがラジウムを使ったと聞きましたが」その異様なほどのくったくのない話しぶりで、彼がおっとりした鈍い人間であるのが見て取れた。

「そうです」レゼニー医師は立ち上がり、窓のカーテンを大きく開いた。「まったく、おそろしく暑くないかね？　そうです、ジャクソン氏の治療のために使用しています」そこで一瞬口を閉ざした。「よい効果が得られるかどうかはわかりませんがね」彼は冷淡に述べた。「でも、試してみた方がよいでしょう。ところで、ミス・キート、午前零時を過ぎたらすぐに、患者の具合がどうか見にいくつもりです。南口のドアを開けておいてください。ええと――彼は十八号室でしたね？」

「はい、先生」

「それで、君は新しい橋の建設でロシアに行くのですね、ジム？」レゼニー医師は自制心を取り戻していた。

「え？　ああ、そうです！　そうなんです」レゼニー医師の言葉で忘れていた事実を思いだしたかのように彼は話しだした。

「滞在は長くなりそうですか？」

「まあ、そうですね、おそらく。二、三年はかかるでしょう。とても面白い仕事です。まだ計画は準備段階ですが、いくつか問題点もありそうです」

なぜか心ここにあらずといった口調で、彼はその話題にあまり興味がなさそうだった。再び会話に活気がなくなったのも不思議ではなかった。やがて、コロールがブリッジをしようと提案し、テーブルを用意したが、バルマン医師はきっぱりと断り、メイダのまつ毛を一心に見つめているジム・ゲインセイは、四人目のメンバーに入るようにとのコロールの提案を聞いていないようだった。その結果、レゼニー医師がしぶしぶ、コロールとハイェク医師相手に私のパートナーとなった。しかし、私たちは数回、漫然とカードに取り組んだだけで、やがてメイダとゲインセイがゆっくりと窓の方へ行き、低い声で話し込んでいると、その方向に素早く目を向けていたレゼニー医師は私のエースを切り札にしてあがり、カードを投げ出した。カードをするには暑すぎて具合が悪いと言い、コロールの抗議を無視してピアノに向かった。

レゼニー医師は、素人の域を出た際立った音楽家だった。そして、大きな耳障りなラフマニノフの前奏曲（プレリュード）『鐘』の調べが、今や部屋中を満たしていた。私は現実的で率直な人間なので、聞いているあいだ肌に忍び寄ってきた、あのときの奇妙な不安感をうまく説明することはできない。あのおかしな非現実的な夜の中でも、もっとも奇妙なことだった。窓辺の二人は向きを変え、より近付いていた。コロールの無表情な瞳は、猫のような煌めきを放っていた。バルマン医師は、暗がりで何も見ず、一心に顎鬚を整えていた。ハイェク医師だけが、情熱的に生み出される音にまったく動じずにいた。

突然、私はその部屋にいるのが耐えられなくなった。椅子の上で身をよじり、この熱気と息苦しさから逃れたいという子供っぽい欲求を抑えようとした。レゼニー医師の白い指は、第二楽章の高い調べへと移り、静かな夜のじっとりと鼻につくような空気がカーテンをかすかに揺らし、私の火照った顔に触れ、心を支配する恐怖が次第に大きくなっていった。

私たちはみなクライマックスの旋律の波にのまれていった。最後の調べの後に静けさがおとずれた。しかし、医師は座ったままだった。彼が再び私たちの方を振り返るまで――。そのとき、小さな汗粒が私の手の甲に輝き、まるでマラソンに参加したように心臓が高鳴っていた。

私は立ち上がった。

「行かなくては」沈黙の中で、私の声はかすれていた。「行かなくては。もうすぐ十二時だわ」

「そうね」メイダも言った。「ええ、もう行かなきゃならないわね」

どうにかその場を離れた。ジム・ゲインセイが一瞬、儀礼的にメイダの手を取ったのをぼんやり見ていた。自分が何を期待していたのか、わからない。

メイダと私はゆっくりと歩いていった。夜という大きな黒いビロードのカーテンを通り抜けるように。病院は闇に包まれ、小道は思いのほか曲がりくねっていた。嵐の前触れのように空気は重く、木々の下方に明かりの灯ったコロールの家が見えた。空は真っ黒で星一つ瞬いていない。キリギリスもコオロギも、何かをじっと待っているように静まり返っている。薄底の履物の下の地面は熱く、温かい空気に漂うアルファルファの甘い匂いが不快なほど鼻につく。茂みの影は濃く、葉っぱ一枚そよいでいない。果樹園も、うっそうとした木々も、ニワトコの実も漆も、曲がりくねった古い病院の廊下と同じくらい見知ったものだったが、その夜は自分の手がほんの少し木々の葉をかすめただけでも息を呑んだ。敵意さえ感じられる茂みをようやく通り抜け、常夜灯の点いた南病棟の静かな長い廊下に入ると、深い安堵の息を漏らした。

看護婦寮のいつもの環境に身を置いても、私はまだ自分に襲いかかった非現実的な感覚を振り払うことができずにいた。私たちは一緒に糊の効いた白い制服に着替えた。どうでもいいような取るに足らない話をしたのを覚えている——お昼に食べたブレッド・プディングが生焼けだったとか、メイダの袖口の新しいカフスボタンのこととか。それは正方形の小さな青金石(ラピスラズリ)で、縁にはホワイトゴールドの彫刻が施されている。とても美しい、シンプルで品のあるボタンだった。

「私は石が好き」さりげなくメイダが言った。「本物と言えるものが好き」彼女はそう言いながら、膨らんだ白い帽子を直した。堅苦しい白いリネンの制服だが、彼女にはとても似合っていた。クリスタルが散りばめられたダークブルーのディナードレスを着た、鮮やかで生き生きとしたメイダのままだ。ジム・ゲインセイに見つめられて、彼女の瞳は星のように輝いていた。私は帽子にピンを刺しながら、ため息をついた。いつも思っていた。もし、メイダに恋が訪れたら、それは、あっという間に彼女の心を捉えて離さないだろうと。

ピンを刺すのに力を入れ過ぎ、尖った声をあげながら傷ついた親指を引っ込めた。いつか本で読んだことがある。痩せたオールドミスは哀れを誘い、太ったオールドミスは不快感を与え、そしてすべてのオールドミスは感情的である、と。そのどれにもならないと決意していたのだが。

気分がすぐれないまま、時計のネジを巻き、南病棟へ向かった。机の前で立ち止まり、カルテに目を通す。せめて嵐が吹き荒れ、さわやかな冷たい空気が入ってくればいいのに。

当直を終えようとしている二人の看護婦は、明らかに嬉しそうで安堵していた。

「まったく奇妙な夜ね」二人のうちの一人、オルマ・フリンが言った。「なんだかゾクゾクするわ」

「そう」私は素っ気なく答えた。「また青りんごでも食べ過ぎたんじゃないの」彼女は憤然として出ていった。

第二章　十八号室にて

いつもの夜と同じように、その夜は始まり、何も起こりそうになかった。十二時にはいつものように飲み物を用意し、体温や血圧を測り、枕を取り替え、扇風機を運び、慌ただしく動きまわっていた。唯一違っていたのは、まあ、それも珍しいことではないが、嵐の前の暑さと息苦しさから、患者たちの病状が不安定で、機嫌が悪く、イライラとした様子だった。しばらくは忙しかったが、南口のドアをレゼニー医師のために忘れずに開けておいた。

私が廊下にいると十二時半頃、彼が入ってきた。真珠を散りばめたような真っ白なシャツと、体によく馴染んだ光沢のある黒いディナージャケットは、常夜灯の灯る殺風景な廊下や闇に包まれた長く白い壁には、いかにも不釣り合いだった。突き当たりのカルテ室の薄明かりと、病室のドアの上に灯る小さな赤い信号灯が、唯一暗闇の不安を和らげていた。病院というのは、決して楽しい場所ではない。特に夜は長く、暗い廊下にドアがぽっかりと黒い口を開け、エーテルと消毒薬のかすかなにおいが漂い、控えめに言っても病気が善霊を招くとは言い難い。

レゼニー医師は落ち着かず、イライラしていた。ジャクソン氏の脈を取り、包帯を調べただけの、かなりぞんざいな対応だった。医師がラジウムを使って治療しようとしているのは患者の左胸で、ラジウムは特別に用意された箱に入れられ、放射線が患部に当たるように配置されている。それは太い接着用テープで固定され、素人から見ると、なんとも異様な光景だ。すべては順調で、患者は期待どおり良好な反応を示し、レゼニー医師はそこに長居する必要はなかった。枕を直し、ベッドの上のライトを消し、医師の後から廊下に出た。彼は束の間、棟の様々な患者について些細なことを尋ね、自分が病院内の喫煙を禁止したにもかかわらず、急いで煙草を吸っていた。何度か彼の視線が私の背後の廊下や、調理室、薬剤室に向けられるのを感じたが、やがて率直に、ミス・デイは当直中かと尋ねた。

「はい、そうです」私は答えた。「彼女はたぶん——病棟のどこかにいると思います」しばらくメイダの姿を見ていなかったが、考えながらそう答えた。間違いなく彼女は患者の世話に追われているか、約束どおりソニーのところへ行っているはずだ。

　その後も彼はしばらくそこに残っていたが、やがてゆっくりと南口のドアへ向かい、出ていった。彼を目で追うこともなく、習慣に従いドアをロックした。息苦しいほど暑く、ほんのわずかでも空気を取り入れたかった。しかし、まもなく雨が降ることを考えてドアを閉めた。

　用があって調理室へと足を運んだ。暗い廊下を歩いていると、開いているドアがあったが、メイダの白い制服は見えなかった。廊下はひどく暑く静かで、壁際の花瓶も、それぞれのドアの外の床も、胸が悪くなるほどの熱気を放っていた。調理室の電灯を点けた。その方が廊下も明るくなるだろうと思ったのだ。牛肉エキスを探し、新しい瓶を開け、ビーフティー（病人用牛肉スープ）を用意するのに少し時間がかかった。ようやくスープを手に廊下へ出た。病室のドアまで来て、南口へ通じる廊下に目をやった。ちょうどそのとき、白い制服が夜の闇を背に光って見えた。外から玄関に入ってきたようだ。メイダだ、と私は確信した。彼女の動きを見間違えることはない。さわやかな外の空気を吸いに外に出ていたのだと考えたとき、同時にスプーンを忘れたことに気付き、調理室へ戻った。その日、誰かが銀器の入った引き出しを片付けてくれたおかげで、すぐにスプーンは見つかった。再び廊下に出たとき、メイダと顔を合わせた。

薄闇の中の彼女はとても白く見えた。もっとも、常夜灯だけの廊下は普段とはまったく違う色合いを帯びているので、別に不思議なこととは思えなかった。

「どこに行ったのかと思ったわ」彼女を通り越し、さりげなく言った。

彼女は、私の何気ない言葉を質問と捉えたようだった。

「私——ソニーのところに行ってたの」声に落ち着きがなかった。

「かわいそうね。ずっとつらい思いをして」私は呟き、先へ進んだ。十一号室の患者の傍らで、スープを飲むのを見守っているときに、ハッと思いだした。彼女はソニーと一緒ではなかった。玄関から廊下に入ってくるのをこの目で見ていたのだから。

十一号室の患者にビーフティーは合わなかったようだ。飲んですぐに患者はひどく気分が悪くなり、十五分ほど、私はつきっきりだった。思わしくない症状が出たとき、近くの部屋の患者を刺激しないよう、最初にドアを閉めていた。再び彼が疲れ果てて静かに寝入るまで、そばにいた。それから電気を消し、ドアを開けて病室を出た。廊下は静かで暗く、信号灯も端までは照らしていなかった。

暑さと息苦しい空気で、少し気分が悪かった。ちょうどいい時間なので、南口のドアから小さなコロニアル風の玄関に出た。外の方が少し空気が心地良く、しばらく半円の柵の所に立っていた。後ろのドアからかすかな光が差し、小さな円形の光が玄関を照らしていた、周りを包む暗闇の中、そこだけかすかな明かりが灯り、さらに向こうにはどこまでも漆黒の闇が広がっている。遥か西を見下ろすと、ぼんやりと町の明かりが煌めいていた。そして、丘の上の木々の合間から、わずかに小さな緑色の明かりが見えた。レゼニー医師の書斎から漏れているようだ。それ以外は、どこまでも深い闇に包まれている。

五分とそこに立っていなかったはずだが、説明しがたい出来事が起きた。

突然、後ろの方でかすかな素早い動きがあり、何かが肩越しに飛び去っていった。ほんの一瞬、後ろの廊下から光が反射し、柵の向こうの深い茂みに何かが消えていくのが見えた。

現実に起こったことなのかどうかわからぬまま、それは去っていった。

私は激しく息を吸い込み、唇まであがってきた声を押し殺した。よくわからない物体が消えた方向に、玄関の周囲の漆黒の空間にじっと目を凝らした。あれは確かに矢のようなもので、小さく先が尖り、光っていた。後ろの方から茂みに向かって放たれた。しかし、こんな真夜中に病院から矢を放つ者などいないはずだ。

腹立たしいままに目をこすった。耳元を通り過ぎたときの、あの小さな音がなければ、目の錯覚とも考えられるのだが。しかし、一瞬の光を放ったあの音は聞き間違いではない。誰かが入念に何か小さなものを投げつけたのだ。全力で、玄関を通り越して果樹園へ続く茂みに到達するよう狙いを定めていた。ドアの横の窓を抜けたのか、それとも直接ドアを通り抜けたのか、いずれも考えられる。私は病棟にいる患者たちを思い浮かべた。彼らは誰も歩くことなどできない。それができるのはメイダだけだ。でも、メイダがいったい暗闇に何を投げ込むというのだ！

この妙な出来事を詳しく調べなくてはならないと思い、数歩足を前へ進めた。小さな玄関の東端は小道へと通じている。辺りは真っ暗で、思案するまでもなく、果樹園のどこかに隠れているものを探すことは無理だと思えた。手探りで鉄の柵を探し、慎重に二、三歩進んだ。小道に出て立ち止まると、足音が聞こえた。と、その瞬間、不意に足音が間近にせまり、全速力で病院の周りを走っていた誰かが、こちらにぶつかってきた。息を切らし、ののしり声をあげ、倒れた私の体を持ちあげて再び立たせると、いなくなった。なんとか呼吸を整え、呆然としながら帽子を整える私を残したまま――。その足音は、まだ聞こえていた。小道を駆け抜けて橋へ向かっていく。

「なんなの――」私は呟いた。「なんなのよ、いったい――」怒りと驚きの混ざった感情だった。夜中に病院の周りを走り、中年の看護婦に体当たりし、ののしったり、なんだりと、そんな権利は誰にもないはずだ。この真夜中の徘徊者はいったい誰なのか?

明らかにその男は、何かよからぬ魂胆を抱いていたはずだ。あんなに急いで逃げ去ったのだから間違いない。私は病院の北側へ、男がやってきた方向へと歩いていった。胸が早鐘を打ちはじめた。見上げる窓は真っ暗で、どこもおかしな様子はない。セント・アンは丘の斜面に建っているので、窓の位置はまちまちだった。いくつかは地面から三、四フィートもない所にあるが、静まり返った病棟に誰にも気付かれずに入り込むことなどできるのだろうか。できるだけ離れた場所から調理室の明かりの灯った窓を眺めた。そこも開いていた。狭い部屋の隅にメイダの白い帽子が見えた。

辺りはすべて静まり返っていた。用務員兼夜警のヒギンスを起こし、建物の隅々まで調べてもらおうかと考えたが、やめることにした。しかし、私はまだ落ち着かなかった。引き返して果樹園の暗がりに戻り、できる限り自分の姿が見えないようにして、病棟の窓を覗き込んだ。

病棟のちょうど中ほどに面するニワトコのうっそうとした茂みを通り過ぎたとき、足が草むらの中の何かにぶつかり、鈍い金属音がした。芝生を手で探り、小さな平らな物を拾いあげた。それは滑らかで固かった。手の上で素早くひっくり返してみる。暗がりの中でコールタールのように黒く見えた。空気がひどくむっとして感じられる。後で調べるためにポケットに入れたとき、においを感じた。まわりに漂っているのは——何か馴染みのあるにおい。しかし、林檎園では完全に場違いなにおいだ。これは——手術室の画像が瞬時に目に浮かんだ。私の鼻腔を捉えたのは、かすかだが間違いなくエーテルのにおいだった。

林檎園でエーテルのにおい！　それも、こんな真夜中に！　こんなことあり得ない！　熱気を帯びた空気が、アルファルファやスイートクローバーや、そこらに生えている何かのにおいと混ざりあって錯覚を起こしているのだ。私は肩をすくめ、笑おうとした。そして突然、何かが踵をつかもうとしているような、ばかげた恐怖を感じた。濃い闇の中を急ぎ足で歩き、玄関へ向かった。依然として、人けはまったくなかった。

どこまでも黒い空を見上げた。遥か南の方角にかすかな稲光が見えた。嵐はすぐにやってくるだろう。恐怖が混ざりあった、この奇妙な重苦しい感情からも、まもなく解放されるだろう。

廊下は変わらずひっそりとしていた。メイダの姿も見えない。カルテ机の下のナースコールの赤い信号灯に目をやると、光っているのが見えた。呼び出しに応じるため、病室に向かった。静まり返った廊下に糊の効いたスカートがカサカサと鳴り響いた。

三号室だった。鎮静剤を欲しがっており、まったくその必要がないと説き伏せるのに少し時間を要した。

私は机の前に腰を下ろした。そこは廊下の北の端にあり、南口の反対側に位置する。灰白色の壁と所々に黒っぽいドアがある廊下は、端から端まで闇に覆われている。机の上の薄暗い明かりが唯一の照明で、机に向かう者はカルテの棚の方へ顔を向け、廊下には背中を向けることになる。部屋は相変わらず暑く、静かで、西からの雷雨はまだこちらに風を運んできそうになかった。

三号室の患者の脈拍を記入した。時刻は――一時半。その瞬間、どこからか鈍い音が轟き、私は立ち上がった。廊下の方を向き、なぜか恐怖を感じた。殺風景な壁だけが目に映った。おそらく南口のドアが風で閉まったのだろう。ドアが閉まる鈍い音のようだ――それとも、空けていた窓が閉まったのかもしれない。手にカルテを持ったまま、急いで廊下を歩き、南口へ向かった。ドアは開いたままだったが、風は吹いていない。

近付くにつれ、今しがた自分を驚かせた音は、病棟の南端の方から聞こえてきたのだと確信を強めた。十七号室のドアが開いていて、ひと目で窓が開いたままだとわかった。ぼんやりと窓枠が見える。十八号室のドアは閉まっていたが、ジャクソン氏を起こさぬようにそっとドアを開けた。部屋には入らなかった。ドアを半分開けたまま、しばらくそこに立ち、廊下の薄明りを通して中を見た。患者は静かに横たわり、窓は開いているようだった。そっとドアを閉めて再び廊下に出た。

カルテ机に戻ると、膝が震え、帽子の下には湿った汗が流れていた。

「夜は、こんなもの」私は自分を元気付けた。「まったく神経を使う夜ね。少し新鮮な空気でも吸ってこないと窒息しそう」

どこか不安で落ち着かなかった。なんとかカルテに集中しようとした。ちょうど十一号室の患者の体温表を見ているとき、果樹園で見つけた小さく平らな物のことを思いだした。ポケットからそれを取り出そうとしたとき、風が廊下を吹き抜けていき、雷鳴のまばゆい閃光とともに嵐がやって来た。

廊下を端から端まで走った。風が吹き荒れ、スカートが翻るほどの激しさで、帽子は頭からずり落ちた。不安定に置かれた花瓶が吹き飛ばされたことを後で知った。少し手こずりながら南口のドアを閉めた。慌てていたため、鍵は差したままにしてしまった。窓ガラス越しに、ポツポツと激しい雨粒が落ちてくるのがわかった。病院を下ったところにある裏道を、急いで走り過ぎる一台の車のライトが見えた。それが見えなくなると、また目もくらむような雷が光り、何かが割れるようなパチパチという音がした。と同時に、黒魔術のごとく明かりが消え、一人暗闇に取り残された。十八部屋の窓を閉め、十八人の患者を安心させなくてはならないのに。

　何が起こったか、瞬時に察知した。町からの送電線に雷が落ち、電気のヒューズが飛んでしまったか、そのようなことだ。メイダはどこにいるのだろう？　十七号室に入って窓を閉める頃には雨は激しさを増していた。ときおり光る雷が手探りで十八号室へ向かう助けとなった。部屋に入り、窓を閉めた。ドアの方へ戻ろうとしたとき、まばゆい稲光が部屋中を照らし、その一瞬で、患者がこの激しい嵐にも目を覚ます気配がないのが見てとれた。彼はじっと横たわっていた。まったく動かずに。

　それから光が消え、かろうじて覚えているのは、ベッドに行って彼の顔に手を当て、脈を見たことだけだ。

　ベテランの看護婦は、死がいつ訪れたのか、わかるものだ。たとえわけのわからぬ暗闇で、外では嵐が窓を叩き荒れ狂っていても、患者が死んでいるのはすぐにわかった。

　永遠とも思われる長い時間、そこに立ちすくみ、頭の中で状況を素早く呑み込み、懸命に状況を理解しようとした。実際にはわずかな時間だった。私が知る限り、彼の死は説明がつかなかった。痛みに苦しみ、そのための治療を受けてはいたが、現段階では重篤（じゅうとく）ではなかった。一時間ほど前までは良好だった。何がこの事態を引き起こしたのか？　心不全ではないはずだ。心臓は正常に機能していた。

明かりを用意しなければ。レゼニー医師を呼ばなくては。それから――窓を閉める音が聞こえた。ドアへ向かう。なんとかメイダに伝えたかったが――むろん、混乱している患者たちを置いていくことはできない。彼らは明かりが点かないとわかって、怖がって呼んでいるに違いない。雷が何度も轟き、雨が激しく叩きつける。稲光が瞬き、束の間メイダの姿が目に入った、廊下を横切って玄関へ向かっている。

彼女を呼び止めても無駄だっただろう。彼女は急いでいた。十八号室を無人のままにしておきたくなかったが、明かりを手に入れなくてはならない。私は廊下を走った――そこはとても長く、馴染のない場所に思えた――調理室の棚の引き出しを探り、蠟燭（ろうそく）のもえさしとマッチを見つけ、慌てて十八号室に戻った。ドアのところでメイダに会った。二人の顔は蠟燭の明かりで不気味に輝き、それから暗闇に消えた。

「ひどいことになってるわ！」彼女は叫んだ。「どこに行ってたの！　病棟の窓が全部開いてたじゃない。それに電気も消えてる！　何を――いったい何をしてるの？」

メイダは私のすぐ横にいた。私の指は震えていたが、かろうじて蠟燭に火を灯すことができた。火は弱々しく揺らめいたが、闇を追い払うほどの威力はなかった。

彼女は私の後について、十八号室のベッドの脇に来た。

「どういうこと、サラ！　彼――」彼女は私がやったように、患者の顔に手を当てた。「彼、死んで、い、るわ！」

テーブルに蠟燭を置き、ベッドカバーを押しやり、患者の胸元を開けた。かすかにでも鼓動が感じられたら、まだ何か為す術があるかもしれない。しかし、無駄だった。

後ろに退いたとき、信じられない事態を目にした。

ラジウムの入っていた箱がなくなっている！　接着テープも何もかもが剝ぎ取られている！

「見て――」私は叫び出そうとしたが、地面を揺るがすような雷の轟にかき消されてしまった。震える指で、ほとんど役に立たない小さな炎をかかげ、そのあいだメイダはシーツの中を必死にまさぐっていた。

それは意味のない捜索だった。ベッドの下を見てもわかることだった。死んだ患者が、幅の広い接着テープのついたあの箱を、自分の体から引き剝がすわけがない。

屈んでいた姿勢を立て直し、狭いベッドの向こう側にいる恐怖に捉われたメイダの瞳を見つめた。ちょうどそのとき、外の暴風雨が一瞬静まった。私の言葉に意義を与えるかのように。

「彼は死んでるわ」私は囁いた。「そして、ラジウムはどこかに行ってしまった！」

メイダは喉に手を当て頷いた。顔は帽子と同じくらい真っ白だった。

小さな炎が揺らめき、躍動し、出ていけと脅しているようだった。部屋の暗がりがすぐそばまで忍び寄り、雨や突風が新たな激しさを伴って黒い窓ガラスを叩き続けていた。

「レゼニー医師に電話しなければ。それから、蠟燭を取ってきて、病棟の見回りに行きましょう。事務室に行ってレゼニー医師に電話してくれる？　私はここに残っているから――」

メイダは大きく目を見開き、妙にうろたえて両手を差し出した。

「いいえ」彼女は口ごもった。「いいえ、私は――私は、レゼニー医師に電話なんて**できない**！」

何を言うべきかわからず、彼女を見つめた。不意に彼女は背筋を伸ばし、心の動揺を抑え込んだ。

「わかったわ」メイダは言った。「ええ、彼にすぐ電話するわ」

私はあまりにも混乱していたため、彼女がなぜ、レゼニー医師に電話するのを嫌がったのか気にかけることはなかった。もっとも、そのことを思いだしたのは、だいぶ経ってからだったが。再び蠟燭を置き、電気が点くことを、そして足が震えないことを願った。

最初に異変に気が付いた、あの恐ろしい瞬間、ラジウムが盗まれていたのは明らかだった。そして、ぞっとするような憶測がゆっくりと私の中に広がっていった。患者が自然死だったとは考えられない！

何が彼を死に至らしめたのか。

人が真に怯えたとき、髪が根元から逆立つのは不思議なことだ。髪が乱れたまま、恐る恐る部屋の中を眺めた。邪悪で忌まわしいものがすぐそばにある、という妙な感覚が忍び寄ってきた。部屋は他の病室と変わらず、がらんとしている。蠟燭を手に取り、歯をしっかりと嚙みしめ、どうでもいいことを喋りたい気持ちを抑制し、隅に蠟燭を置いたまま部屋をひと回りした。もちろん、そこには何もない。部屋の中には、物を隠せる場所などほとんどない。奥行きのないクロゼットが二つあるが、患者の旅行鞄や服がかろうじて収まるくらいだ。クロゼットの一つを開けてみた。バッグと薄手の外套が入っている。もう一つは鍵がかかっており、その鍵はなかった。おそらく看護学生の誰かがなくしたのだろう。

蠟燭が溶けて、手に蠟が滴った。テーブルの受け皿にそれを戻した。

メイダが出ていってから、かなりの時間が経っている。病院の職員全員を起こすのに充分な時間だ。そこに立って待つあいだ、幾千もの恐怖が私の心を横切った。目は部屋の隅から隅へとさまよい続け、すぐそばのベッドの上に死体があるという感覚が、のろのろと進む時間の中で次第に強まってきた。

これ以上、恐怖がはびこるこの部屋にはいられない、と思いはじめた。幽霊のようにちらつく蠟燭の炎だけが頼りだった。慌ただしい足音が聞こえてきて、メイダが喘ぎながら黒く怯えた目をして入ってきた。

「レゼニー医師は外出しているの」彼女は訴えた。「どこにいるのか、コロールも知らないって。家にはいなかったから、果樹園にでも散歩に行って嵐にあったんじゃないかって」

「こんな時間に散歩だなんて」私は恐怖で気が立っていた。

「だから、バルマン医師に電話したわ」メイダは急いで話を続けた。「暗かったから電話帳が見つからなくて、電話案内で番号を訊いたの。ようやくつながって、すぐに来てくれるそうよ。建物全部が黒猫みたいに真っ暗ね」

「ハイェク医師は呼んだ?」

「ええ、それが、何度ドアをノックしても起きてこないのよ。暗闇の中、他の病棟の看護婦たちも事務室のそばで走りまわっているのに。誰も明かりを持ってなくて、地下室とつながるベルも故障していたし。とにかく、ヒギンスを起こすこともできないの」

私は素早く考えを巡らした。なんという状況! 電気は点かず、ひどい嵐、怯える患者――ラジウムは盗まれ、ここに奇妙な死が加われば、士気をくじくのにもう充分だ。

「二人とも、この部屋を離れることはできないわ」私は声に出して考えを述べた。「彼を一人残しては行けない。彼の死はまったく不可解で――あまりにも――」

彼女は私の様子に何か気付いたようで、私の腕を握りしめた。

「どういう意味?」

「つまり」私は躊躇しつつ、こわばった口調で答えた。「つまり――考えるのも恐ろしいけれど――殺されたのではないかと」

彼女はたじろいだ。顔はシーツのように真っ白だった。

「そんな――そんなこと！」

「彼の経過は良好だったのよ。ラジウムが盗まれたことと合わせて考えると――ああ！　もちろん、疑うなんて恐ろしい。でも、他にどんな説明が？」

「誰にそんなことができたかしら？　どうやって――」

「わからない」私はどうにか落ち着きを取り戻し、考えをまとめようとした。「今は、それについて考えてる時間はないわ。とにかく、この場をなんとかしなきゃ――医者を呼ばなきゃ」口を閉ざし、うかがうように彼女を見つめた。「ここに残ってくれない？――この遺体と――そのあいだ、事務室に行って、ハイェク医師と用務員を起こしてくるわ。それから明かりも取ってくる」

彼女はベッドをちらりと見つめ、怯えた瞳をぎゅっと閉じ、弱々しい蠟燭の光へと視線を移した。

「蠟燭が、もう少しで消えてしまうわ」彼女は囁いた。

「わかってる」私は言った。「急いで行ってくる」

彼女が唇をぎゅっと嚙みしめると、薄く白い線がそこに見えた。

「急いで」

手探りで暗い廊下を進んでいくと、自分の手が氷のように冷たく、顔が汗で湿っているのがわかり、ただ呆然とした。目まぐるしく様々な思いがよぎったが、一つだけはっきりしていることがあった。メイダを一人で長いこと、あの部屋に置いてはおけない。あんなことが起こったあの恐ろしい部屋に。

急がなくてはならない。

南病棟から病院の主要部署を占める中央に向かい、東西の廊下を走りまわった。嵐は新たな猛威をともなって建物に襲いかかってきた。ふとした折に、雷と風と雨の猛威にひるみそうになったが、すべては事前に危惧していたことで、それが起こっただけに過ぎないのだと自分に言い聞かせた。

私には、幾人もの看護婦とぶつかった混沌とした記憶しか残っていない。ベルを鳴らして用務員を呼び、電力会社に電話をすると、無慈悲なオペレーターが、この地区の電線が故障していると告げた。看護婦がマッチで火を点けるたびに火事にならないか心配しながら、指の節を痛めんばかりにハイエク医師のドアを叩いた。彼はようやくドアを開けた。そのとき、私はかなり取り乱していた。彼ののんびりした声に、両手を暗闇に伸ばしてつかみかかった。手は彼のコートをつかんだが、それは湿っていた。

「十八号室に来てください」恐怖に半分泣きながらどもりつつ言った。「急いでください。南病棟の十八号室です」

「真っ暗だな。明かりを点けないのかい?」愚かにもそんなことを言いだした。

「電気は全部消えています。嵐が――急いでください!」彼をドアの方へ押しやった。誰かがランプを見つけ、廊下には奇妙な影があちらこちら揺らめいていた。

「どうしました? 何が起きたんですか?」看護婦の一人が私のそばに寄ってきた。

それに対して私は、どう答えるべきかわからなかった。彼女の怯えた青白い顔だけを覚えている。しかし、どうにか見かけだけでも体制を立て直し、ふと、倉庫に蠟燭やランプがあることを思いだし、いくつか懐中電灯も探しだした。南病棟の手伝いのために、人をやってオルマ・フリンを起こしにいかせた。それから懐中電灯を手に、病棟へ急いだ。

十八号室のドアの前で私は立ち止まった。

メイダは下を向き、紙のように白い顔でテーブルの脇に立っていた。袖がまくられ、黒い髪の房が頬にかかり、妙に取り乱した印象を受けた。ハイェク医師はベッドの足元の方に立っていた。小さな指の関節が白く見えるほど、ベッドの横木を強く握りしめている。バルマン医師も来ていた。彼はベッドの反対側に座っていたので、部屋に入るまで姿が見えなかった。聴診器が手からぶら下がり、雨で光るレインコートから、滴が絶えず床にしたたり落ちていた。彼も下を向いていた。

私がベッドに近付いても、誰一人動かなかった。まるで邪悪な魔法にかかってしまったかのように、全員が死者を見つめていた。息が詰まるような沈黙を壊すのは、叩きつけるような雨と風の音だけ。私にはわかっていた。自分が間違っていないことを、いずれ知るであろうことを。ベッドの上にいる男性はやはり殺されたのだ！

喉がカラカラに乾いていた。どうにか一言声を出した。

「どうして――」

バルマン医師は、初めて私の存在に気付いたかのようにこちらを見つめた。

「モルヒネの過剰摂取だ」彼は言った。

「モルヒネ！」それまでの麻痺していたような感覚から脱して、私はショックの声をあげた。「モルヒネ。でも、彼にはモルヒネを投与していないはずです。どうしてわかったのですか？」

彼は簡潔に、患者の腕にある小さな皮下注射の痕を見せた。

「ここ――それから、ここも見てくれ――瞳孔も」バルマン医師は瞼（まぶた）をそっと上げた。「彼の普段の状態と変わらない。つまり――」

　私はゆっくり頷いた。モルヒネ！

　そのとき、奇妙なことが起きた。私たちはみな小さな傷痕を見ていた。みんなが見ていたはずだ。小さな針の刺し傷から赤い色がゆっくりと滲み出てきた。滴り落ちるほどではなかった。かすかに見て取れるくらいだ。しかし、私たちの心に古い迷信が浮かんできた。殺人犯がそばにいるとき、死体は血を流す。それを見た瞬間、ゾクゾクとした寒けが背筋をかけ上がった。バルマン医師は不意に立ち上がり、かすれた声を絞り出した。メイダは悲鳴をあげ、喘ぎながら後ろに下がった。沈着冷静なハイェク医師さえも小さく何かを呟き、両目に手を当てた。

　なんとかして私は自制心を取り戻した。こういったことが私たちの理性を奪い、愚か者に変えてしまう。やるべきことはたくさんあるというのに。

「バルマン先生」私は言った。自分の声が他人の声のように耳に響いた。「レゼニー医師はどこかで嵐に遭遇しているようで、まだ見つかりません。ジャクソン氏にモルヒネを打つ予定はありません。そんな指示はありませんでした。さらに、十二時半には何も問題はありませんでした。彼は明らかに――殺されたのです――誰かがラジウムを盗むため。おそらくこれから――混乱が起こるでしょう。今から誰かがこの件を引き受けなくては――レゼニー医師がいないので――」

「私たちに任せてください、ミス・キート」バルマン医師がすぐに応じた。「いつもどおり担当の病棟を見ていてください。ハイェク医師と私が必要な手配をします」

「検視官を呼ぶつもりですか？」私は訊いた。

「そのとおり。すぐに電話をします。つまり、警察や――捜査官や――そういったところに。しかし、なんてひどいことだ。すぐに何らかの措置を取らねば。対処が遅れると——」

「お呼びでしょうか、ミス・キート」戸口からオルマ・フリンの声がした。「急いで着替えてきました。何か——」彼女の青白い瞳が私を通り過ぎ、ベッドの方へ移った。「何が、いったい何があったのですか？ 彼は——死んでいる！」彼女は声をあげた。私たちの態度と陰鬱な顔が現実を語っていたのだろう。突然、彼女は叫びだした。私は手加減せず、彼女の腕をつかんだ。もう一方の手でその口を押え、外に引っ張り出して後ろ手でドアを閉めた。

しかし遅過ぎた。他の者が彼女の叫び声を聞いていた。事態を隠しておくことはできない。とりわけ、うろついていた看護婦が、バルマン医師とハイェク医師が警察と検視官に電話しているのを聞いていた。十分後には噂が病院中に広まったが、厳格な措置によってパニックは未然に阻止された。恐怖に駆られた看護婦が廊下や病棟に押し寄せ、その興奮が伝わった病人たちの要求で、いつもなら不要なランプや蠟燭があちらこちらで揺らめき、明滅する光の輪が怯える顔をより白く、周囲の闇をより黒く見せていた。恐ろしい質問に誰も答えることができず、こわばった恐怖が人々の瞳の中に見て取れた——こういったすべてのことによって、その一時間は忘れられない時間となった。

幸運にも、メイダと私の患者は、いつもどおりの看護がなされないことを苦にしている様子はなかった。それでも神経質な患者を安心させ、何が起こったか耳に入らぬようにするのは難しい問題だった。オルマ・フリンは、ほとんど役に立たなかった。メイダや私のそばから三フィート離れるのさえ拒否した。おまけに手が震え、触ったものすべてをそこらじゅうに落としてしまう。

私たちはとにかく忙しかった。検視官と警察がやって来て、直接十八号室に向かったため、顔を合わせることはなかった。三時半頃、調理室にこっそり入り、濃いコーヒーを淹れ、メイダとオルマ・

フリンと分けて飲んだ。それで、少し気分も落ち着いた。まだ気弱になったり、気分が悪くなったりで、恐れを抑制するにはかなりの意志が必要だったが。

疲れきった陰鬱な時間がのろのろと過ぎていき、激しい風雨が続くなか、夜明けがやって来た。寒々とした光がようやく病室にも入り込んできた。その日の朝食は遅れた。コックが料理に使うのに必要な蠟燭がなかったからだ。日勤の看護婦がようやく勤務に就いた。夜中に起こったことで恐怖に打ちひしがれ、真っ白い顔をしていた。

しかし、その頃には警察官が至る所に配置され、彼らの大きく青い背中は、正直言って私にとっては歓迎すべき安心感をもたらしてくれた。レゼニー医師はまだ戻っていないようだ。少なくとも彼の姿を見かけることはなかった。

朝食のトレイが出され、メイダとオルマ・フリンと私は手や顔を洗い、地下の食堂室へ降りていった。ほとんど話はしなかった。長いテーブルに蠟燭が揺らめき、雨が小さな窓を打ちつけている。私たちの制服には皺が寄り、寒々しく見えた。瞳は虚ろで顔はやつれて青ざめ、物音がすると神経が高ぶり、何かがそこにいるのではないかと肩越しに盗み見るようになっていた。

しかし、特別に濃いコーヒーを飲み、トーストを口に入れた後、張りつめた沈黙のわけが次第にはっきりとしてきた。

ラジウムが金庫から出され、十八号室で使われていたことを知っているのは病院の関係者だけだ。医者と看護婦だけが、注射器でモルヒネを投与する方法を知っている。

それでは、もしかすると――誰かかもしれない！　私たちの誰かかも！

その考えは、わずかに保っていた私の士気を脅かした。私は椅子を押しやり立ち上がった。床をこする音がして、数人が素早くこちらに頭を向け、何人かが張りつめた声をあげた。

私は急いで食堂を出て階段を上がり、看護婦寮の自分の部屋に戻った。鍵をかけたことを恥ずかしいとは思っていない。休息が必要だったが、眠ることはできなかった。

第三章　レゼニー医師、戻らず

疲れきっていたので、うたた寝をしていたようだ。執拗なノックの音で目が覚めた。怯えた顔をした看護学生が、実務講習と講義は中止になるのかどうか訊きにきた。

「中止？」昨夜の恐怖が押し寄せてきた。「中止？　でも、どうして？　レゼニー医師から連絡があったでしょう」

彼女は瞬きをした。

「レゼニー医師は――私たちも――他の人も――誰も、先生がどこに行かれたのかわからないんです」

「なんですって！」はっきりと目が覚めた。

「そうなんです。どこにもいないんです」彼女は怯えていたが、最初にこのニュースを告げたことに単純な喜びを感じているようだった。「先生はどこにもいなくて。ミス・レゼニーが思い当たるところはすべて電話をしたそうです。警察が動きだして、私たちもいろいろなことを質問されました」

私は新しい制服に手を伸ばした。

「すぐに行くわ」と声をかけた。「実務講習だけど、バルマン医師に相談してみた？」

「いいえ、ミス・ドッティが、まず婦長に訊くようにと」ミス・ドッティらしい考えだ。彼女は気立てはいいが、聡明とは言い難い。

「バルマン医師はレゼニー医師の助手ですから、私がどうこうすることではないわ」

幼い看護学生はさっさと戻っていき、十分後、私はお風呂に入り、清潔な制服に着替えてすっきりすると、彼女の後を追った。

病院の主要な部署は人々の興奮で大きく揺れていた。私をひどく困惑させたのは、看護職員のごく一部の浅はかな子たちが、騒動のなか、悲しみに酔いしれ、報道陣に向けて勝手にポーズを取っていたことだ。この出来事を撮影しようとフラッシュを光らせ、報道陣が至るところに群がっていた。その場ですぐにやめるように、はっきり苦言を呈することもできたが、すでに町の新聞の見出しに決まっているものを阻止することはできなかった。

事務室では、バルマン医師もハイェク医師も理事会の面々に取り囲まれ、疲れてげっそりして見えた。役員たちは早々に押しかけてきて、この恐ろしい出来事の責任を誰かに取らせようと必死だった。のちに聞いたことだが、ジャクソン氏の死は看護婦側の不手際ではない、と納得させるのにかなり骨が折れたそうだ。警察官も何人かその中にいた。警察署長はがっしりとしたたくましい男で、常々、自分が担当する闇に包まれた疑念は、すぐに立証されると信じているようだった。

こういった雰囲気は、私が部屋に入っていくと一層強まった。つまり、最初に提示された事実のせいだ。それは、のちに苦痛を感じるほど明白になった。すなわち、私、サラ・キートが容疑者リストの一番目立つ位置に置かれていたのだ。南病棟にいたからだろうか？　患者に死をもたらしたモルヒネを投与する立場にあったからか？　私が彼の遺体の発見者だったから？

理事の何人かは、私が入っていくと、立ち上がって礼節を示してくれたが、ほとんどは礼儀を忘れるほど混乱していた。

「いったい、どうなっているんでしょう？　レゼニー医師は？」私は切りだした。

「あなたがミス・キートですか？」警察署長が尋ねた。

「そうです」無愛想に私は答えた。

「ちょうどあなたをお呼びしようと思っていたのです」と、彼は告げた。「今回の件について、知っていることをすべて話していただきたいのです。いいですか、すべてです」

私はバルマン医師の方を向いた。

「レゼニー医師はまだ戻られていないのですか？」

ゆっくりと彼は頭を横に振った。

「さあ、ミス・キート」署長が促した。

「ミス・レゼニーは彼の居場所を知らないのですか？」私は抑えきれず、なおも訊いた。

「どうやら知らないようです」答えたのはハイェク医師だった。

「私の質問に答えてくださいませんか？」署長は大きな声で要請した。

「別のときに」私はイライラとそれに応えた。この男性には差し迫った問題が見えていないのだろうか？「ミス・レゼニーが最後に彼を見たのはいつですか？」

ハイェク医師は頭を横に振った。「昨夜の十二時半頃から見かけていないそうです」

署長は立ち上がった。

「いいですか、聞いてください！　これ以上ふざけた振る舞いはたくさんだ」彼は怒鳴りはじめた。

「どうかお静かに！」私の声には怒りが含まれていたはずだ。署長の顔は青ざめた。「わかりませんか」私は理にかなった説明をはじめた。「わかりませんか？　レゼニー医師を探す必要があるのです。彼を見つけることがすべての鍵なのです。知る限り、彼がラジウムを取り外す決断を下した。おそらく、彼は――」私は口ごもった。自分が言おうとしている、その言葉の意味に愕然としながら。

署長は素早く私の言葉を取り上げた。

「それでは、あなたのご意見はすでにはっきりしているのですね。そして、非常に的を射ている。レゼニーという人物がラジウムを持って逃げたことは明白だと」署長は両手を擦り合わせ、笑みを浮かべた。「それではミス・キート、なぜあなたが、この事件に関してレゼニー医師を疑っているかお話しいただけますか？」

「いいえ、私は話しません！」激怒して声をあげた。「誰かを疑っている時間なんて、今はありません。とにかく忙しいのです。レゼニー医師のことを口にしたのは主治医だからです。誰よりもジャクソン氏の容態について知っています。彼が決めたのかもしれません、ラジウムが――その――あまり効果がないと、そういった理由で取り外したのかもしれません。彼なしでは私たちはどうにも動けないのです」

「ちょっとお待ちください、署長」理事会の中でも知性派のメンバーの一人が発言した。「あなたのご提案に従うこととします。調査はひとまず中断しましょう。その男性が――彼の名前は何でしたか？」

「ランス・オリアリーです」署長が不機嫌そうに告げた。

「ランス・オリアリーという方がこちらに到着するまで。署長は、この方にかなりの信頼を寄せていらっしゃるようですが――」

「彼と私はいつも共に仕事をしておりますから」署長が口を挟んだ。

「彼は今、町にいないそうです」理事会のメンバーが、私に告げるように言葉を続けた。

「よろしい」署長が言った。「電報を打ったので、彼は午後の列車でこちらに到着するでしょう。護衛を至る所につけておりますので、病室はそのままの状態で維持されているはずです」

「それでは、我々がこれ以上ここにいる必要はないということですね」際立って体格のいい一人が、やきもきしながら立ち上がった。肉付きのよいふくらはぎにズボンが張り付いている。「オフィスに戻らなきゃならないんだ。ここにはバルマン医師もいらっしゃることだし――それから、あなたたちも――もちろん、この件があなたの責任だとは申しません――」

「ええ。もちろん、そう望みますわ!」私は辛辣に言葉を投げかけた。

「あなたの責任だとはね」彼は、私を厳しく見つめながら繰り返した。「しかし、そうは言っても、起きてはならぬことが起きた。どこかの段階で何かが間違っていたんだ。我々は、一グラムのラジウムに六万五千ドルもの金額を投入した。その結果がこれだ!」他の面々も賛同を示すように丸々と肉のついた頰を振って頷いた。

「お忘れのようですが」私はとげとげしく指摘した。「昨夜、病院で殺人事件が起こっています。それは、非常用のガス管が装備されていたら避けられたのかもしれないのです。私たちは夕べ、かなり長いあいだ、明かりなしで過ごしました」

これは、あまり正しくはなかった。その状況の中で殺人が行われたのだ。それは間違いない。明かりが消える前に。しかし、非常用のガスの問題は、理事会と職員の間で長らく争点となっていた。私は内心満足していた。理事会の面々は落ち着かない様子のまま、重たそうな体で列を成し、事務所から出ていった。

「そうそうたる紳士の方がお集まりでございますな」署長が満足げに述べた。

「それでは、その刑事さんが到着するまで何もできないのですね」私はしびれを切らして訊いた。

「そのようですな」バルマン医師が疲れたようにため息を漏らした。

「そうです。何一つ充分な証拠がありませんから」署長は言った。ところで、この署長がブラント（ブラントには不愛想、ぶっきらぼうなどの意味がある）という名前であることが、後でわかった。「ランス・オリアリーが到着して、本気で取り組めば、もう解決したも同然です、言っておきますが――」

「レゼニー医師さえ見つかれば」私は考えていた。「医師が、こんなふうにいなくなるなんて、それもあんな時間に、どう考えても不自然です」

「まあ、あなたが考えるほど不自然とは言えないでしょう」ブラント署長が述べた。「六万五千ドルをポケットに入れて姿を消したくなる男は大勢いますよ。ところで、ラジウムとは見かけはどんなものですか？　どうやって運ぶのでしょう？　火傷（やけど）したりはしないものでしょうかね？」

「小さなスチールの箱に入れて持ち運びます。ラジウムを――それから人を――保護するため特別に作られた箱です」バルマン医師が説明した。彼を見て、信じられないほどやつれて憔悴したその容貌にショックを受けた。頬骨の上の痣がどす黒く紫色に変わっていて、よけいに強調されていた。「それに、処理するのは、かなり厄介なものです」深く考え込んで、言い添えた。

「それでは、何かがきっと明らかになるはずだ、今夜のうちにも」署長が前向きな発言をした。「それから、よくお聞きください。そのレゼニー医師は、今回の事件に何かしら関わっているはずです。何の理由もなしに、このように姿をくらますことなどあり得ない。とにかく、十八号室に誰も近付かないよう見張りを付けておきます。それから、誰も病院に出入りさせないように」

「見舞客もですか?」私は尋ねた。

「見舞客もです」彼は頷いた。

「そのあいだ」バルマン医師が言った。「通常どおりの仕事に戻るように。いいですか、ミス・キート?」

「ええ、ぜひそうします。でも、ドクター・バルマン、レゼニー医師がジャクソン氏を殺し、ラジウムを持って逃げたとは思っていないのですか?」

「もちろん、そう思ってはいない」バルマン医師は言った。「そのような結論に至る根拠はどこにもない」

「そんなに確信を持たれない方がいいでしょう」送信器から顔を上げ、ブラント署長が呟いた。

バルマン医師とハイエク医師が、万が一を考えてレゼニー医師の仕事を引き継ぐこととなり、それを調整するのに数分を要した。その日、レゼニー医師がセント・アン病院に戻ってこなかったことは軽率に口にはできない。一方、ブラント署長は電話を有効に活用し、数分後に、レゼニー医師は二十四時間以内に見つかるだろうと請けあった。これはいささか大胆過ぎる予想ではないかと思ったが、口には出さなかった。

事務室を出て、考えを巡らしながら南病棟へ向かった。セント・アンの型にはまった日課には賛辞を送ってもいいくらいだ。看護婦の一部が若干神経質になっていることを除けば、院内はあるべき状態を保ち、静まり返っていた。朝の入浴が終わり、朝食も片付き、部屋は埃が払われ、いつもどおりの規律が守られていた。しかし、すべてがいつもどおり、というわけにはいかなかった。その朝は暗く、寒かった。そのように目まぐるしく気候が変化するのは、この地方ではよくあることだった。電気設備は、まだ修理が入らず、廊下には間隔を置いてランプが灯っていた。ミス・ドッティは冷静な判断力を取り戻し、当直の看護婦の数を増やし、青い縞のスカートと白いエプロンをつけた看護学生たちが、てきぱきとした白い制服の正看護婦たちとともに、あちこちに散らばっていた。

今のところ、幸いにして、殺人事件のニュースは患者の耳に入っていない。しかし、夜中の騒ぎについては気付いているはずで、患者の何人かは取り乱して騒ぎ立て、他の病棟に移りたいと要求してきた。当然、そんなことはできない。新聞を目に入らないところに置いたりもしたが、ちょっと厄介だったのは、心配した親族からの電話がひっきりなしにかかってきたことだ。午前中に新聞の号外が出されてまもなく、そういった事態が起きた。

新聞社が様々な写真と、ひどくばかげた記述を載せた号外を出したのだ。まるで、セント・アン病院が寄宿学校か、はたまた悪の巣窟であるかのように。殺人やラジウムの盗難と関連して、看護婦の写真が掲載され、このような嘆かわしい印象を作りだしていた。

通常の勤務を続行しようとする私たちの努力や、清潔な病室、整った廊下、丁寧に取り扱われるカルテなどにもかかわらず、ある種陰湿な、何かの前兆のようなものが古い壁に染みこみ、それらしい空気が南病棟に蔓延していた。

十八号室は閉ざされ、断固とした態度でドアの前に陣取っている体格のいい警官によって警備されていた。しかし、部屋の前の廊下は、まるで天然痘でもはびこっているかのように避けられ、看護婦が、向かいの十七号室、もしくは隣の十六号室に出向かなければならないときは、あからさまに他の看護婦に同行を求めていた。

ジャクソン氏の弁護士は、この悲劇をすぐに知らされ、その後、故人の親戚、東部に住むいとこや甥に連絡をした、ということだった。午前中に、いやに形式ばった電報が、その親戚からブラント署長宛に届いた。ある程度の出費は惜しまないので、事の成り行きを逐一教えてほしいと記されていた。

そんなこんなで、午後二時くらいまではほとんど自分の時間がなく、そのあいだミス・ドッティは、拭いきれない不安な心理状態をあからさまに示し、恐ろしい言葉を呟いていた。きっぱりと彼女を振り払って、私は南病棟のカルテ机に座った。まっさらなカルテを取り出し、できるだけ邪魔者を寄せ付けないよう入口に背を向け、考えに集中しようとした。そのときまで、目まぐるしい出来事に追われて動きまわり、事件について考える時間がまったくなかったのだ。

理論的に考えようと、最後にレゼニー医師を見かけた時間、つまり十二時半から順に思い返してみた。ブラント署長の前ではレゼニー医師を擁護したが、心の中では、どう考えてもあの時間に医師がいないのは奇妙だと思っていた。

まったくおかしな夜だった。衝撃的な展開を迎える前からそうだった。コロールの家での何とも奇妙な晩餐会。誰もが異様な興奮に引き寄せられていた。息苦しい暑さの中、病院へと歩いて戻り、メイダは何かに気を取られているようだったし、私自身も動揺していた。そして、嵐が――たった今、ある記憶がものすごい勢いでよみがえってきて、私は飛び上がりそうになった。玄関の隅でぶつかってきたあの男性！　彼は誰だったのか？　何をしていたのだろう？

そして果樹園のはずれの、ちょうど調理室の窓の下で見つけた、あの平らで滑らかな物はいったい何だったのか。

急いで自室へと戻り、汚れた制服のポケットに手を入れた。ベッドの端に腰かけ、手の中の物をじっと見つめた。

すぐにひらめいた。

それは、ジム・ゲインセイのシガレットケースだった。

男子学生友愛会の盾のマークが彫られたもので、裏返すと手のひらの中でキラリと輝きを放った。留め金をパチンと開ける。中には二、三本の巻きたばこ。呆然としたまま銘柄に目を留めた――ベルウッズ。やはりジム・ゲインセイだ！　とすると、玄関の階段で出くわしたのは彼だったのだ。何をしていたのだろう？　真夜中過ぎに、セント・アン病院に何の用が？　息を呑むと、心臓が早鐘を打ちはじめた。前夜の彼の言葉を思いだしたのだ。「もし、五万ドルを手にすることができたなら……欲しいだけの金が手に入る……僕にはできる……きっとやってみせる」

彼は私たちがラジウムについて話しているのを耳にしていた。また――そうだ、はっきり思いだした――どの病室でラジウムが使われているのかも、南口のドアが開いたままになっているのも聞いていたのだ。そして、レゼニー医師が入ってきたら、ドアは閉められることになっていたが、窓のことがあって――。

誰かがドアをノックした。私はかろうじてシガレットケースを枕の下にしのばせた。ミス・ドッティだった。興奮して目を見開いている。

「南病棟のクロゼットの鍵はどこにありますか？」

「どこのクロゼット？　いくつかあるけど――」

「十八号室のです、もちろん。鍵を持っていますか？」

「いいえ、どこにあるのかもわからないわ。誰が鍵を探しているの？」

「下にいる人たちです」

「下にいる人たち?」

「あの、ちょっとほっそりした刑事さんですよ。たった今、いらしたんです。ああ、ミス・キート、彼、とってもハンサムなんです」いつもはぼんやりとした目が、ぐるりと上を向いた。

「誰がハンサムですって?」私は幾分ぶっきらぼうに答えた。ミス・ドッティの熱狂ぶりが腹立たしかった。

「ミスター・オリアリーです。お会いになったらわかります。あの話し方! 服装! それに彼の瞳は素敵としか言いようがないわ!」ミス・ドッティは、ミスター・オリアリーの魅力にすっかりとりつかれ、自制心を取り戻すのが難しいようだった。「でも、急がなきゃ。もし、鍵が見つからないようだったら、ドアを蝶番(ちょうつがい)から外すそうです」

「つまり、蝶番を外すってことでしょう。まったく、なんてことを! あの素晴らしいユーカリ材のドアに傷が残るに違いないわ。たぶん、看護学生の誰かが鍵をかけたのかもしれない。訊いてみてちょうだい。それとも――待って! 私が下に行くわ」

しかし、ミス・ドッティは糊の効いたスカートとともに、すでにその場からさっさと遠ざかっていた。

部屋を出る前に、かすかな罪悪感を心に抱きながら、シガレットケースを安全な場所へと隠した。その場所とは、洗濯物袋の底だ。ほとんど無意識に、シガレットケースの問題は外に漏らさず、こちらで保管しておくという決断を下していた。少なくとも、この件に関する私の責任がはっきりするまでは。これには、あまりにも重大な意味が含まれている気がして、すぐに何らかの行動を起こすことはためらわれた。

まだその件に心を奪われながら、階下へ向かった。セント・アン病院の主要部署を通り、事務室を通り過ぎ、南病棟の廊下に着いた。カルテ机に近付いていくと、一人の看護学生が涙ながらに私の腕をつかみ、三号室のヒステリー患者について話しはじめた。自分ではどうすることもできないので助けてほしいとのことだった。十八号室の進行状況に興味があったが、彼女の手伝いに向かう他なさそうだ。そして、その決断は私にとって結果的に良かったのだ！　さもなければ、警察がクロゼットのドアを開けたとき、私もその場にいたに違いない。

三号室のヒステリー患者は、いつになく頑なだった。いかにも敵意に満ちた態度で、まったく手に負えなかった。十八号室のドアの外から、抑制されたような混乱と震えるほどの興奮が伝わってきたが、何が起こっているか正確には把握できなかった。かすかに聞こえるハンマーの音、廊下を走る足音、よくわからない言葉を叫ぶ男の声、そして、女性の叫び声がしてすぐに静まった。三号室の患者がそれを真似し、故意に繰り返し、同調した。それから、何人かが急いで廊下を走り抜け、ドアの前を小さなカタカタという金属音が通り過ぎた。間違いなく担架の車輪の音だ。そして、言葉も聞こえてきた――「バルマン医師を呼んでください」さらに、何やら救急車の話が。

これでもう限界だった。私はできる限り急いで、患者を残してそこを出た。廊下には誰もいなかった。すぐに十八号室へ向かった。そこに着いたとき、警官がちょうどドアを開け、こちらを見て素早く狭い隙間に滑り込み、すぐにドアを閉め、私の前に堂々と立ちはだかった。

「この部屋には入れません」断固とした口調だった。

「でも――何が起きたんですか？　いったい何の騒ぎですか？」

「あなたはここには入れません」彼はばかみたいに繰り返した。驚いたことに、男の顔には、はっきりと恐怖が浮かんでいた。目を見開き、日焼けした顔は黄緑色を帯び、喘ぐような呼吸をしている。

「ここには入れないのです。あなたは、ここには――」

彼にできるのは、私をこの部屋から追い払うこと、それだけなのだ。時間と労力の無駄だと悟り、廊下を引き返した。リネン室の前を通り過ぎると、中に何人かの看護婦の姿が見えた。一人は失神して椅子にそり返り座っている。他の面々は周りを取り囲み、興奮した低い声で話し込み、横になっている看護婦に冷たい水をかけようとしていた。

「いったい、何ですか？」私が大きな声を出すと、彼女たちは振り向いた。一人は、あからさまにすすり泣いており、他の二人は幽霊のように真っ白な顔をしている。

「ああ、ミス・キ、キ――」一人が口を開いたが、歯がガチガチと鳴るだけで言葉にならなかった。他の大勢の看護婦たちは、ただそこに立ち尽くし、魚のように口をパクパクしている。私は耐え難く、歯がガチガチ鳴っているにもかかわらず、一心に彼女を揺さぶった。

「話してちょうだい。何が起こったの」彼女の肩から手を放し訊いた。

「ああ、ミス・キート、これ以上ないほどの恐ろしいことが――」

「こちらがミス・キートですか？」明瞭な声が戸口から聞こえてきた。

私は振り返った。

一人の男が戸口に立っている。その瞬間、私の目に映ったのは澄みきったグレーの瞳だけだった。のちに、彼が細身であまり背が高くないと気が付いた。グレーのスーツは仕立てのよいもので、同色の靴下は厚みのある絹に緋色の糸が織り込まれ、きちんと結ばれたスカーフも選び抜かれたものだと見て取れた。綺麗に髭を剃った顔、すっきりとした繊細な輪郭の顔立ちは、身なりのよい成功者といった雰囲気をまとっている。これがランス・オリアリーだとすぐにわかった。

「私がミス・キートです」

「ランス・オリアリーです」自己紹介は無用だったが、彼はそれを知らない。「もし、お時間がありましたら、あなたとお話ししたいのですが。一緒に事務室に来ていただけませんか――そこなら、邪魔されることはありませんので」

誰もが彼のことを際立った人物と見なしているようだが、私は意志の強さを持ちあわせている女性として、この刑事に対して確固たる態度を取ろうと決意した。しかし、気が付くと羊のようにおとなしく彼の傍らを歩き、事務室の中に入り、ドアが閉まると、こんな機会は千に一度しかないような気持ちで従順に彼の向かい側に座っていた。

「あなたは、南病棟の責任者ですね？」とても静かな声だった。のちにこれは、超然とした雰囲気を出すための完全に計算されたものだとわかるのだが。

「はい」

「あなたは昨夜、夜十二時から朝の六時まで当直に入っていましたね？」

「はい」

「ミス・メイダ・デイはあなたの助手ですか？」

「そうです」

「バルマン医師によると、ミス・デイは彼に夜中の二時頃――か、その十分ほど前に電話をされたそうですが。私が判断しますに、それは、あなたが死亡している患者を発見してから数分後でしょうか？」

「ええ、だいたいその時間だと思います。一時半過ぎに嵐が来て、慌てて廊下に出て南口のドアを閉めたんです。それから、十七号室の窓を閉めて、そして十八号室に行きました」それらの瞬間を思いだし、私の声は少し落ち着きを失っていた。彼は束の間、手にした鉛筆を透きとおった瞳で見つめ、話を続けた。

「十八号室の窓も開いていたのですか？」

「はい、南病棟の窓はすべて開いていました。とても暑かったので。嵐が来る前に閉めましたが」

彼は頷いた。

「窓は地面からそう離れていない。誰かがあなたの目を盗み、外から病院の中へ入ったということは考えられますか？」

「ええ」ゆっくりと答えた。「確かに可能かもしれませんが、考えにくいと思います。病室のドアは開いていましたし、夜はとても静かですから、何か変な物音がしたら気付いたと思うのです。でも、十八号室のドアは閉まっていました。確かではありませんが」

「それじゃあ、何の物音もしなかったんですね？」

「ええ――ただ、嵐がはじまる前にガタンという音がしました――窓が敷居に落ちたような。はっきりとではありませんが」

彼はまっすぐに私を見つめた。その瞳は水のように澄んでいた。

「窓というのは確かですか？　ドアが閉まったということも考えられますよね」

「ドアではありません。ドアは開いていましたから。確信はないのですが――調べたとき、何も見つかりませんでした。南口のドアはまだ開いていました。そして、わかっているのは窓もそのままだったということです」

「十八号室は覗きましたか？」

「はい」

一瞬、沈黙が走った。そして――。

「患者の状態は――そのときは穏やかだったんですね？」

「部屋は暗くて、中には入りませんでした。少しドアを開けて、そこから覗いただけです。中に入ったら起こしてしまうと思ったので。彼は眠っていました――つまり――」私は不意に口を閉ざした。眠っていなかったのかもしれない、と思ったからだ。患者が亡くなっているのを発見したのは、それから十五分も経っていなかった。

オリアリーは私の考えを読み取ったようだった。

「そうですね」静かに彼は言った。「患者は死んでいたのかもしれない――そのときには。時刻は確かですか？」

「ええ、一時半をちょっと過ぎた頃でした。ちょうどカルテに時間を記していたので、あの鈍い音が聞こえて見にいったんです」

彼はまた鉛筆の方に注意を戻した。粗末な小さい赤鉛筆で、手入れされた指のあいだでぼんやりと転がされていた。

「その音ですが、鋭く大きな音でしたか？」

「いいえ――」思いだそうとして口ごもった。「いいえ――かなり鈍い――こもったような――重みのある音でした。はっきりとは聞こえませんでしたが」

「他に何か、いつもと違うことはありましたか？　すべていつもどおりでしたか？」

「ええ、そうです。ただ誰かが――男の人が――」私は不意に口を閉ざした。あの男性はジム・ゲインセイに違いない。この件に彼を巻き込むつもりはなかった。少なくとも彼の行動を調べるべき論拠がなければ。

　しかし、ランス・オリアリーのグレーの瞳は真っ直ぐにこちらを見つめ、その視線は私の後ろの髪まで突き通すかのようだった。

「男の人が？」彼は尋ねた。

「そうです」決定的な事実を告げるように私は言い放った。それから、何気なく窓の外を見つめた。話題を終えようとするかのように。

「その男はどこに？」

「病院の周りを走っていました」素っ気なく答えた。黙っていればよかったと思いながら。

「ぐるぐると？」オリアリーが穏やかに訊いた。

「いいえ」鋭い口調で言い返した。「病棟の東側に沿って走っていたんです。私と――彼は――私たち、ぶつかったんです」

　オリアリーは真っ直ぐに姿勢を正した。

「なんと！」

「一息入れようと、外に出ていたんです」むっつりとした顔で説明した。「ちょうど玄関から出たとき、彼とぶつかったんです」

この件はもう決着がついたかのように、私は口を閉ざした。

「どうぞ、続けてください」一瞬の間をおいて、オリアリーは促した。礼儀正しく感じも良かったが、同時に不愉快でもあった。

「それで全部です」不機嫌に答えた。私は非常に作りの良い彼の靴に目を凝らした——そこに注目すると、男性は必ず狼狽することを知っていた——うぬぼれの強い男というのは！　しかし、彼はまったく動じなかった。

「それで、あなたは何と言ったのですか？」無礼とも言えるほど陽気に彼は質問を続けた。

「『なんなの、いったい——』と」私は、ずっと靴を見つめていた。

「それで、彼は何と言ったのですか？」

私は文字どおり、感情を込めて、そののしりの言葉を口にしたい邪悪な衝動と戦っていた。

「私がそのような言葉を繰り返すなどと、まさか期待されていないでしょうね」そう答えると、彼が微笑んだ。

「それから何が起こったのですか？」

「彼は——ええと——私を立たせて、走り続けました」

「まさしく騎士のような振る舞いですね」オリアリーが言及した。「そして、彼は走り続けた——病院の周りを？」

「いいえ」私はまた不機嫌な声を出した。「小道を走り、橋の方へ行きました」

「あなたはどうしたんですか？」

「私は、彼がやって来た方角へ向かいました。建物の端まで。でも、何も変わった様子はありませんでした」

「誰かを呼ばなかったのですか？　驚きはしませんでしたか？」

「用務員のヒギンスを呼ぼうかとも考えました。でも、何でもないことがわかったので、その必要はないと」

「それから、あなたは病院へ戻ったのですか？」

「そうです」

「そして、そのあいだ、変わったものを見たり、聞いたりはしなかったのですか？」

「そうですね――何かのにおいがしました」

彼は驚いたようだった。

「何かのにおいが？　においと言いましたか？」

私は彼の動揺を目にして、少し満足して頷いた。

「エルダーベリーの茂みを通り過ぎたとき、エーテルのにおいがしたんです。はっきりと。エーテルのツンと鼻につくにおいです」

「明らかに、それは異例のことですよね？」

「はい。でも、その夜は本当に暑くて、林檎園にエーテルのにおいなんて考えられませんから、何かの間違いだと思おうとしたんです。アルファルファやクローバーや他の植物のにおいも混ざっていましたから」

「それでは――どちらだったんですか？　エーテルのにおい？　それともただの思い過ごし？」

「わかりません」毅然と言った。「ただ、何があったかを話しているんです。奇妙に思われるのはわかっています——でも、昨夜は奇妙な夜でした。コロールの家での晩餐も何もかもが」私は、よく考えずに言葉を切った。

「コロールの家での晩餐会？　それは、ミス・レゼニーのことですか？」

「そうです」

「レゼニー医師もそこに？」

「そうですけど」

「他にも誰か？」

「はい。ミス・デイとバルマン医師とハイエク医師と、レゼニー医師の友達——ミスター・ゲインセイという方です。彼は技術者で、一日だけあのコテージに立ち寄ったのです」

「それから、あなたとミス・レゼニーですか？」

「はい」

「あなたは先ほど、その件についてほのめかしていましたね——確か『奇妙だった』と、そうおっしゃったと思いますが。どのように奇妙だったのでしょう？」

「そうですね——とても説明できそうにないわ。とにかく暑くて、息苦しくて——嵐の前の緊迫した空気が漂っていて」

「その——ええと——緊迫した空気は別として、他はすべていつもどおりでしたか？」

答えるまでに少し時間を要した。

「いいえ。私たちはみな、神経過敏になっていて落ち着きがなかったように思います。暑さと息苦しさのせいで。つまり、私とレゼニー医師——そして、ミス・デイも——」

「他の人は違っていた？」

「ええと――」夜のあいだ、ずっと感じていた、あの奇妙な緊張感を言葉にするのは難しかった。

「誰もが不自然な感じがしました。私がちょっと神経質になっていただけかもしれませんが。はっきりとしたことは何一つ言えないのです」

「なぜ、レゼニー医師とミス・デイについては、いつもと様子が違うとはっきり言えるのでしょう？」

「レゼニー医師はかなりせっかちな方でして――もし、彼のことを知っていたら、おわかりいただけると思いますが。いつも神経が高ぶっているというか、ひどくピリピリして気難しくて。昨夜は特に強烈で。ミス・デイはちょっとぼんやりして疲れているように見えました」

「あなたは確か――ブリッジをしていたと――それから、音楽も？」

「ええ、そのとおりです」

「会話の中で、特別な話題はありましたか？」

「いいえ――」

彼は、私の声にためらいがあるのを感じ取った。

「ラジウムについては、何か？」

「そうですね――ええ。でも、ただ一般的な流れの中の話です」

「それを使っていることは話題にならなかったのですか？　金庫から取り出していることも？」

「話していました」しぶしぶ認めた。

「どの患者に使われているか、どの部屋かは？」

「ええ、でも、さらっと話が出ただけです」私は、レゼニー医師が南口のドアを開けておくよう要求したことを説明した。

「他には何か?」

「特に何も。ただの一般的な話題です」

「どういった――」

イライラして彼を見た。

「どういったことについて?」彼は繰り返した。

「まあ、なんて暑いのだろうとか、みんなにお金があったら、どんなものが欲しいかとか、セント・アン病院はラジオや高価な救急車や一グラムほどのラジウムを備えていて、そういったものにどれほどお金がかかるかなど――それから、何人かでブリッジをやり、レゼニー医師がピアノを弾き、メイダと――ミス・デイと――私は果樹園を通ってセント・アンに戻り、制服に着替え、当直に就きました」

「あなたたちはお金について話しあった。みんなそれぞれ、お金があったら何が欲しいかについて」オリアリーはじっくり考え、鋭い直感で話し続けた。「おそらく、あなた方の何人かは特別な金銭欲を暴露したのでは?」

「誰もがそうでしたわ」私は白状した。「ハイェク医師以外は。彼はただ耳を傾け、楽しんでいるようでした」彼は微笑んだ。

「そのような告白について警戒する必要はありません。あなたたちがお金を欲していたとしても、特別な意味などありません。誰だってお金は欲しいものです。しかし、一語一句、思いだせる限り話の内容を教えてください。誰かのことをほのめかしていたとしても、心配なさらないでください、ミス・キート。私は、全体的な状況において、できるだけ考えをはっきりさせておきたいだけですから」彼はまた微笑んだ。その笑顔は格別に人の心を引きつけるものだった。一瞬だったが、顔全体が輝き、その影響で私は自分の心が温まるのを感じた。

どれだけ人に迷惑をかけることになるのかと思いながらも、思いだせる限りの会話を口にした。普段から記憶力はいい方なので、ほとんど抜け落ちたことはなかったように思う。

話し終えたとき、彼は鉛筆を回したり、指にからめたりしながら座っていた。鉛筆が本来の用途で使用されているのを一度も見ていない気がした。やがて私は、鉛筆が彼の心理作用を助け、もしそれがなければ、彼の思考能力も奪われてしまうのではないかという考えを抱きはじめた。まるで、サムソンの毛髪のように（旧約聖書の中の闘士。怪力の根源である長髪を失い、敵に捕らえられる）。それから、その子供っぽい想像を振り払った。

「お話は、これで終わりでしょうか――」私は遠回しに言った。「おわかりだと思いますが、今日はとても忙しくて」

「まだ終わりではありません、ミス・キート」彼の顔から微笑みはすっかり消えていた。表情は若さを失い、とても厳粛だった。「レゼニー医師を最後に見たのはいつですか?」

「昨夜、十二時半過ぎです」

「彼は、ジャクソン氏の様子を見にいったのですか?」

「そうです。病院にいたのは、ほんの少しの時間でしたが」

「彼が出ていくのを見ましたか?」

「はい」

「そして彼は戻らなかった。あなたの知る限り」

「戻りませんでした」

「町を離れるとか、おっしゃっていませんでしたか？」

「そのようなことは何も」

「彼は何も言わなかったんですか？　あなたに——ええと——何か心配事などは？　トラブルに巻き込まれているとか？」

「何も。ミスター・オリアリー、私は彼が今日じゅうに戻ってくると信じているんです。何か事故でもあったのではないかと。それなら説明がつくでしょうから」

「あなたは——レゼニー医師を尊敬していらっしゃいますか？」ランス・オリアリーは窓の外の灌木から滴る雨粒にじっと目を凝らしていた。

「はい」私は曖昧に答えた。「なぜなら、レゼニー医師は立派な外科医ですし、とても冷静で大胆でもあります。補佐をするのは好きでした」

「かなり長い付き合いですか？」

「ええ、何年にもなります。他の職員たちと同じ程度しか彼のことは知りませんが。もっとも誰かと特別親しくしているなんて考えられません。いつも他人と距離を置いて、何かの研究に没頭していらっしゃるようでしたから」

「どんな種類の研究かご存知ないですか——研究テーマについては？」

「いいえ、存知ません」

長い沈黙が続いた。雨が絶えず窓に打ちつけていた。廊下には四時の飲み物のトレイを運ぶ音が響いている。オレンジジュースやエッグノッグのグラスがカチカチとぶつかる音。事務室の中は少しひんやりとして、私はかすかに身震いをした。

「レゼニー医師が戻ってくることを心から願っています」私は言った。「セント・アンの院長があんな時間にどこかへ消えるなんて不名誉なことです」

ランス・オリアリーはゆっくりと私の方へ向き直った。

「レゼニー医師は戻らないでしょう」私の目をしっかりと見つめながら、彼は言った。

「戻らない？　どういう意味ですか？」

彼は頭を横に振った。

「彼は戻らないでしょう」ゆっくりと、そしてはっきりとした口調だった。「レゼニー医師は亡くなりました」

第四章　黄色いレインコートと、その他の問題

そのゆっくりとした言葉は、私の脳裏に衝撃をもたらした。無数の小さなハンマーが、鈍い音を打ち鳴らしているように。私は口を開けて何か言おうとしたが、彼の耳には届かないようだった。気分が悪くなり、目が回り、初めて手術室に勤務したときの光景が一瞬頭によぎった。突然、目の前のテーブルが揺れはじめ、部屋がぐるぐると回り、巨大な黒い毛布が襲いかかってきた。

それから間もなく、事務室の奥のソファに横たわっているのに気が付いた。まだ気分が悪かったが、顔が濡れていて冷たく、制服の肩のあたりが湿っている。誰かの低い声が聞こえた。レゼニー医師は亡くなりました――レゼニー医師は亡くなりました。

「大丈夫ですか、ミス・キート？」心配そうな声だった。

重たい瞼（まぶた）を開けると、グレーの袖が見え、澄んだグレーの瞳がこちらを見つめていた。瞬時に頭がはっきりした。支える腕を押しのけ、座り直し、震える手で無意識に帽子を探った。

「たいそうショックを与えてしまいましたね」ランス・オリアリーは心底後悔しているようだった。

「許してください、ミス・キート。本当に申し訳ないことをしました」

「あなたはさっき――レゼニー医師が亡くなったと？」私は夢の中でよくあるように、なかなか出ない声を絞りだして尋ねた。

「彼は亡くなりました」厳かな声だった。

「そんな――そんなはず――どうして亡くなったのか、話してください」

「あなたはそれに耐えられますか？　いつかは知らなければならないことですが」

「話してください」私は気を引き締めた。

「彼は、十二時間以上も前に亡くなっていたのです。十八号室のクロゼットの中にいました」オリアリーはそこで口を閉ざし、ためらうようにこちらを見たが、私は怯えながらも話を促した。「何かで殴られたようです。頭蓋骨が骨折していました。即死だったに違いありません」

「待ってください」立ち上がり、窓の方へ歩いた。雨に濡れた景色に目を向けたが、実際は何も見ていなかった。握った手のひらに爪がくい込んでヒリヒリと痛み、力を緩めたが、再度握りしめ、オリアリーに顔を向けた。レゼニー医師に好意を抱いていなかったのは事実だ――でも、いつも彼の傍らで働いていたのだ。

「あの、ミス・キート」ランス・オリアリーは少年のように申し立てた。「厳しいことばかりで申し訳ありません。でも、いいですか、この件をあなたが知っているのかどうか、私は確認しなければなりません。誰かがクロゼットのドアに鍵をかけた。そして、私は仕事柄、すべてを――すべての人を疑わなくてはならないのです」

　私は深くショックを受け、儀礼を欠いた彼の言葉にも憤りすら感じなかった。すぐに彼は続けた。

「これ以上、あなたのお力添えが必要なことは今のところありません。今日の午後、クロゼットのドアの蝶番（ちょうつがい）を外し、レゼニー医師の遺体を発見しました。ただちにすべてを調べ、救急車を呼びました。病室は掃除をすれば再び使用できる状態です。私が数日間――またはもっと長く――ここをうろつくことで、あなたはいろいろ思いだされるかもしれませんが。それもまあ、私の運次第ですね」彼は再び微笑んだ。どうやら、できる限り思いやりをもって接しようとしているようで、私も次第に好意を抱いた。「当然、検視官による審問が行われますが、形式上のもので、あなたが困ることはありません。今のところ、これですべてです。ありがとうございました、ミス・キート。少し休憩は取れそうですか？　今夜もまた夜勤ですか？」

「はい、そうです」私は最後の質問に答えた。「ミスター・オリアリー、何かわかったことがありますか？　誰が――誰がやったのでしょう？」

瞬時に、真面目な表情が浮かんだ。

「わかりません」彼はあっさり答えた。「犯人を見つけるのに協力していただけますか？」

「はい」じっくりと考えながら言った。「それが唯一理にかなったことですし、まさに必要なことですから」

「ありがとう」心のこもった言葉だった。「すでに協力していただいていると知ったら、興味深く思われるかもしれませんね」

「協力している！　どのようにですか？　あなたには何もお話ししては――」

「それではまた、ミス・キート。ところで、警官を一人か二人、今夜はここに残しておきます。それで、セント・アン病院の何人かは気持ちが落ち着くかもしれませんので」彼はドアを開け、気が付くと私はメインホールにいた。私の質問の答えは得られぬままだった。

まだ気分が悪く、ショックからも立ち直っていなかったが、差し迫った状況に行動を余儀なくされたのは、ある意味幸運だった。それは、恐ろしい日々のその場しのぎに過ぎなかったが。私たちはみな、あまりにも忙しく、ふさぎ込んでいる暇などなかった。

そのニュースは、もちろん看護婦たちのあいだだけに留まってはいなかった。患者たちには知られたくなかったが、彼らの多くは、レゼニー医師の治療を直接受けていた。それから、コロールのこと——一般的な礼儀として、彼女の所へ行かなくてはならない。

中央口の棚から誰かのレインコートを借り、廊下に出て南病棟に向かった。南口のドアから抜け出て、近道となる小道を通ってコロールのコテージに行くつもりだった。

廊下でバルマン医師に出会った。

「聞きました」私は、ただそれだけ伝えた。「コロールに会いに行きます」

彼は頷いた。

「理事会の要請で、レゼニー医師の後任を務めることになった——まあ、一時的なものだがね。看護婦を集めて会議を招集したところだ、ミス・キート。君はミスター・オリアリーと一緒だったから、邪魔しない方がいいと思ってね。みんなに状況を説明し、このことは患者の耳に入れないようにと指示を出した。実務講習は数日延期すること、勤務日程が確立するまで、それぞれの病棟で当直の人数を倍に増やすことを伝えた。みんな単独行動に神経質になっているようなので」彼の口調は穏やかだったが、極端な顔色の悪さに私の目は引きつけられた。

「少しお休みになった方がよろしいですよ、バルマン先生。それから、頬の痣の手当てをなさった方が——とてもひどい状態のようです」

彼は、手でそっと痣に触れた。

「昨夜、林檎園を通り抜けたとき、ぶつかったようだ。ミス・デイからの電話の後、急いで病院にかけつけたものだから」

「まあ――それじゃあ、脇道からいらしたのですか？」

「そうなんだ。正面玄関から向かうより時間の節約になるからね。こんなことになるとは思わなかったが」彼は慎重に痣に手をあてた。

「ヨードを塗るとよろしいですね」私は助言した。

「しばらく、病院で眠ることにするよ。事務所の奥のソファにいるから、何か必要なことがあれば、すぐに向かうつもりだ」

私はしっかりと頷き、先に進んだが、廊下を急いでいるうち何かが気にかかった。彼がさりげなく言った言葉が心に引っかかっていたのだ。どの言葉だろう？　ああ！「林檎園を通り抜けたとき、ぶつかったようだ」なるほど、理にかなった説明ですらすらと出てきたが、それ自体あやしいではないか！　けれども一方では、自分がぶつかった男がジム・ゲインセイであるという確信もある。

どちらにしても、確認する術がない。なんでもかんでも疑ってはいけないと自分に言い聞かせることで決着をつけた。あの事件だけでも充分神経にこたえているのに、身近な関係者を疑う恐怖を自分に課す必要はない。

あまり愉快ではない自分の考えに没頭しながら、十八号室を見ないように通り過ぎた。ただならぬ出来事を目にしないように。玄関には、大きな背中をドアの方に向けて警官が立っていた。私が階段を降りていっても停める素振りはまったくなかった。小道に出ると、木々から雨粒が頭の上に絶え間なく落ちてきて、風が薄手のレインコートを吹き飛ばして押さえつけるのがやっかいだった。体を屈めて、濡れた草葉や木々のあいだを通り抜けていく。低い枝が髪や帽子を撫で付け、棘のある枝が白いスカートにつかみかかった。果樹園の中は暗く、病院は植え込みや樹木やグレーの霧の中に隠れて見えなくなった。もうすぐ五時になろうとしていた。すでにあたりは暗く、小道はいつまでも留まるには気持ちの良い場所ではなかった。

小さな角を曲がり、坂を下ると、すぐ橋がある。その手すりに寄りかかっている人にぶつかりそうになった。驚いて声をあげると、その人物が振り返った。ジム・ゲインセイだった。ずぶ濡れで帽子を目深にかぶり、大きめなツイードコートの襟を立てていた。彼は煙草を吸いながら（パイプだと気付き、シガレットケースのことが頭に浮かんだ）、小石を小川に投じていた。それは、雨の日の娯楽とはとても言い難い。

「あら、あなたでしたか」私は声をかけた。

「ミス・キート！ ちょうどあなたに会いたいと思っていたんです。かわいそうなルイスについて何か教えていただけませんか？」

「ルイス？ ああ、レゼニー医師のことですね」その名前を聞いて、少し私の顔は青ざめたようだった。いずれにせよ、ゲインセイは鋭い視線で私を見つめた。

「そんなつもりでは――あなたを動揺させるつもりではないのです」申し訳なさそうに彼は言った。「おわかりいただけると思いますが、ほんの一時間くらい前に、オリアリーという人から聞いたばかりなんです。気が進まないようでしたら、お話しなさらなくてもけっこうです」

「それでしたら、私もあなたと同じ程度のことしか知りません。私もオリアリーという刑事から、話を聞いたのです。もちろん、ショックでした」

ジム・ゲインセイは頷いた。彼は再び小川の流れに目を向けた。昨夜の雨で水かさが増し、私たちの足の方まで泡立った流れが押し寄せていた。

「かわいそうなルイス」彼は低く呟いた。

「長年のお知り合いだったのですか？」小川を眺めながら、なんとなく私は訊いた。

「大学時代からです」ゆっくりとジム・ゲインセイは答えた。「彼のことは以前から好きでした。彼を理解していたとは決して言えませんが、誰にも理解できなかった。ここ数年は、ほんの数回しか会っていませんでしたが。本当にひどい話だ――あんなことになるなんて。警察はどのように考えているのでしょう？　誰が――誰が彼を殺したかについて」

「わかりません、私には」まだ記憶が生々しい不吉な夜を思いだし、身震いした。誰にも知られず、十八号室に潜んでいた恐ろしいものの正体。そして私は、役に立たない小さな蠟燭（ろうそく）を手に部屋じゅうを探していた。第六感のようなものが、そこに何かあると私に告げていたのだ！　再び身震いし、ひと息ついたところで、ジム・ゲインセイが改めてこちらの方に顔を向けた。

「こんな嵐の中、あなたをここに引き留めておくわけにはいかないですね。そんなレインコートでは寒いでしょう」

「ええ、少し。コロールに会いに行くところなんです。彼女はどんな様子ですか？」

ジム・ゲインセイの渋い顔に厳しさが増した。

「僕にはとてもわかりません。ルイスと同じくらい彼女のことは理解できないんです。でも、見るからに――ひどい状態です――今朝は。疲れているのでしょう。ルイスはきっと戻ってくると言い続けています。恐ろしく神経が高ぶっているようです。猫のように家の中をうろついています」嫌悪するように肩をすくめた。「見ていると、なんだかゾッとします。それから警察がやって来て、彼女に告げたとき――ルイスを見つけたと――すっかり凍り付いてしまったようでした。一言も言葉は発しませんでした」

「恐ろしくショックを受けていたでしょう？」

「うむ――わかりません。コロールがどう感じたのか、何を考えているのか、誰にもわからないでしょうね。もちろん、彼女とルイスはお互いにいらいらすることもあったでしょうが。つまり――おわかりいただけると思いますが――」彼は自信なさそうに私を見た。

「わかります」

「セント・アン病院はひどく混乱しているのでは？」

「私たちは通常どおり物事が運ぶよう、できる限り努力しています。当然、ひどい状況ですが。看護婦たちは最善を尽くしていますが、一種の興奮状態のようなものが底流にあります」私はコロールのことが気になっていたので、彼の質問がどこに向かおうとしているのか、すぐには気が付かなかった。

「昨夜、ミス・デイは、あなたと一緒に南病棟にいましたか？　それとも、いませんでしたか？」彼は注意深くパイプを手すりに打ち付けていた。

「いましたよ」

「どんな――ええと――恐ろしい思いをして、精神的に打撃を受けていませんか？」

「彼女とは、昼食のときにちょっと会っただけですから」他の状況だったなら、このわざとらしく、ぎこちない雰囲気に、思わず笑みを漏らしたかもしれない。

「僕が――彼女に会うのは、たぶん無理でしょうね？　ほんの少しだけでも？」

「六時から七時まで自由時間があります。でも当面、訪問客と会うのは許されていないのです……」

私の声は迷いを含みながら宙に漂っていた。

「でも、いいですか、ミス・キート、僕は——彼女に会う必要があるのです」その声は挑戦的で、私が理由を尋ねてもかまわないといった調子だった。「それでは、メモを渡していただけますか?」

メイダにメモを渡すだけなら異義はなかった。彼が雨風に背を向け、ポケットから取り出した黄ばんだ紙に急いで走り書きをするあいだ、私は、はためくレインコートの中で震えていた。彼は雨から守るため、紙を手元に寄せたので、それが未使用のウエスタンユニオン(米国の電報会社)の電報用紙であることがわかった。

「では、これを。ありがとう、ミス・キート」彼は折り畳んだ紙切れを差し出し、私はポケットに入れた。

橋を渡りきった所で、私は振り返った。

「あの、ミスター・ゲインセイ」大声で言った。「忘れていました。あなた、今朝、お発ちになる予定だったのでは?」

彼の顔には若々しさが見られず、メイダにメモを渡してほしいという切実さのみが伝わってきた。顔に皺が寄り、帽子のつばで翳っている細めた瞳には、計り知れない何かが宿っていた。

「数日間、出発を延ばすことにしました」少しためらいを見せたあと、彼は言った。「このようなときに、とても出発などできません。ルイスは友達でした。彼らはここに他の知り合いがいません。コロールには誰かが必要です」

彼の支離滅裂な説明に私は満足しなかった。しかしその件について問いただすことは控えた。なぜなら、レゼニー家の家政婦のハルダーは勇敢で行動的で、世間の「口やかまし屋(ミセス・グランディー)」にもふさわしい付添人だった。

私が快く思っていないことは、表情にあらわれていたと思う。なぜなら、ジム・ゲインセイが慌てて言い添えたからだ。

「僕が乗る船は、来週まで出航しないのです」

「あなたの船？」

「トスカニア号に乗船する予定です」

「そう」私は、それだけ言った。そこで話は終わり、丘の上を目指した。

レゼニーのコテージに近付くと、冷たく悲壮な感じがした。芝の小道に水たまりがいくつかできている。花は風によって打ちしおれ、吹き飛ばされてきた茶色の葉がポーチの至る所にあった。呼び鈴にハルダーが応じた。彼女の目は赤く腫れていて、コロールが被るようにと強要した帽子が耳からだらりとぶら下がっていた。

「ミス・キート！」彼女は声をあげた。「まあ、こんなに濡れて！」私のレインコートを取り、腕に抱えたので、滴が絨毯に落ちることはなかった。「ああ、ミス・キート！　こ、こなことって！　こ、こなことって！」ハルダーは、ひどく取り乱したとき、一文字言葉が抜ける癖があった。

「ええ、恐ろしいことだわ、ハルダー」私は言った。「ミス・コロールはどうしているかしら？」

ハルダーは、がっしりとした肩を奇妙な具合にすくめた。

私の質問には答えず、〝そちらに、書斎にいます〟と、身振りでドアの方を示した。そして、後ろからついて来た。ハルダーの陶器のような青い瞳は好奇心で丸くなり、ピンクに縁取られてウサギのようだった。

「あら、あなただったのね」愛想もなく、無関心にコロールが言った。「お願いだから、ハルダー、その濡れたコートをキッチンに持っていって。それからドアを閉めていってね」彼女は意地悪く言い足した。「おそらく、お悔やみを言いに来たんでしょう」と、腕の下のクッションを居心地の良い位置に整えた。彼女は大型ソファに腰掛け、上半身を横たえていた。暖炉の火はすでに燃えかすとなり、くすんだ灰とほのかな赤い光が所々でくすぶっていた。部屋に明かりはなく、薄暗がりの向こうの窓の外に雨に濡れた黄昏が見えた。

コロールの髪は、いつもの滑らかな金色のウェーブと異なり、少し乱れていた。目の下には隈ができ、顔は、ぼんやりと翳った明かりを受けて血色が悪くやつれていた。しかし、ブロンズの混じった緑色のシルクガウンは豊かな曲線を描き、優雅に見えた。びっしり刺繍を施した中国製のテーブルクロスは、いつもはそばの長いテーブルの上に掛けていたが、今はどういったわけか、彼女の足の上に掛かっている。それが斜めに歪んでいたので、彼女はこっそりと手を伸ばして直した。私が入ってきたとき、急いでそれを足の上に掛けたような印象を受けた。

「ええ」私は重々しく答えた。「こんなことが起こるなんて、本当にお気の毒だわ」

「そうね、もちろん、ひどいことよ」彼女は慌てて同意した。「何もかも口にするのも恐ろしいくらいだわ」

私たちには、ほとんど交わすべき言葉がなかった。私はお決まりの言葉を述べ、コロールは、レゼニー医師の遺体が、家族と一緒に埋葬するためにニューオーリンズに送られることを話し、私が手伝いを申し出たことに対しては、おざなりに礼を述べた。

「ジム・ゲインセイは、数日ここに残ることになったの」彼女は言った。「ありがたいけど、彼にいったい何ができるのかしら」彼女の声に、かすかな憤りが感じられ、驚いた。普段は、異性の友人に不快感を抱くような女性ではないはずだ。

「ハルダーがいてくれて、あなたも安心でしょう?」他に良い言葉が見つからず、私はそう言いつくろった。

「ええ、そうね」コロールは不満そうに答えた。「まあ、いつもどおりにやってくれてるわ。彼女は今回のことですっかりうろたえちゃって。私が話しかけるたびに飛び上がるのよ」

「誰かに来てもらって、数日一緒に過ごしてもらったら?」

「いいえ」コロールはきっぱり断った。「いいえ。どうしてそんな必要があるの?」

「ほら――何かの場合に備えて――ええと――思いがけないこととか。少しあなたも神経質になっているでしょうから」私の説明はどこかちぐはぐだった。そしてコロールは、昨夜病院にいる私たちに降りかかった出来事について、何も知らないのだと思いだした……十八号室の、あの奥行きのない鍵のかかったクロゼットがさっと頭によぎる。私は不意に立ち上がり、別の椅子に移り、他のことを考えようとした。

「……何かが起こっても、ハルダーが役に立つとは思えないわ」コロールが話していた。「頭にシーツでもかぶって、ただ叫び声をあげるだけよ。でも、ジムがいるわ」彼女はしぶしぶ最後にその名前を付け加えた。「たいした人ではないけど」とでも言うように。それから、沈黙に戻った。

「病院に戻らなきゃ」まもなく私は言った。ここにいることが彼女にとって必要だとは思えなかった。

「ラジウムがどうなったか、彼らはまったくわかっていないようね」私が立ち上がると、さりげなくコロールが述べた。

「そうね。どう考えたらいいのか、私もわからない」

「誰かがミスター・ジャクソンを殺した、と考えるのが当然でしょうね――ええ――ルイスが――ラジウムを手に入れるためそうしたと」

「そうね、そのようね」私は同意した。「こっちは、その可能性を考える時間もなかったわ――あまりにも衝撃的で」

「警察はラジウムの行方を追わないのかしら?」

「私には何も考えられない」厳しい口調で答えた。彼女がラジウムに興味を抱いていることが不快だった。そして、まったく悲しみをあらわさない冷淡さに反感を覚えた。レゼニー医師とは、うまくいっていたとは思えないが、それにしても、彼らはいとこで同居人だったのだから。

「そうね」彼女は続けた。「何もかもが、とても奇妙だわ。事件が起こったとき、あなたは何か聞いたり、見たりしなかったの?」彼女の猫のような瞳、大きく開いた黒い瞳孔は、暮れゆく夕闇に輝き、興味に満ちた揺らめく光を放っていた。

「何も」素っ気なく答えた。コロール・レゼニーに質問されるのは不快だった。「私にできることが何もないなら、もう行くわ」

「急ぐ必要はないでしょう」彼女はのんびりと、あくびをしながら言った。抱えたクッションの下で豊満な体を伸ばし、よりくつろいだ姿勢を取りながら。

「おやすみなさい」素っ気なく別れを告げた。「それから、明かりを点けた方がいいわ!」そう言って、不意にランプの紐に手を伸ばし、引っ張った。緑色の光が大きなソファを照らした。

コロールは驚き、言葉にならない声を漏らした。飛び上がるように座り直し、中国製のテーブルクロスをつかんで引っ張り、しっかりと足を覆った。

「おやすみなさい」もう一度言って、立ち去った。

ハルダーが廊下で待っていた。コートを受け取ったとき、何か話したいことがあるような、ためらっているような気配を感じた。しかし、私は急いでいたし、さらに言えば、彼女を慰める気分ではなかった。レインコートを肩にはおり、水しぶきをあげながら、ずぶ濡れの小道を歩いていった。

降り注ぐ雨も、不快な足元の冷たさも、ほとんど感じなかった。南病棟に入り、静まり返った廊下をそっと歩いているときも、ある問いが、まだ私の胸の中でくすぶっていた。

レゼニー医師の書斎の明かりを点けたとき、ちらりとだが、はっきりと、コロールの室内履きが目に入った。それは繊細なスチールの留め金が付いた、美しいブロンズ色のヤギ皮のハイヒールだった。濡れた泥と落ち葉がこびりついていた。

日中、コロール・レゼニーは、どこに行っていたのだろうか？　そんなに急いで家を出て、風雨の中、あの美しい室内履きを履き替える暇もないほど、どんな急用があったのだろう？

鏡の中の白くやつれた自分の顔を前に、からんだ枯れ葉を取り除き、ばさばさの髪をまとめ、帽子を正しい位置に合わせた。靴が濡れていたので履き替えた。左のこめかみの神経痛の発作が起きそうだった。あんな雨の中、ジム・ゲインセイと長々と話をするべきではなかった。

ゆだねられたメモのことを不意に思いだした。夕食のときにメイダに渡そう。ちょうどそのとき、食事を告げるベルが鳴った。

うっかりして、借りてきたレインコートを着たまま部屋に上がってしまった。それを腕にかけ、食堂へと降りていった。誰のレインコートを勝手に使ってしまったのだろうとぼんやり考えながら、ポケットに手を入れると、男物のハンカチーフが出てきた。大きな白いハンカチで、目印になるようなものは何もない。でも、かすかに何かの香りがした――私はその四角いリネンを鼻にあてた――好奇心に急かされ、もう一度においを嗅いだ。かすかだが間違いない。折り畳まれたハンカチからエーテルのにおいがした。

私は階段の途中で立ち止まり、レインコートを見つめ、慎重にもう一方のポケットを探った。そちらには何もなかった。コートには名札もイニシャルもついていない。

黄色いレインコートは、他にも似たようなのがたくさんあった。それ以上調べても持ち主は見つからないだろう。しかし、ハンカチーフに染みついたエーテルのにおいについて、謎を解明したい思いだった。コートを棚に戻し、誰が取りにくるか見張っていれば、少なくとも持ち主はわかる。しかし、夕食の時間には誰もそれを取りにくることはないだろう。一日のうちのもっとも平穏な時間だ。ハンカチをポケットに戻し、レインコートをフックの元の位置にかけ、夕食へ降りていった。しかし、急いで夕食をすませ、十五分ほどで戻ってきたときにはコートはなくなっていた。誰がそれを持っていったのか、まったくわからなくなってしまった。

食堂の外の廊下でメイダに会い、ジム・ゲインセイからのメモを手渡した。それを読む彼女の顔が赤らんで生き生きとしているのを見て、漠然とした満足感をおぼえた。しかし、その赤らみは、やがて青白くなり、数行読み終えたときは唇まで色が変わっていた。食事のあいだも、メイダは一心に視線を皿に向けたまま、ほとんど食べていなかった。夕食後、たまたま東側の窓のそばに立っていると、白い帽子を頭に載せた、細くぼんやりとした人影が道を曲がり、林檎園に入っていくのが見えた。七時過ぎ、私が部屋でうとうとしていると、メイダが入ってきた。彼女の顔を縁取る柔らかな黒髪にわずかに霧の滴がついていた。ジム・ゲインセイは彼女に会えたのだと確信した。

しかし、彼女は彼について何も言わなかった。しばらく部屋の中を動きまわり、化粧台の上に置きっぱなしにしていたマニキュア道具をいじったり、『サージカル・ニュース』の最新号のページをぱらぱらめくったりと、心ここにあらずといった女性がよくやるような振る舞いそのものだった。私の医療器具一式を取り出し、刃が弓なりになった包帯ばさみや輝くピンセットについて何か言ったり、皮下注射に使う注射器をぼんやり手に取ったりしていた。

前夜のことについて、私たちは何も話さなかった。つい昨日の出来事なのに、あまりにも恐ろしい事態となってしまった。私たちは二人とも、再びやってくる二回目の見回りという試練に対して、無意識のうちに自身の防備を固めていた。あの記憶がどうしても頭から離れず、軽く考えることができないのだ。

メイダの両頰は深紅色に染まっていた——おそらく、雨の中を歩いてきたのだ——しかし、目の下には細い紫色の影ができていた。いつもは落ち着きのある手が、道具を触りながら少し震えている。些細なことを早口で話したり、沈黙に陥ったり、誰かが咳をしながら通りかかると、メイダの瞳は暗く翳り、何かを恐れるように素早く肩越しにドアの方を見ていた。

私たちはこの二十四時間ずっと神経を張りつめていたため、こういった反応は充分予想されることだった。彼女が明らかに不安定な様子でも、特に疑問に思うことはなかった。

それから三十分も経たないうちに三階の電話に呼び出された。接続状態が悪く、呼んでいるのがミス・ニールだとわかるのに少し時間を要した。部屋に戻ると、メイダはいなくなっていて、十二時に南病棟で顔を合わせるまで姿を見なかった。

私たちの言いようのない不安に反して、その夜の二回目の見回りは、いつもどおりに行われた。電気はようやく修理され、すべての照明が灯ると、少し明かる過ぎるような感じがした。南口のドアの前には警察官が、椅子の背を壁に傾けて、うつらうつらうたた寝をしている。ハンサムではないが、好ましい印象を受けた。

ありがたいことに、私たちにとっては忙しい夜となった。手伝いが必要だったので、オルマ・フリンと看護学生、二人の正看護婦を病棟のあちこちに配置し、それによって静けさや気味の悪さが少し軽減されたようだった。

深夜二時頃、ソニーからの呼び出しがかかり、私は病室に向かった。

「やあ、ミス・キート」ベッドの上のライトを点けると、彼が言った。「昨日の夜以来、僕に会いに来てくれなかったね」

あれは、つい昨夜の出来事だったのか？

「ずっと忙しかったのよ、ソニー」私は答えた。「ギブスはどんな感じ？」

「昨日の夜はひどい具合だったよ」ソニーは少し動いて、疲れた体を楽にした。「でも、今夜はましだよ。ずっとよくなった。昨日の夜、何があったの、ミス・キート？　誰かの悲鳴が聞こえたんだけど」

「女の子の一人が、ちょっと怯えてしまったの」私はさりげなく説明したが、ソニーは当惑したままじっとこちらを見つめている。

「今日だって、すごく変なんだ。たくさんの人が出たり入ったり、ドアの向こうで聞きなれない足音もするし。今日のお昼の二時頃、全部のドアが閉められて、廊下を進む台車の車輪の音が聞こえたんだ。誰か――患者さんの誰かが死んだの？　ミス・キート？」

　真実を告げられないときは、できるだけ真実に近いことを告げようと、私は常に決めていた。

「患者さんの一人が亡くなったのよ、ソニー。お年を召した紳士だったわ」

「そう」疑いの目で見つめながら、ソニーは言った。シーツを整えようと私は手を伸ばした。長いあいだ苦しみ、為す術もなくベッドに横たわる生活。ここにいながら他の世界を感じ取る、極めて鋭い直感を彼は身につけるようになっていた。

「そう言えば」再び、彼は言った。満足していなかったが、礼儀正しく振る舞っていた。「パーティーは楽しかった？」楽しそうに尋ねた。

「パーティーは――いえ、楽しくなかったわ、ソニー。あれは――えーと――あまりいいパーティーじゃなかった。とにかく暑すぎたのよ」

「たぶん、ミス・デイはここに来て、話してくれる時間がなかったんだろうな。楽しみに待ってたのに。きっと忙しかったんだね」

「でも――」慌てて考えを振り払い、話を続けた。「今夜、会いに来てくれると思うわ。何か欲しいものはある？　ソニー」

「冷たい飲み物をください。それから、枕も変えてくれますか？」

　飲み物を持っていき、寝心地が良くなるようベッドを整えた。

　結局メイダは昨夜、ソニーに会いに行かなかったのだ！　確か、彼女は自ら会いに行ったと言ったのではなかったか。私が訊きもしないのに。その件についてしばらく考えてみたが、やがて、やめた方がいいと結論を下した。唯一決定的なのは、結局メイダが意図的に嘘をついたことに行きつくだけだ。その結論は私の心を軽くはしないだろう。

その後、夜勤は順調にいかなかった。

真夜中から翌朝四時まで、セント・アン病院の体制はひどく不安定なものだった。薄暗く、寒く、わびしい時間――脈動はとても弱々しくゆっくりとなり、息をするにも疲弊して命が負担に感じられ、この世から逃れるのはあまりにも容易で、もう一つの世界がとても身近に感じられる。看護婦は患者のそばを離れずに、彼らが静かに安らかな旅路へと向かわぬように全力で見守る。この職業にもっとも求められるものの一つは、どん底のときに発揮できる強さだ。

昨夜、この病棟で二人の男性が亡くなった――誰かの手にかかって死んだのだ。誰の手だったのだろう？

どういうわけか、この暗闇の時間帯、しんとした薄暗い病棟で、私がもっとも恐怖を感じ、胸が締め付けられて喉まで震え、鳥肌が立ったのは、鍵がかかったクロゼットの記憶のせいだった。

死者は歩くことができない。死者は鍵を持ち運べない。死者はドアをロックできない。

誰があのドアをロックしたのか？　きっと外部の侵入者だ。セント・アンの数少ない仲間の一人ではない。そう信じるべきだ。もちろん、警察は病院中を捜索したはずだ。恐るべき侵入者は、まだその辺にいるのかもしれない。古い廊下や通路の奥まった場所に潜んでいるのかもしれない。

それにしても――セント・アン病院の内情に通じているのは誰だろう？　ラジウムが使用されていることを誰が知っていたのだろう？　実際に誰がその価値を理解していたのだろう？

十一号室の信号灯が点滅した。赤く記された体温表も見ずにカルテを置き、急いで向かった。

十一号室の患者は震えていて、その後予想どおりひどい熱が出た。うなされ、意識が朦朧としている。バルマン医師の指示では、状態によっては夜に鎮静剤を投与することになっている。私は薬剤室に向かった。

　薬剤室は病棟の北の端にあった。ちょうど調理室の向かい側だ。そこには常に少量の薬剤が保管されている。薬の量が少量なので、鍵はかけていない。薬剤室には、必要とされる様々な器具も常備されていて、その中には注射器と針の在庫もある。この一週間、南病棟の注射器は管のところに不具合があり、メイダが自分の器具一式を持ってきて、引き出しの壊れた注射器の横に保管していた。

　引き出しを開け、注射器を一つ取り出した。それは壊れていた。もう一つはメイダが使っているに違いないと考え、彼女が戻ってくるまで少し待ち、それから探しに出かけた。

　彼女は調理室で麦芽乳の準備をしていた。

「注射器を借りていいかしら？」急いで尋ねた。

「注射器？」

「ええ、そう、すぐに使いたいの」

「薬剤室になかった？」クリーム色の粉を慎重に測っている。

「ええ、あなたが持っていると思ったんだけど」

「今夜は使ってないわ」彼女は私の方を見なかった。

「ミス・フリンが使っているか、聞いてくる」私は素早く出ていった。しかし、ミス・フリンのところにもなかった。しばらく使っていないと言う。私が見落としたのではないかと言い、わざわざ一緒に薬剤室に戻り、自ら引き出しを開けた。

「ほら、あったわ！」彼女は得意げに言い放った。

それは、確かにそこにあった！

私はくやしくてたまらなかった。特に、ミス・フリンが笑って、私の視力についてまったく笑えないような冗談を言ったからだ。

注射器に液剤を満たしているとき、何かが目につき、思わずそれを落としそうになった。製造会社名が彫られているニッケルメッキのところに傷があった。それは私が目印として自分でつけたものだった。病院では、そういった道具が、しばしば他のものに紛れ込んでしまう。それで、はさみで『K』という文字をつけたのだ。一見、製造会社『Kesselbach』の頭文字のように見えるが。

私の注射器！　どうしてここに？　閃光のように私の記憶はメイダへと戻っていった。窓の敷居に座り、私の部屋で道具一式を見つめていた。爪をピンクに染めた指で、この注射器を取り出していた。

いつものように、ごく自然に注射器の準備をし、針を消毒して取り替え、十一号室に戻った。しかし、暗い病室の中で、患者の呼吸が徐々に穏やかになっていくのを聞きながら、そして、突風と雨の中、ゆっくりと灰色の夜明けが訪れるのを感じつつ、自分が新たな問題を抱えることになったのだとようやく気が付いた。

第五章　ラピスラズリのカフスボタン

その朝から、私は事件について強く興味を抱きはじめた――つまり、問題を解決することに。実際ミスター・オリアリーは、私の証言が役に立ったと言ってくれた――彼の言葉を繰り返すつもりはないが。けれども、すべて自分の力で行ったことは事実だ。それは、直面している謎を解明するのに微力ながらも役立った。一方で、私は詮索好きではない。にもかかわらず、探求心はある。もう何年も病院で生活しており、病院はゴシップの温床であることは確かだ。もちろん、悪意に満ちたゴシップではない。看護婦というのは、世の中における女性の一階級であり、品位を求められると同時に職業倫理を持ちあわせ、その上で信念を貫くことができる職業である。

しかし、この小さな世界で起こったことは、なんでも興味の対象となり得る。慈善病棟の患者が体温計を呑み込みこみそうになり、逆さにして揺する事態になったとか、生まれたての赤ん坊が、突然オープンカーで病院の前にやって来たとか、アルコール依存症患者の衝撃的な言葉が――場合によっては話が他に洩れ――病院中に広がることも。

その上、南病棟で殺人が起こったという事実。それに対して私は責任を感じる――つまり、ここは殺人病棟ではない！――他にも深刻な考慮すべき事柄があった。これらの中で、主な懸念は注射器の問題と七日の夜のメイダの不可解な行動。そして、あの金のシガレットケースが証明するジム・ゲインセイの存在。

病院は神聖な場所であるべきだ。この忌まわしい出来事が、慈愛の壁の中で起こるなど人類のすべての摂理に反することだ。私は意識的に、あらゆるものに疑いの目を向けるように気持ちを集中した――そして、難なくそれが実行できたのは、私自身の性格によるものではないと信じている。

疑わしいことが多々あることには気付いていた。そして、しかるべき道から外れることなく、行動した。唯一残念なのは、自分が敏感で、頭脳も明晰で、人並み外れた決断力を有していると自負しながらも、結論にまったく辿り着けなかったことだ。

私は一日中メイダのことを心配していた。しかし、ランス・オリアリーが四時頃にあらわれ、礼儀正しく面談を依頼されると、喜んでいいのか心苦しく思うべきなのかわからなかった。

私たちは、話をするために一般の待合室に行った。肌寒い場所で、ツルツルした皮張りの椅子があり、壁には愉快とは言い難い炎の中のジャンヌ・ダルクの絵が掛かっている。雨が降り続き、雲はまだ厚く空を覆い、正面玄関のコンクリートの階段や窓の下には雨の染みができていた。この奇妙な数日間、太陽がまったく見られないのでよけいに息が詰まった。触れるものすべてが湿っぽく、冷たく、汗臭い。

オリアリーは、前日と同じくらい細部まで行き届いた身なりをしていた。静かだが、常に何かに集中しているような雰囲気があり、それが彼を世間の平凡な出来事から切り離しているように感じられた。以前、知っている芸術家の顔に同じような表情を見た――親愛と高徳とが刻まれた老いた修道女だった。私は彼女のもとで訓練を受けた。

そうでありながらも、彼には気取ったところがまったくなかった。かなり無口で、ときおり妙に少年っぽく、単純で率直だった——無意識のうちに身に着いたものが、彼の特徴となっているのだ。そして、おそろしく澄みきったあのグレーの瞳。

オリアリーは、いくつか当たり障りのない質問をした。私の気分はどうか、仕事は順調か、警官は役に立っているか、等々。それから、ぼんやりとポケットに手を入れて短くなった赤い鉛筆を取り出した。

「七日の夜、ミス・デイは病棟であなたの助手を務めていましたか?」

「はい。この二週間、二回目の見回りは彼女と一緒でした」

「彼女はセント・アン病院に勤務されてどのくらいになりますか?」

「三年です」

「優秀な看護婦のようですね?　冷静で控えめで?」

「ええ、そういった看護婦の一人です」

「あなたの友人ですか?」

「彼女のことは高く評価しています」私は心から言った。「彼女は高い道徳心をもった女性で、立派で信頼もおけます」

「ふむ——」彼はいつものように鉛筆を回しはじめた。

「看護婦同士というのは、かなり親しい間柄になるようですが、同様に、頻繁に出入りする医者ともそのようになりますか?」

「そうですね」彼の質問がどこに向かっているのかわからぬまま、疑いを抱きながら答えた。

「ミス・デイはとても好き嫌いのはっきりとした女性のようですが」

そうだ、そのとおりだった。私はしっかりと頷いた。

「彼女はミス・レゼニーの良き友人でしたか？――それから、レゼニー医師とも？」

「いいえ――特にそういったことは」言葉を選びながら言った。「私たちみんなが親しくしていました。コロールがよく家に招待してくれましたので」

「ミス・デイは、レゼニー医師と頻繁に仕事をする機会がありましたか？」

「私と同じくらいだと思います。彼女は優秀な外科の看護婦です」

「つまり、彼女は手術の助手としても優秀だった？」

「そうです」

「そういったことに必要なのは――度胸ですか？　勇気？　冷静さ？」

「ええ」私は落ち着かない気分になってきた。

彼は一瞬黙り込んだ。グレーの瞳が窓の向こうの分厚い雲を見つめていた。

「もう一度、話してくれませんか、ミス・キート？　あなたが最初にジャクソン氏が亡くなっているのを発見して、そのときどうしたかを」

「十八号室を出て蠟燭（ろうそく）を取りに行きました。戻ってくると、ミス・デイが十八号室の戸口にいました。雷が光って彼女の顔が見えました。そして、話しかけてきました」

「何と言ったのですか？」

「嵐のことで何か。彼女が病棟の窓を一つ一つ閉めていたんです」

「ジャクソン氏が亡くなったことを彼女は知っていましたか？」

「まさか！　私が蠟燭を灯して、彼女がベッドの上を見るまでは」

「彼女は当然、驚いた?」

「はい」

「それから、ミス・デイは暗い廊下を通り、事務室まで行って、レゼニー医師に電話をかけたんでしたね。彼女は自ら進んで行ったのですか? それとも――しぶしぶ?」

「ええと――確か――」

私がためらっているのに彼は気付いた。

「レゼニー医師に電話するとき、あまり気が進まないようだった?」

「廊下はとても暗くて、自分の手さえもよく見えないくらいでしたから」私は、はっきりと答えた。

「それに、ひどい嵐で」

「もちろん、もちろんです」オリアリーは穏やかに言った。

「ミス・レゼニーが、医師は出かけているとミス・デイに告げた」彼は静かな口調で続けた。「そして、ミス・デイはバルマン医師に電話することを思い付いた。彼女は電話番号を知っていたのですか? それとも、事務所に明かりがあったのでしょうか?」

「彼女は電話番号案内に問い合わせたはずです」

「それで、バルマン医師はただちにこちらにやって来た?」

「はい。すぐに来ました。彼は、レイクストリートを入った手前のアパートに住んでいて、車ですぐの距離ですから」

「そのあいだに、あなたはハイェク医師を起こしたのですね?」

「そうです。彼は事務室の奥の小部屋で眠っていました。いつも夜には呼び出しに応じることになっています——何かあったときのために。熟睡していない限りは」私は不機嫌に言い添えた。一番必要なときに彼がどんなに深く眠り込んでいたかを思いだしたのだ。

「なぜミス・デイはハイェク医師を呼ばなかったのでしょう。バルマン医師に電話をしたとき」

「彼女は呼ぼうとしたんです。でも、彼は目を覚まさなかった。それに、バルマン医師はレゼニー医師の助手です。そのような重要な件には、当然彼を呼ぶべきだと」

「それで、あなたがご自分でハイェク医師を呼んだのですね。何が起こったのか、彼に告げたんですね」

「いいえ、私はひどく興奮していて、ただ、すぐに十八号室に向かうよう言っただけです。彼をドアまで引っ張っていきました」私は少し笑った。「コートをつかんで——」

「コートをつかんで？　それじゃあ、ハイェク医師は服を全部着たままだったのですね！」オリアリーは、射るように私の瞳を見つめた。

「はい」私は口を閉ざした。あることを思いだし、それが重く心にのしかかってきた。「きっと外にいたんだわ！　雨の中！」

「なぜ、そう思うのですか？」

「彼のコートは湿っていました」

オリアリーは、しばらく鉛筆をじっと眺めていた。

「それから、何が起こったのですか？」抑揚のない声だった。

「そう——それから——それから、明かりを手に取って十八号室に戻りました。みんなそこにいました。メイダとハイェク医師、バルマン医師も。彼らは、ただじっと患者を見つめ、何もしていませんでした。モルヒネの過剰摂取によって亡くなったと、バルマン医師は言いました。もちろん、私は知っていました。モルヒネの投与など、まったく指示されていなかったはずなので。つまり、意図的に注入されたということです。そして、私たちがそこに立っていたあいだ——」私は言葉を切った。これは言う必要のないことだ！

しかし、彼は素早く私を見据えた。

「続けてください、ミス・キート」

「たいしたことではありません」

「それでは話すことに抵抗はないでしょう」

「そうですね」しぶしぶ話しはじめた。「ただ、私たちがそこに立っていたとき、不意にほんの少しの血液が、遺体の注射の傷痕から出てきたのです。針を注入したときの小さな刺し傷です。それは——」私は声の震えを隠そうと咳をした。「それは——とても異常なことで」

いつもは職業柄、動揺を見せないランス・オリアリーが、かすかに震えているのがわかった。彼は鉛筆をきつく握りしめ、深く息をついた。

「その古い迷信は、何の根拠もないものです」彼は言った。「しかし——ぞっとしますね。部屋にいたのは、あなたとミス・デイとハイェク医師とバルマン医師だけですか？」

私の喉はからからで、ただ身振りで同意を示した。

「それから——クロゼットにはレゼニー医師」オリアリーは静かに言い添えた。

それを受けて、私の顔は真っ青になったようだ。ランス・オリアリーは不思議なほど澄んだ眼差しで、慌てて話しだした。私の気をそらそうとするかのように。

「あなたは、とても思慮深い女性だと信じております」

「もちろん、そうあるべきです！　私くらいの年齢になれば」

「事件の真相は、あなたのお話にかかっているのです」彼の声は冷ややかだった。「いいですか、ミス・キート。これは楽な仕事ではありません。第一に、罪を犯した人間はセント・アン病院に関係のある誰かだと考えられます」私は意義を唱えるような素振りを見せたが、彼は続けた。「間違いなく、あなたはそれに気が付いていますね？」

「はい」小さな声で答えた。

「どうしてですか？」

「なぜなら、犯人はラジウムが使われていることも、どの部屋で使われているかも知っている人間に違いないからです」

「そして、病院の日課について熟知していた。誰にも見られずに病棟に入り込む一番良い頃合いを知っていた」

「それでは、ジム・ゲインセイはその中に該当しませんね」何も考えず、私は述べた。

彼は鋭くこちらを見た。

「彼のことは、のちほどお話しましょう。ラジウムについては——そうですね、ラジウムを盗んだのは、少なくとも動機の一つと考えられます。ラジウムが消えたということは、つまり、そういうことなのでしょう。ただの目くらましかもしれませんが。しかし、ラジウムはとても価値のあるものです。多くの人間にとって一財産になります。所定の手順によって、多量のラジウムを処分する者がいれば、すぐに報告がくるよう手は打ってあります。しかし、この報告が来ることは期待していません。

ラジウムを手に入れた人間は、当然、この事件が終息するまで、売却するのを待つはずです。そうです、ラジウム泥棒は、ジャクソン氏の死において責任があるかもしれませんが、レゼニー医師については断定はできません。少なくとも、もし――」

「もし、彼が泥棒を捕まえたのでなければ？」私は、つい言葉を挟んだ。

「もしそうなら、なぜ彼は密かにセント・アン病院に戻ったのか。どうして助けを呼ばなかったのか」彼は言葉を切ったが、私は何も言わなかった。オリアリーは続けた。「それから、これは明らかに憶測ですが、モルヒネを扱った人間は、ジャクソン氏を起こさずに投与できる技術を持った人間です。それとも、患者に慣れ親しんでいる人物だったか。レゼニー医師が担当していたと――」

「ハイェク医師も、いくらか手助けをしていました」私はうっかり口走った。「そして、バルマン医師も一、二度、様子を見に行きました。看護婦も何人か――」

「ということは、ハイェク医師、バルマン医師、あなたとミス・デイが該当することになりますね」ひどく冷ややかにオリアリーが言った。私は息を呑み、彼は続けた。「それに、まだ解明されていない点について考慮しなくてはなりません。どちらが先に亡くなったのか――レゼニー医師か、患者か。レゼニー医師が病院の中で亡くなったのか、外で亡くなったのかもはっきりしていません。しかし、私は十八号室の中だと考えています。私が見る限り、彼の体を部屋に、さらにはクロゼットに運ぶのは、かなり難儀で無意味です。女性には、まず無理でしょう」あとから思い付いたように言い添えた。彼の目は、あの目障りな鉛筆に向けられていた。「考えてみたのですが、あなたが聞いたという窓が敷居に落ちるような音は、実際は何かを強打する音、つまり、レゼニー医師の死を意味したのではないでしょうか」

「そんな――！」

「そうです」彼の瞳が私をしっかりと捉えた。私の考えが顔にあらわれているようで、じっと見つめていた。「さて、ミス・キート。コロール・レゼニーという女性について教えてください。彼女は、いとことあまり友好的な関係ではなかったと伺っておりますが」

「それは事実です」私はしぶしぶ認めた。

「誰かを巻き込むのではないかと、ご心配なさらないでください」オリアリーは少し苛立っているようだった。「手掛かりというのは、おかしなものです。たった一つの方向を示しているように思えても、さらに調査を進めると、まったく違う方向を示していることがあるのです。どうか私の質問に躊躇なく答えてください」

この言葉は幾分私を勇気付けた。コロール・レゼニーに好感を持ったことはないが、このような深刻な問題に際しては、誰だって何かを口にするのをためらうものだ。

「コロールとレゼニー医師は、決してうまくいっているとは言えませんでした。でも、彼女がこの件に関わっているとは考えられません」泥の付いた怪しげなスリッパのことを考え、再び口を閉ざした。その事実は、もちろん殺人とは何の関係もないはずだが、特異なことだとも考えられた。

「どうしたんですか、ミス・キート?」

気が付くと、泥の付いたブロンズのハイヒールについて話していた。

「ミス・レゼニーは、何か用があって急いで嵐の中を出ていった。そしてそれは、レゼニー医師が亡くなったとわかってから、すぐのことだった。そのハルダーというメイドに尋ねてみればわかるでしょう。彼女はあなたに喜んで話すと思います。ええ、きっと」――彼は少し笑った――「我々は、出来事をすべて調査しなければならない。藁の一本さえも、どんなに小さく些細に見えるものでも。そして、さらに」彼はポケットから何かを取り出した。「私はミス・レゼニーに興味を抱いています。理由は、これです」彼は目の前のテーブルに小さな四角い物を置いた。私はそれをじっと見つめた。コロール・レゼニーのリボルバーだった。彼女はよくそれを自慢して見せていた。それで、はっきりと覚えていたのだ。誰かが彼女にプレゼントしたらしい。それには、ふさわしくない銀色の装飾が施され、彼女のイニシャルも彫られていた。

「レゼニー医師の遺体が見つかったクロゼットの床に、これがあったのです」オリアリーが静かに言った。

しばらく私は口を閉ざしたままじっと座り、鈍く光るその銃から目を離せないでいた。それは、いったい何を意味するのか？

「でも、二人とも撃たれてはいなかった！」私はようやくそれだけ言った。

「そのとおりです」オリアリーは静かな口調で同意した。「そうです。ただ一つの事実に過ぎません。ある夜、二人の男が命を奪われた部屋で、コロール・レゼニーのリボルバーが見つかった。それだけです。いつの時点かわからないが、彼女がその部屋にいた可能性があることも示していますが。そして、リボルバーを持っている人間は、たいていは自分が危険にさらされていると信じるような動機を抱いています――でなければ何かのトラブルを予想している」

「でも――レゼニー医師が自分でリボルバーを持ち歩いていたのかも。誰かがラジウムを盗む計画を立てていると疑って」

ランス・オリアリーの顔に、ゆっくりと笑みが広がった。

「あなたは誠実な方ですね、ミス・キート。現在調査中ですが、レゼニー医師の金庫に保管された書類を調べています。彼にはかなりの財産があり、彼の死によって、それがコロールのものになると知ったら、あなたも興味を持たれることでしょう。それから、他にも――刑事という職業は、質問と答えによって生計を立てているのです」私が事の真相を知って、かなり困惑しているのが顔に出たためか、彼は安心させるように言い添えた――「それからまた、レゼニー医師はかなりの節約家だったようで、ミス・レゼニーには決して充分とは言えない額しか家計費を渡していなかったようです」

「それは事実だと思います。彼女はいつもお金のことで不平をもらしていましたから」よく考えた上で認めた。「彼女はとても美しく、それから着飾るのが大好きです」

彼は頷いた。

「彼女にもう会ったのですか？」

「昨日、話しました。ええ、彼女は着飾るのが好きで、とても華やかでした。それは彼女が――黒人の血を受け継いでいるからでしょうね」

「彼女が、何ですって？」私は背筋を伸ばしてまっすぐ座りなおした。

「おやおや、ミス・キート！　知らなかったのですか？」

「知らなかったって、コロール・レゼニーが？」

「おそらくハイチの血筋でしょうね」彼が言葉を挟んだ。「それに、とても美しい母親」

「でも――明るい色の髪と瞳！　あなた、勘違いなさってるんだわ！」

「彼女の瞳は黄色です、ミス・キート。まさに虎のような黄色です。事実、彼女は概して虎のような女性ですね。最初に茶色い手を見たときから、うすうす感じていました。そして、レゼニー医師の書類の中に彼女の紹介状を見つけました。かつて、医師はかなり辛辣に『私の混血のいとこ』と言及しています。また、他の書類には、彼女の生まれや叔母のジョルバーについて書かれていました。この叔母の血統をさかのぼると、まあ率直に言って、人食い人種の血を引く家系に行きつくことも。そんなにショックを受けないでください、ミス・キート。わずかに血を引いているというだけですから、彼女が傷つくことはありません。ただ、私の仕事がより厄介になるだけです」

「仕事が厄介に？」ほとんど放心状態で私は呟いた。

「それぞれの人格を分類し、索引を付けなければならないのです。ですから、人格が複雑になると厄介になるということです」私が完全に理解していないのを見てとって、彼は話を続けた。「コロールは、他の容疑者とともに、考慮すべき一つの要因です。そして、黄色い瞳の奥に残虐な性向が隠れているという事実が、私に警鐘を鳴らしているのです。まるで打楽器のビートが彼女の心をかき乱すかのように。かなり怠惰な傾向もあり、自分の欲するものを型破りな方法で得ようとする。例えば、リボルバーを使って」

「ええ、そうでしょうね」私は、ばかみたいに呟いていた。「殺人は型破りなことですから」

「というわけで、なんと言ってもコロールには不利な点があります。興味深いことですが。それから、あの不穏な夕食会に出ていた他の方たちにも。我々は一人一人について犯行の可能性を考えなければなりません――あなたについてもです、ミス・キート」笑いを含めながらこの言葉を口にしたが、私は彼の冗談を楽しめなかった――もし、それが冗談ならば。しかし、そうではないと考えられた。

「コロール・レゼニーですが」彼は指で注意を引きつけた。「彼女のリボルバーは十八号室のクロゼットで見つかった。彼女は、その部屋でラジウムが使われていることを知っていた。病院の日課も、ドアに鍵がかかってないことも。そして、レゼニー医師の死によって彼女は利益を受ける」

「でも、ラジウムがどうなったか、彼女は知らないはずです」コロールにラジウムの所在を訊かれたことを伝えようと、慌てて言った。

「しかし、彼女は少なからぬ興味を示している」オリアリーは述べた。「しかも、こんな不適切なときに。ええ、我々はコロールについて考慮しなければなりません」

「でも、彼女は――ああ、彼女がそんなことできるはずないわ！」反感を抱き、声をあげた。

「まだ、何一つ確信を持つことはできません、ミス・キート。それが証明されるまでは」オリアリーは淡々と語った。「それから、ハイェク医師。彼も他の方と同じように事情に通じていた。医者ですからモルヒネを手にすることもできる。さらに、彼のコートは湿っていた。しばらく後で、あなたが彼を起こしたときに。そうすると当然、彼は部屋にいなかった、少し前まで外の雨の中にいた、という推測につながります」

「でも」私は異議を唱えた。「ハイェク医師は、私たちの中でたった一人、お金が欲しいという欲求を認めませんでした――もし、ラジウムを動機として考えるならば」

「それは、何の証明にもなりません。誰だって、そのような欲求はあるはずです。それを認めることの方が自然です。それから、バルマン医師。彼も事情に通じています。もちろん、レゼニー医師が、どう謎に関わってくるかという重大な疑問が残ります。それに、バルマン医師が電話で病院に呼び出されることを想定して、アパートに帰る時間があったのかどうか」

「もちろんです」私は考えながら言った。「彼は帰ったはずです。ちょうど嵐がやって来た頃、私は南口にいました。ドアを閉めるとき、下の道路を走る車のライトが見えました。バルマン医師の車という可能性があります。しかし、その考え自体ばかげています。バルマン医師はとても穏やかで、とても親切で――とても――ああ！　そんなこと、不可能です！」

「不可能なことなどありません」重々しくランス・オリアリーは言った。「でも、そのライトは他の車のものかもしれません。ジム・ゲインセイの車とも考えられます」

それは想像がつくことだったかもしれない。あのシガレットケースのことで後ろめたい気持ちがあったからか、オリアリーが、私の目をじっと見つめているような気がした。しかし、彼は、そこから何も読み取ることができなかったはずだ。私が心底驚いていたからだ。

「ジム・ゲインセイ！」

「そうです」彼は説明をはじめた。「レゼニー医師の所有していたセダンが、その夜の二時頃、ウエスタンユニオン社（米国の電報会社）の前に停車していたのが目撃されています。この情報を耳にして、調査を行なった結果、ゲインセイが医師の車を使用したことがわかりました――実際に、ハルダーが彼が出ていくのを目撃したそうです――嵐が来る少し前に町に向かったようです。彼は電報を打っています。今日中にそのコピーを手に入れる予定です。さらに、ゲインセイが率直に、五万ドルを手に入れるつもりだと言っていたのもわかっています――そうでしたね？」私は無言で頷き、彼は続けた。

「そして、彼は今朝、ニューヨークへ発つ予定だったのにまだここにいる。仕事なのかどうかわかりませんが。そして、他の方々と同様に、彼もある程度、事情に通じていた。一方で、ゲインセイがモルヒネを手に入れて扱えるかどうかは考慮すべき点ですが。それでも、私の知る限り技術者というのは、薬に関して実務的な知識を持っています。しかし、たとえジャクソン氏の死において、彼の無実を証明できても、レゼニー医師の死については説明ができません。誰かに責任があるはずです。それに、このゲインセイというのは、かなり手ごわい若者のようですね。どんなことも恐れないほど」

「でも、彼は正直な人だと思います」私は抗議した。

「彼らはみな、正直者のようですね、あなたにしてみれば」

「自分の知っている人間が、そんな卑劣なことに関わっていると考えるなんて恐ろしいことです。病院以外の人間だと、どうして考えられないのですか?」

彼は、おもしろがっているように私を見た。

「しかし、ミス・キート、セント・アンの一人一人について、我々がすぐに証明できることをあなたが知らないなんてあり得ますか? 看護婦も患者も完璧なアリバイがある。あなたとミス・デイ、バルマン医師、ハイェク医師を除いて。病院というのは、効率的な日課で管理されています、単純な話です。私が述べた人物の中で唯一確認が取れないのは、ヒギンスだけです。彼は地下のボイラー室の隣の部屋で眠っていたため、あの夜、誰一人、彼のことを見た者はいません。他に地下で眠っている人間はいませんから。もちろん、我々はヒギンスを容疑者のリストに加えるべきでしょう。しかし、今のところ、疑うような機会は訪れていません」

「それでは、私とメイダだけが、あの夜、十二時半から二時まで、どこにいたのか証明されていないということですね」不安な声で尋ねた。

「知っていますよ、あなたたちがどこにいたのか」ランス・オリアリーは真面目な顔で答えた。「あなた方が南病棟にいたことは」と、そこで彼は時計を見た。薄いプラチナ製で、皺一つ寄っていないベストのポケットに入っていた。ゾクゾクとした寒気が背筋をあがっていくのを感じた。

「これで、我々の捜査網が限られたものだとおわかりでしょう」時計を戻し、粗末な赤い鉛筆を再び手にしながら、あっさりと言った。

「ええ」私は弱々しく同意した。「限られていますね」あまりにも限られている！

「もちろん、未知の要素は常にあります。外部の侵入者がいたかもしれない。しかし、今までのところ、その可能性を示すものは何一つない。ラジウムの使用は、病院の関係者とミス・レゼニーの晩餐会の出席者以外には絶対に知られていません。そこでミス・キート、今日、私が特に興味を抱いたことが三つあります。その一つが、あなたが玄関の隅でぶつかった男の正体です。その人物を特定する、何らかの印象はありましたか？」

不安な気持ちで、シガレットケース以外のことを思いだそうとした。

「彼は――レインコートを着ていたようです。ゴムの滑るような感触を覚えています。それから、ディナージャケットを着ていたと。ワイシャツの胸の部分に糊がついていたような」

「それでは、コロール・レゼニーの晩餐会に出ていた四人の男性の一人では？」

「もちろん、そうかもしれませんが」私は次の質問を予想し、イライラしながら答えた。

「レゼニー医師でしたか？」

「そうとは思えません。はっきりとはわかりませんが」

彼にじっと見つめられ、意に反して私は下を向いた。

「バルマン医師でしたか？」

「そうかもしれません。でも、バルマン医師より少し背が高かったような気がします」私は古臭いブラッセルカーペットの薔薇の模様をじっと見つめていた。

「ハイエク医師でしたか？」彼は容赦なく続けた。

「私が――私が思うに、誰だったか、はっきりと断定できません。誰かには違いありませんが」

彼は椅子に寄りかかり、笑みを浮かべているようだった。

「だんだんわかってきました。あなたの――ええと――気質について」彼はあっさりと言ってのけた。

「おそらく、その人物はジム・ゲインセイでしょう。ここで、あなたの部屋の洗濯袋に入っていたシガレットケースについてお話ししていただきましょうか」

私は目をしばたたいた。

「どうして、それがそこにあるのでしょう？」

「警官が、あなたの部屋を調べたときに見つけたのです」

「私の部屋を調べたですって！」

「はい。我々はすべて――興味の対象となっている方の――所持品を調べました。最初は、あなたに喫煙癖があるのかと思い、驚きました――そして、その所有者を知って、さらに驚きました。さて、どうやってそれを手に入れたか教えていただけますか？」

できるだけ簡潔に説明した。

「ジム・ゲインセイを拘束するのですか？」赤く短い鉛筆を手の中で転がして考え込んでいるオリアリーに私は尋ねた。

「様子を観察してみます」オリアリーが手の動きを止めた。「今までのところ、彼は自分の意志でここに留まっています。それ自体、腑に落ちないことですが。もちろん、もしここを離れるのであれば、拘束しなければならないでしょう」

ちょうどそのとき、夕食のベルが鳴った。彼は時計を見つめ、時間を知ると、再び顔をしかめた。

「もう一つの件ですが、ミス・キート。エーテルのにおいについて、ひっかかっているのです。あなたのお話によると、エーテルはまったく使っていないということですが。においがしたのは確かですか？」

「はい」私は断言した。「今では確信があります。昨日の午後に着ていたレインコートでそう思ったのです」

「レインコート？」彼は尋ねた。「昨日の午後？」私があらましを話しているあいだ、彼は熱心に聞いていていた。

「それで、誰のものか確認することはできなかったのですか？」

「できませんでした。誰でも黄色いレインコートを着ていますから。ここ一、二年、あれがかなり出まわっているのをご存知ですよね？」

彼は頷いた。

「私も持っています。なるほど、わかりました。ありがとうございます、ミス・キート。あなたは困ったときの頼みの綱です」愛想の良い温かな若々しい眼差しで私に微笑んだ。

私は廊下に出ようとしたが、立ち止まり振り返った。

「現在、あなたが特に関心を抱いていることが三つあると言いませんでした？　三つ目は何ですか？」

「ああ、そうです」彼は束の間私を見つめた。先ほど評価した私の判断力が、どれだけ信用に値するかを見極めるかのように。そして、ポケットから何かを取り出した——とても小さいもので、こちらに向けて見せるまでは手の中に隠れていた。

そして、私はそれを見たとき、声をあげてたじろいだ。心臓が口から飛び出しそうだった。彼が差し出した手のひらには、小さなカフスボタンが載っていた。それは正方形のラピスラズリで、ホワイトゴールドの彫刻が施されている。

「見覚えがあるようですね？」

言葉が出ず、身振りで同意を示した。

「ミス・デイのものだと私に話す必要はありません。すでにわかっていますから。事務所のテーブルにさりげなく置いてみたところ、看護婦の何人かが覚えていました。その様子をじっと見ていたんです——彼女がなくしたと、みなさん思ったようです。彼女たちは、それがどこで見つかったか知りませんでした」

「どこで、それを——」かすれた声で私は繰り返した。喉の途中で声が消えてしまったかのようだった。

「それが見つかったのは——レゼニー医師のポケットです」慎重な声だった。澄みきったグレーの瞳が、私を探るように見ていた。それから、彼は突然踵を返した。「おやすみなさい、ミス・キート」礼儀正しく言い、去っていった。

私は窓の外の深まる闇を見つめながら、じっとその場に立っていた。細い雨だれがガラスを伝って流れ落ちていく。ようやく気を奮い立たせ、帽子を直してドアに向かった。夕食には遅れてしまった。誰かが焦げたステーキに文句を言っていた。私のはすでに灰になっていてもおかしくなかった。テーブルの二、三席斜め向こうにいるメイダを一度ちらりと盗み見た。青白い顔をして疲れているようだった。私の目を避けているように感じた。とても寒い日だったが、彼女はカフスボタンのいらない半袖の制服を着ていた。そのことに気付き、よけいに胸が苦しくなった。

第六章　ある発見——そして、後悔

認めざるを得ないが、私はその夜、ほとんど惰性で仕事に取り組み、終始メイダから目を離すことができなかった。理解してもらえると思うが、それは疑いからではなく、たんに様々な事柄が明らかになり、かなり悩み苦しんでいたからだ。確かに、その夜は考えるべきことが多々あった。コロールの晩餐会。そして、そのあと恐るべき数々の事件が起こったのは木曜の夜だった。金曜日の昼下がり、レゼニー医師の遺体が見つかった。金曜日の夜は警官が不吉な十八号室のドアの前に居座るなか、夜中の見回りを行ない、そして土曜日は何事もなく過ぎた。土曜の夜——正確には日曜の早朝——当直の際、カルテ机に向かっているときに驚くべき考えが浮かんできた。私はカルテを見つめていた。いくつかの不可解な問題に考えを集中しながら、不意にモルヒネのことを思いだした。

モルヒネの出所がわかれば、何かが証明されるのではないか？　モルヒネはポケットに入れたり、ハンドバッグに入れたりして、持ち運びができるものではない。保存するのはとても難しく、セント・アンでは、使われた薬の量についてかなり厳しいチェックをしていた。その週の南病棟でのモルヒネの使用記録は残っているだろうか？

そう考えながら立ち上がり、薬剤室へ向かった。調理室の入口を通り過ぎたとき、開いた窓の向こうに立つメイダの姿が見えた。なぜ女性はシルクやレースや宝石をまとうのだろうか？　簡素で地味な白衣ほど美を際立たせるものはないのに。仕立ての良い制服の白い襟の上にあるメイダの顔は、咲き誇る若き花のようだった。張りのある白い帽子が粋に頭の上に載り、柔らかな黒い髪と見事なコントラストを成している。深みを増した青い瞳、純白のクチナシのような肌、柔らかな深紅の唇は、質素な白い服の上で一層美しく見えた。私はため息をつき、廊下を見渡し、信号灯が点灯していないか確認した。そして、そっと薬剤室に入ってドアを閉めた。

一服のモルヒネを準備するのは簡単だが、実際に投与する際には技術を要する。準備は蒸留水に定められた量の白いモルヒネの錠剤を混ぜるだけだ。セント・アンでは、使用量を入念に管理していた。そして、薬剤室の記録は、医師の指示によって厳重にチェックされている。私にとって、二つの記録からモルヒネの残量を確認するのは容易なことだった。だが、まったくチェックが行われていないことを知って、私の心は重く沈んだ。残量の不一致は、患者に投与する規定の安全な量をはるかに超えていた。

なくなったのはいつだろう？　どうやって？　若くたくましい男性なら、または薬物の投与に慣れている場合は、そのような量でも助かるかもしれない。しかし、年老いて心肺が衰えたときは――そうだ、あまりにも明らかだった。ジャクソン氏を死に至らしめたモルヒネは、南病棟の薬剤室から調達されたのだ。その可能性を考えるのは心苦しかった。

再び調理室の前を通りかかったとき、メイダはまだそこにいて、私は足を止めた。彼女は念入りに細いピンク色の指を洗っていた。

「十一号室はとんでもない時間にお腹がすくんですもの。今すぐビーフティーが欲しいって言いだして。一時間前に麦芽乳を飲んだばかりなのに」手を乾かしながら彼女は言った。

「結局、ミスター・ゲインセイは金曜日に出発しなかったわね」私を悩ませていた疑問の一つが、直接口をついて出てきた。

彼女は素早く私を見て、黒く真っ直ぐな眉をちょっと上げ、かなりよそよそしく答えた。

「確かに、そうね。彼の船は来週まで出航しないと言ってたわ。この牛肉エキスは新しいかしら？」

「そう思うけど。彼はコロールにとって慰めとなるでしょうね」

「コロールには、こんなときこそ友人が必要だわ」メイダは言った。

「もちろん、彼は良き友達だったんですもの、ドクター――レゼニーにとって」どうしても、その名前を自然にすらすらと言うことができなかった。

「ええ」メイダは、あっさりと同意した。ストーヴの方を向き、ガスを点ける。水の入った小さな鍋を青い炎の上に置いた。彼女の顔は見えなかった。

「メイダ」不意に私は呼びかけた。「最後にレゼニー医師と会ったのはいつ？――つまり、生きているときの」

メイダはくるりと私の方に振り向いた――そこに立つ、恐ろしいほどゆっくりと色をなくしていく彼女の顔を見るのはつらかった。口や鼻の周りは、青みを帯びた窪みのようだった。しかし、彼女は詳しくはっきりと答えた。

「最後に彼と会ったのはコロールの晩餐会よ。さよならを言って去るとき」

そう言い終えると、私の瞳をじっと見つめた。まるで自分の言葉を否定してもらいたがっているように。そして私は、彼女の言葉が真実ではないとわかっていた。さもないと、どうしてあのラピスラズリのカフスボタンが白衣の袖口から取れて、レゼニー医師のポケットに入っていたというのだ？

病院に戻ってから、彼女がそれをつけるのを見たはずなのに。

「ああ——サラ」メイダは突然叫びだし、両手を私の方へ差し出した。何かを懇願するような身振りで、半分泣きだしそうな声で。しかし、また不意に手を後ろに引っ込め、ストーヴの方に向き直った。

今でも、牛肉を煮込んだときの塩辛い肉のにおいを嗅ぐと、あの輝く白いタイルの壁、ホウロウのガスストーヴ、白い制服のメイダの真っ直ぐな肩、そして美しく不安そうな顔が目に浮かぶ。

「教えて」ようやく私は言った。「この謎を解く、助けになるようなことを何か知っているの？」

しかし、メイダは不可解な表情を浮かべ、青い瞳でこちらをじっと見つめるだけだった。

「何も。助けになるようなことは何も」

彼女は湯気の出ているビーフティーをトレイに載せて出ていったが、そのときになってようやく、彼女の曖昧な言いまわしに気が付いた。

私がひどく不安を感じていた事実をごまかすことはできない。とりわけ入念な嘘をつくように彼女を追いこんでしまったからだ。そんなつもりはなかったのだが。それとも、あの忌まわしいカフスボタンは、たんに彼女の袖から取れて、レゼニー医師の染み一つないディナージャケットに偶然入っただけなのか。

隠すつもりはないが、私はののしりの言葉を口に出していた。まったく中身のないものだったが、つい気持ちが高ぶってしまったのだ。それらたくさんの語彙を、去年九十六歳の誕生日に死んだ（もし、販売業者の言葉が嘘でなければ）オウムから学んだのだ。寮に暮らす、離れた部屋の看護婦たちは大いに悲しんだ。夜になると、このオウムはよく喋り、それが聞こえた部屋の看護婦たちは、反感を抱いていることもあったのだが。

しかし、今回は、オウムの語彙を尽くしても、私の気持ちが軽くなることはなかった。

その後は、期待どおりに仕事が運んだ。警官を必要とすることは一度もなかった。彼らが引き揚げても問題はなかった。もちろん、見回りは気分のいいものでは決してなかったが。廊下の南の端は他のどの場所よりも暗く感じられ、十八号室の不吉なドアは、どことなく黒っぽくて恐ろしく不快でもあった。しかし、概して夜は静かに過ぎた。それは神の恵みだった。というのも、頭にピンで留めた帽子がどのくらいそのまま留まっているか、ある程度見通しが立ったのはその夜が最後だったからだ。冷ややかな薄暗い夜明けが、ようやく訪れた。それとともに、早朝の祈りのために五時を告げる、ゆっくりとも の悲しい鐘の音が鳴り響いた。セント・アン病院の北の端には、年数を経た、威厳の感じられる小さなチャペルがある。パイプオルガンが置かれ、背の高いクルミ材の会衆席が並び、古いステンドグラスの窓が見える。祈りや瞑想のために平日は開かれており、日曜日には、まだ若い教区長助手が、町の教会から祈禱や懺悔、教務のためにやって来る。

そして、あの日曜日の夜明けは、前後の出来事の幕間のように、私の記憶に長く留まる運命となった。

始まりは地下室の猫のモルグだった。痩せて怒りっぽい猫で、実用的な用途のためだけに飼っていたのだが、三匹の元気な子猫を産み、私たちを驚かせた。その後何年ものあいだ、この件について推測がなされた。これは、生物学的には不可能な偉業であり、そのニュースは、実際に子猫を見たという看護学生によって食卓の話題となり、かなりの騒ぎを巻き起こした。しばらくのあいだは深く心に刻まれた数日前の事件から、私たちの気を逸らしてくれた。

テーブルには、この話を信じない者も何人かいた。侮辱を受けた看護学生は、問題に決着をつけようと、ヒギンスの意見を持ち出した。モルグは、この点について注目すべき才能を披露したのだと。そして朝食後、一同で連なって我が目で確認しようとボイラー室へ降りていった。

　ヒギンスはそこにいて、ブドウの籠の傍らでやきもきしていた。籠は、古い雑巾と並べて置かれ、子猫たちにはセダー油のにおいが染み付き、悦に入って満足そうな母親も、これには戸惑っていたに違いない。子猫に関しては、さほど立派とは言いがたく、お互い実によく似ていて、小さく痩せたネズミのように激しく動きまわっていた。看護婦が抱き上げ、次の者へと順に回していくと、キーキー鳴き声をあげた。名前について、熱い議論が交わされた。母猫の名前と何か関係があった方がよいと思われたが、モルグ（死体安置所という意味がある）と関係のある名前はなかなか出てきそうもない。結局、アクシデント（事故）、アペンディサイティス（虫垂炎）、アンビュランス（救急車）に決定した。子猫たちはみな黒く、私は幸運な幸先のいい色ではないと感じた。そして、メルヴィナ・スミスという青白い顔の迷信深い看護婦は、厄介なことがセント・アンに起こるだろうと叫び出した。彼女は、決してオパールには手を触れないと決めているほど迷信深かった（オパールには人の運命を変えるという迷信がある）。それに対して、厄介な事はすでに起こったと誰かが呟いた。メルヴィナは、確かにそうだが、そういうことは常に三回起きるものだと言い張った。この三匹の黒猫は、間違いなく三回目の災いが起きる不吉な兆候だと。確かにモルグは四匹でもなく、二匹でもなく、三匹産んだのだから、理にかなった指摘とも言える。さらに、彼女は以前にも、モルグが子猫を産んだと聞いたことがあった。今回、母猫は間違いなく、私たちに三番目の――そうだ――災厄を警告するために子猫を産んだのだと。

　私はといえば、モルグにそんな厄介なことを引き起こす要素はないだろうと思っていた。モルグは生まれつき不愛想で、私たちがどんなに親しげにしても信用しようとしない。しかし、すでに看護婦たちは子猫をバスケットに戻し、モルグの神秘的な黄色い瞳に怯えた眼差しを投げかけていた。そして、階段の方へいそいそと戻っていった。私はメルヴィナの愚かな小さな首を絞めるあげることもできたが、必然的にみんなの後に続いた。

二階へ戻る途中、オルマ・フリンが真剣な顔で、モルグが子猫を十匹産まなくてよかったと言った。それに対し、少しは分別のある何人かが笑い、メルヴィナは冷たく咎めるような視線をオルマに送った。オルマは実際、ただ感謝の意を口にしただけだったのだが。

階段の一番上まで来たとき、ヒギンスに呼び止められた。

「ミス・キート」

私は振り向いた。彼は階段の一番下に立って見上げていた。

「はい？」

「今、ちょっと時間はありますか、ミス・キート？　ちょっと――なんというか――尋ねたいことがありまして」

私は戸惑った。セント・アンの誰かが不平を言うと、すぐに私の耳に入ってくる。その朝は、不平など聞く気分ではなかったのだ。

「これから仮眠を取るところなのよ、ヒギンス」私は言った。「他のときでもいいかしら？」

それ以来、何度思ったことだろう。あのとき、そこに留まってさえいたら、と。しかし、私には、雨樋から水が漏れているとか、蛍光灯が点かないとか、せいぜいそのくらいのことしか頭に浮かばなかった。

「そうですね――わかりました」ヒギンスはゆっくりと頷いた。彼の声の調子は、わだかまりを抱えて途方に暮れ、一心に考え込んでいるような印象があった。しかし、私は疲れていて眠く、すでに多くの問題を抱えていた。私は、二階へと向かった。

途中で新聞の日曜版を手に取った。別刷には病院の写真が再び掲載されていた。看護婦の一団、セント・アン病院の歴史のようなもの、長年にかけてサービス向上に努めてきたこと。しかし、最後の欄は、数日前に起こったショッキングな出来事で締め括くられていた。日曜版というのはそんなものだが、見ていて楽しくはない。さらに数年前に撮られた自分の写真も見つけた。前髪を膨らませたポンパドールという髪型が流行っていた頃だ。よく写っている写真とは言えず、下の解説には、一番古い看護婦の一人と書かれているではないか！　一番古いという言葉は適切な表現だが、写真は明らかに時代遅れだった。新聞をゴミ箱に捨て、なんとか眠りにつこうとした。しかし、そううまくはいかなかった。

小さなチャペルの午後の礼拝には、いつもより多くの人が出席していた。祈禱書の数を見ればわかることだ。看護婦たちは一団となって出席した。若き教区長は「汝、恐れることなかれ」の章を巧みに説いていた。癒しと品位を考慮した、若干都合のいい説教に感じられたが。

セント・アンの日曜日は、多少祭日らしい雰囲気となるが、決して楽しい日ではない。見舞は禁止されており、患者は不機嫌で、相手をするのも難しい。さらに今回の件で、病的に関心を寄せた見物人が絶えることはなく、その流れをくい止めるのは不可能だった。自動車が病院前の泥道でしぶきをあげ、霧の向こうから指をさしてこちらを見つめ、物悲しげな顔を装って満足している輩（やから）もいる。

私は、しばらく不安な気持ちで、陰鬱な廊下をうろうろしていた。そうしているうちにメイダを見つけた。寒々とした窓際の椅子に悲しげな様子で座っている。手にしている雑誌は逆さまだった。

彼女はまだ、コロールに会いに行ってないと私に告げた。慣例としては訪問すべきだが、それを恐れているようだった。私が彼女と一緒に行くべきなのか？　コロールにとっては、私が行ってもおもしろいことはないだろうが、結局、私はメイダに付いていった。青と緋色のケープを肩にかけたメイダの後ろから、ずぶぬれで寂しげな小道を歩いていく。傘を持ってくれば良かったと思いながら、しっかりとケープを体に巻きつけた。

玄関で、ちょうど出ていこうとしているハイェク医師と会った。

「ひどい天気だ」彼の脇を通り過ぎるとき、そう言っているのが聞こえた。吊り上がった黒い瞳は意識的にこちらを見ていた。顔は健康そうに赤味がさしており、四角い歯が小さな黒い口髭の下で輝いていた。

ハルダーがドアを開けた。今日は帽子がきちんと頭に載っていたが、不機嫌な表情をしている。コロールは、かつてのレゼニー医師の書斎でくつろいで座っていた。暖炉には温かな炎が揺らぎ、お茶のワゴンが大型ソファーの脇に寄せられ、最上級の銀のティーセットに、見るからに美しい小さなフランスの焼き菓子が載っていた。それは、ピエールの店でしか手に入らないものだ。敷居の高い高価な菓子店だった。彼女は新たに手に入れた収入で、存分に楽しんでいるように見えた。ケープをハルダーに渡した。コロールとメイダは、礼儀正しく呟くような挨拶を交わしており、私はオリアリーとの約束を思いだしてハルダーとともに廊下に出た。

「ミス・レゼニーは、少しは元気になったかしら、ハルダー？」

彼女は意味ありげにこちらを見た。

「フン！」不満そうな声を漏らした。「この家では、喪に服すようなことは行われていないようです！　彼女は――」頭をグイと書斎の方へ向けた――「毎日あばずれみたいに着飾って、訪問客をもてなしていますよ。あなたもおわかりでしょう。あれは淑女がするようなことではないと！」

「このあいだ、彼女、緑のシルクの服とブロンズの履物を履いていたと思うんだけど」ためらいながら切りだした。

「どのみち、あのブロンズのハイヒールは、もう履かないでしょう」むっつりと満足そうにハルダーは言った。「彼女は雨の中、あれを履いて出ていかなきゃならなかったようで。それで、だめにしてしまったんです」

「雨の中、履いて出ていかなきゃならなかった？」

「そうなんです！　悪い知らせを聞いたあの午後。男の方々が来て、先生が亡くなったと彼女に告げて一時間もしないうちに出ていったんです。とても紳士でしたよ――あの警察の方々は」彼女は口を閉ざし、青いコートの紳士たちについてじっくり考えているようだった。私はそっと話を促した。

「靴も変えずに、そんなに急いでどこに行ったのかしら？」

「知るもんですか！　警察の方がいなくなると、肩掛けをつかんで裏口から飛び出して、アルファルファの野原へ出ていきました。仕舞いには、あの人は急いで林檎園に入っていって、ずっと戻ってきませんでしたよ。雨も降っていましたから、傘ぐらい持っていけばよかったのに。でも、持っていかなかったんです！　あの人が少しでもクリスチャンらしい行ないをしているところを見たことがありますか、まったく！」ハルダーは憤慨しながら言葉を締めくくった。

「お茶はいかがですか？」一瞬考えたあと、そう付け加えた。「お茶と私が昨日こしらえたケーキがございます。彼女が、あのばかばかしいフランス菓子を頼む前に用意したんです。まるで毒でも入ってるみたいじゃないですか、あんな色の砂糖菓子が上にかかっていて」

「確かにそうね。もらうわ、ハルダー」私はなだめるように言った。彼女のケーキには、決まって恐ろしいほど気前よくキャラウェイ・シード(香辛料)がかかっている。「それから、アンチョビのサンドウィッチも少しいただけるかしら」と頼んでみたところ、彼女はしぶしぶ笑顔を見せて台所へ向かった。

あまりうまく聞き出すことはできなかったが、さらに質問を続けるべきかどうか、わからなかった。とにかく、彼女は知っていることをすべて話してくれた。聞いている限り、生まれながらのハルダーの気質が、話の中にみてとれた。

私は書斎にいる二人に加わった。ちょうどそのとき、どこか張りつめた空気が漂っていて、無意識に私は立ち止まり、一人の顔からもう一人の顔へと視線を移した。メイダはこわばった顔で、姿勢を正して立ちすくんでいた。彼女の瞳は青い炎のような光を放ち、指をぎゅっと握り締めて節と爪が白くなっている。その態度には抵抗と怒りがあらわれていた――それから警戒も。コロールは優雅に椅子でくつろいでいた。クリーム色のレースの茶会服が、茶色の首から下をしなやかに覆い、指にはめられたトパーズが炎の光を受けて煌(きら)めいている。奇妙な色をたたえた瞳をけだるく細め、その表情が、あまりにもモルグに似ていて思わず息を呑んだ。

しかし、猫や他の動物に似ているということは、人間に敵意を抱いているわけではない、と私は理にかなった論拠を自分に説いていた。シティ・バンクにいる出納係に、ぼんやりとした温和な羊のような男性がいるが、私の知る限り、彼は公正で尊敬すべき人物だった。

メイダもコロールも張りつめた沈黙を破る気配はなかった。私は、うんざりしながら椅子に腰掛けた。

「ハルダーはフランスの焼き菓子のことで怒っているみたいよ」私は言った。「どこでそれを買ったの、コロール？　ピエールの店？」

「彼女は何に対しても怒るのよ」面倒くさそうにコロールは言った。「ええ、ピエールの店よ。あなたも、ぜひどうぞ。お茶を入れ直すわ。どうか座って、メイダ。落ち着かないわ、そこにそんな風にじっと立っていられたら」

メイダは何かを言おうとしているようだったが、ちょうどそのとき、ジム・ゲインセイがぶらぶらと部屋にやって来た。メイダを見て、目を奪われ姿勢を正した。彼が私たちに朗らかに挨拶をするあいだ、彼女は椅子に腰を落ち着けた。

しかし、それはとても居心地の悪い時間だった。会話はぎこちなくありふれた話題に終始し、ジムは無駄にメイダの視線を捉えようとしていたし、ハルダーは悪意を込めてお茶の道具を音を立てて置いていった。彼女に歓迎されているのは、この中で自分だけだと痛々しいほどわかった。コロールは無作法で不躾な態度を取り、メイダは静かにじっとしていた。

私はというと、前回この部屋で、ともに過ごした時間のことを鮮明に思いだしていた。しばらくしてバルマン医師が到着した。彼の来訪で、この集まりがまさしく晩餐会であるかのように感じられた。私はその場を去ろうとした。しかし、バルマン医師は仕事の件で来ており、低いひそひそ声でコロールと話した後、レゼニー医師の机に向かい、索引カードに急いで目を通し、小さなノートに何かを記していた。バルマン医師がそうしているあいだ、彼にはゆっくり時間を取ることができないのだ、と私は考えていた。突然、病院の院長という地位に就くのはかなり大変なことだ。二件の殺人事件を調査する責任を一人で負うわけではないにしてもだ。バルマン医師は、自分の責務の重圧を感じているようだった。穏やかな目の下には隈ができ、薄い眉を途方に暮れたように寄せ、青白い頬は窪んでいた。最近、あまり食べていないように見えるが、当然かもしれない。頬の痣は適切な処置がなされず、黒ずんで、みにくい痕となり、私は自ら手当てを引き受けたい気持ちだった。

「あなたが必要なのはそれですか、ドクター・バルマン？」コロールが訊いた。

「はい、そうです。これで全部です」彼は忙しく書き込みをしていた。

「ぜひお茶を飲んでいってくださいな」コロールは上品に尋ねた。

「何ですか？　ああ、お茶？」バルマン医師は、自分がノートに書き写したものと、元の文書を比べていた。目を上げて、明らかに迷惑そうに部屋の中を見まわした。彼は日頃から、かなり敏感な方である。私が部屋に入ってきて、レゼニー医師の存在をはっきり思いだしたように、彼も同じような気配を感じたのではないだろうか。

おそらく、彼はお茶を断ろうとしていた。そのとき、ハルダーがドアを開けて言った。「ミスター・オリアリーです」と。まるで、ショットガンを放つように。そして、ランス・オリアリーが入ってきた。自分の名がこのように告げられ、グレーの瞳がキラキラ踊っていた。

細い体で、完璧に身なりを整えた若い男性の風貌は、いささか場違いに映った。澄んだグレーの瞳、きれいに髭を剃った思慮深い顔は、私たちみんなを魅了した。バルマン医師は、結局留まることに決めたようで、ゆっくりと腰を落ち着けた。ジム・ゲインセイは目を細め、いぶかしげに新しい来訪者を見つめて新しい煙草に火を点けた。メイダは少しだけ目を見開き、両手を合わせて膝の上に置いている——コロールはガウンのレースを直し、オリアリーに魅力的な笑みを向けた。しかし、自分が喪に服していて、悲しみに沈んでいるのを思いだしたようだった。

「いいえ、けっこうです」オリアリーが愛想良く言った。「お茶はけっこうです、ミス・レゼニー。お邪魔して申し訳ありませんが、仕事で伺ったのです」

コロールは瞬きをし、温かい声で繰り返した。「仕事で?」そして、椅子を身振りで示した。

「ええ、ありがとうございます。座ります」彼は、燃えているストーヴの炎へと椅子を近付けた。「外は雨ですね」半分笑みを浮かべている。

「お茶でなければ、何か他のものをいかがですか?」コロールが訊いた。彼女の優雅な茶色い手が、お茶のカートを飾っている銀のベルの上に置かれた。その手のひらがどんなにピンク色か、どんなに指が茶色いか、気付かずにはいられなかった。そして、爪の下の皮膚が紫色だということも。

「いいえ」オリアリーが選んだ背の高い椅子には、刺繍を施されたタペストリーが張られ、クルミ材でカーブを描いた細い肘掛けは柔らかな輝きを放ち、彼に自然な威厳を添えていた。「調子はいかがですか、ドクター? あまり負担を感じていらっしゃらないといいのですが」

バルマン医師は弱々しく笑った。「大丈夫です。ありがとうございます、ミスター・オリアリー。かなり大変な仕事ですが。けれども、ドクター――ドクター・レゼニーは、すべてを完璧な秩序によって管理していたようです」彼は話しながら申し訳なさそうにコロールを見つめたが、彼女はオリアリーにだけ関心があるようだった。

会話はしばらく気づまりなまま、だらだらと続いた。そのあいだ部屋の中でくつろいでいたのは、ランス・オリアリーただ一人だった。まもなく私は、頃合いを見計らって立ち上がった。オリアリーが仕事で来たということは、当然、コロールに用があるのだと推測された。

メイダも立ち上がった。そしてもちろん、男性陣も。

「ちょっとお待ちください、ミス・キート」静かな何気ない口調でオリアリーが言った。「みなさんに、ただお伝えしたかったのです。検視官の審問が、明日の朝に行われる予定です。みなさん方は、証人として呼ばれることになっています。このようなときにお伝えするのは恐縮ですが」

彼が話しているとき、私はたまたまコロールを見ていた。彼女の茶色い指がちょうどマカロンをつかみ、やがてお茶のカートに落ち、小さな砂糖の山ができた。素早くオリアリーを見たが、彼の視線は暖炉の薪に注がれていた。

気づまりな瞬間だった。その部屋の中で、壁に並ぶ本も、アルコーブのグランドピアノも、レゼニー医師の面影を鮮明に語っていた。それでは、私たちはみんな、証人として呼ばれるのだ。数日前の夜、私たちは、この部屋の椅子にそれぞれ座り、嬰ハ短調の前奏曲(プレリュード)を聞いていた。あの力強い白い指が、再びピアノを奏でることはないのだ。

陰鬱な回想を振り払い、素っ気なくコロールに別れを告げ、屋敷を後にした。メイダも一緒に来た。そして、どこからかジム・ゲインセイも小道にあらわれた。

小道が木々に囲まれて狭くなると、私は二人の前を歩き、ジム・ゲインセイがしゃがれ声でメイダに話しかけているのが聞こえた。

「どうしても君に会わなければならなかったんだ。僕の言ったとおりにしてくれないか。とても重要な――」

「シーッ！　わかってるわよ！」

「どうか、僕の言ったこと、考えてみてくれないか」（さらに、切羽つまった声だった）「もちろん、危険なことだと――」

「静かに！」彼女は鋭くさえぎった。

ちょうどそのとき、メイダが道に転がっている枝につまずいたようだった。素早い動きと喘ぐような声が聞こえた。メイダは息を切らしながら言った。「枝のせいよ——転ぶところだったわ」振り向くと、ジム・ゲインセイが棒切れを拾い、それに厳かに頭を下げて言った。「ありがとう、我が友よ」それから、果樹園に向かって放り投げた。それを見て、メイダの顔はピンクに染まり、ジム・ゲインセイがじっと見つめると、肩を揺らして笑いだした。

そして、私たちは南口に辿り着き、ゲインセイは「おやすみ」とあっさり言って踵を返した。

それから十五分も経たぬうちに、誰かがカルテ机に置いていった新聞の社会欄に目を通し、小さなニュース記事を見つけた。


ミセス・J・C・アレンは、今週の火曜日にニューヨークへと発った。そして六月九日、土曜日の夜、トスカニア号で出航した

トスカニア号で、六月九日土曜日に。昨日のことだ。ゲインセイは確かに言っていた。ト、ス、カ、ニ、ア、号に乗ると。

第七章　消えた鍵と審問

「私も今朝、その記事を見ました」すぐ横で、穏やかな声がした。ランス・オリアリーの声だ。彼が話すまで、そばにいるとは知らなかった。「我らが友、ミスター・ゲインセイは、日にちをちょっと勘違いされていたようですね」

おそらく、私の瞳には疑問が宿っていたのだろう。彼はゆっくりと言い添えた。

「彼は来週、トスカニア号で出航するつもりだと話していました。あなたにも同じことを言ったと思います。彼は、あまり思慮深い若者ではありませんね。そうでなければ、私がトスカニア号の出航日をただちにチェックするとわかるはずです」

私はため息をついた。胸にわだかまっていたジム・ゲインセイへのかすかな疑惑が、以前にも増して高まってきた。

「もし、彼がラジウムを所有しているのなら、それはレゼニー・コテージの部屋にはありません」瞑想にふけるようにオリアリーが言った。

「どうしてわかるのですか？」愚かにも私は質問した。

「コテージの部屋を捜査したんです。それから、木曜の夜に晩餐会に出席した方々の所持品も調べました」

「なんですって？」

「実は、セント・アン病院のすべての病室、同様にレゼニー・コテージのすべての部屋も隈なく捜査しました」

私は乾いた唇を舌で湿らせた。彼の話が激しく心を揺さぶった。

「なぜ？」それ以上言葉が出なかった。

彼の瞳に、ちらりともどかしさがうかがえた。

「もちろんラジウムを探すためです。私たちがただ黙って、それがどこかへ消えてしまうのを見過ごすとは、あなただって思っていないはずです」

束の間の沈黙があり、私は目の前の机の磨かれたガラス面に、じっと目を凝らしていた。

「ハルダーに尋ねてみましたか？　ミス・レゼニーが金曜日の午後、雨の中、出かけたことを？」黙想のような沈黙の後、オリアリーが訊いた。

「はい」ハルダーから聞いたことを言葉少なに伝えた。「それから、他にもわかったことがあります」私はみじめな気持ちで続けた。「あなたに話さなければ。たとえ気が進まなくても。それは――モルヒネのことです。ジャクソン氏の命を奪ったモルヒネです。私は――私は、それがどこから来たのか知っています！」

「なんですって！」このときばかりはオリアリーも落ち着きを失い、驚いていた。

「どこから持ち出されたか、知っています」しぶしぶ繰り返した。「少なくとも、知っていると思っています。というのは――南病棟の薬の在庫から、モルヒネが一部なくなっていたんです」

彼の鋭い質問と眼差しを前に、すべてを話さなければならなかった。さらには、薬の在庫の管理システムについても説明しなければならなかった。薬剤室のカルテと記録を自分の目で確かめる必要がある、と彼は言った。モルヒネを保管する引き出しを彼に見せているあいだ、注射器の件で、私は後悔すべき過ちを犯してしまった。

どのように針を小さな器具にはめるかを説明し、注射器に手を伸ばした。それは、私の注射器だった。

「これは私のです」細い空洞の針を小さな器具に取りつけながら、何も考えずに口にしていた。「私たちが使っていた、もう一つの注射器は、なく――」不意に言葉を止めたので、息が小さな破裂音のように吹き出した。オリアリーの顔がかすかにこわばった。彼の表情が少しずつ認識できるようになっていた。

「最後まで話した方がいいでしょう。もう一つは『なく』なった、のですね？　いつですか？　それは誰のものですか？　引き出しにはもう一つ入っていますね。消えたもう一つはどこにいったのでしょう？」

「わかりません」淡々と言った。「ええと、いいですか、滅菌水を使って、液体の量を測って――」

オリアリーは腕時計に目を向けた。

「あまり時間がありません」朗らかな声だった。「でも、今ここで、あなたが消えた注射器について話してくれるまで待つ時間はあります。それとも、必要なら夜中にずっと跡をつけて、繰り返し何度も、うんざりするほど質問をすることもできます。もちろん、病院じゅう大々的に捜査して、注射針一つ一つについて明らかにすることも。なくなったと言うのなら。あなたの食事にもついていきます――ベルが鳴っているんじゃありませんか？――そして、質問を続けることも」彼は考え込みながら言い添えた。「そうすると、かなり他の看護婦たちの関心を引くことになりますね」

私は怒りを込めて彼を見た。問題は、彼が言葉どおりのことをなんなくやり遂げるということだ。警察署長が言った言葉の意味が、次第にわかりはじめていた――「ひと度、ランス・オリアリーが何かに打ち込むと、片が付いたも同然だ」

「とにかく、いつかはわかることでしょう」私は不機嫌に言った。

グレーの瞳が揺らめいていた。とても穏やかな深い湖のさざ波のように。

「おっしゃるとおりですね、ミス・キート。では、なぜ今、話さないのですか?」

結局、なくなった注射器について話をした。決して充分な説明ではなかったが。メイダの注射器がどこかにいってしまい、私のが代わりに使われていたが、それを自分は知らなかったこと。そして、メイダには、私のを持ち去るチャンスがあったこと。もし、彼女が使いたければ、私に頼めばいいだけだったのに、と。

「彼女は、あえてそうしなかったのですね」オリアリーが見解を述べた。「ああ、ところで、ミス・キート、審問に出席したことはありますか?」

「いいえ」

「わかりました。どうか心配なさらないように。我々の検視官は優秀な年配の方ですが、ちょっと横柄なところがあります。ともかく訊かれたことだけに答えてください。できるだけ簡潔に。それから、ええと――自ら進んで発言するようなことは控えていただきたい。おわかりだと思いますが、あなたと私だけが知っていて、審問には上がらない件がいくつかあります」

「つまり――それによって、犯人が警戒するからですか?」

彼は背を向けるとき、軽く頷いた。

事務所を出て、廊下を右に曲がると、南病棟にメイダの姿が見えた。時刻は夜十二時。

「南口の鍵をかけておいたわ」普段どおり、机の上の釘に鍵を掛けながら彼女は言った。

「それは賢明ね」頷き、カルテに目を走らせた。十一号室の患者の消化器は、いわば古い屋台で稼働しているようなものだった。他はすべて問題なく、私は足早に二回目の見回りに向かった。

しかし、夜中の検温はほとんど行われていなかった。オルマ・フリンの頭痛が悪化しているらしく、勤務には就けそうもなかった。実際には余分な手伝いは必要なく、メイダと二人で病棟全体を担当するのは慣れていた。しかし、それでも少し困ったこともあった。特に二時頃、未熟な看護学生が調理室のガスの炎で、手首に火傷を負ったのだ。火傷は広範囲に軟膏を塗る必要があり、その看護婦はアスピリンを飲んでベッドで休むことになった。

こういったわけで、メイダと私は、あの木曜の夜の恐ろしい事件以来初めて、二人だけで南病棟を見ることになった。心許ない状況なのは、私たちの頭を占めている問題のせいだったが、二人ともその件については触れなかった。私たちは、うわべだけを取り繕い——陽気とまではもちろんいかないが——テキパキと仕事をこなし、忘れたい事柄を思い起こすような会話は避けるよう心にかたく決めていた。

恐怖を内に秘めながらも、三時頃まではすべて順調だった。私は三号室の患者のために少量の鎮静剤を用意していた。患者は、その夜眠らないと決めていたようで、ずっと起きていた。そのとき、メイダが薬剤室のドアを開けた。

彼女の顔は幽霊のように白く、最初にちらりと見たとき、私の手は震えて薬がスプーンから溢れてしまった。手元も見ず、私は瓶を下ろした。

「何？」

「十八号室に誰かいるの！」青い唇は息を切らしている。

「十八号室！」

「たった今――誰かが廊下からあの部屋に入っていくのを見たの！」

「誰かが――夢遊病にでも」最初に思いついた合理的推理にすがろうとした。

調理室の明るさに比べて、長い廊下は奇妙なほど暗く翳っていた。カルテ机の上の緑色の明かりは遥か遠くにあった。助けを呼ぼうなどという考えは浮かばなかった。私たちは闇に包まれた病棟の奥へ、恐れるには充分理由のある場所へと足を運んだ。

しかし、十八号室のドアが見えるところまで来ると、私たちは立ち止まった。背筋がゾクゾクしているのを感じた。

十八号室のドアが大きく開いている！

私の知る限り、警察が出ていってから、ずっと閉ざされていたはずだ。看護婦はみな、その部屋を避けていた。誰が開けたのか？　誰があえて開けたのか？

あの暗闇の中にいったい誰が？

横にいるメイダから、長く震えるようなため息が漏れた。彼女は冷たい手で私の手首を握っていた。それによって私は勇気付けられ、のちに気付いたのだが、とても愚かなことをしてしまった。

数歩前へ進み、薄気味の悪い病室のドアの前まで行った。開いた戸口に震える手を伸ばし、電気のスイッチを探り、それを押した。

寒々とした白い丸天井から光が溢れ、部屋を満たした。

何も異常はなかった。質素な化粧ダンス、ベッド脇のテーブル、二つの椅子、折り畳まれた黄麻布（バーラップ）のスクリーン、高さのある狭いベッド――他には何もない。ベッドからクロゼットのドアへと目を向けると、何かが喉につかえているように感じた。

「あの――クロゼット――」メイダが横で息を呑んだ。「まさか！　開けるつもりじゃないでしょうね！」私は果敢に前に進んだ。

容易なことではなかった。奥行きのないこのクロゼットでも、物が入る充分な広さがあるのはわかっていた――以前、入っていたように。

今回、鍵はかかっていなかった。そして、中には何も入っていなかった！

メイダの方を見た。私が試練に向きあっているあいだ、彼女の真っ白な顔もすぐ横にあった。何も言わず、私たちは廊下へ戻った。

「何かを見たって本当？」私の声はしわがれていた。

「確かよ」メイダは小さな声で答えた。「ちょうど十四号室から呼び出しがあって、十八号室の近くまで行ったの。ドアから出て、カルテ机に向かったとき、何かが――よくわからないけれど――何か小さな物音がして振り返ったの。ちょうど南口が見えて。そして、十八号室の戸口で、何かが動いているのが目に入ったの」彼女は話しながら喉に手を当てていた。私はどうにも落ち着かなかった。

「患者さんの一人じゃない？」

「いいえ！　歩けるような人はいないはず」

「それじゃあ、誰か――」

「それとも――何かが――」メイダが言った。わずかに残っていた常識が、私を恐怖から救ったのだと思う。私は自分の想像力に必死にすがろうとした。

「ありえないわ」断固として、しかし、どういうわけか小声で話した。「そういった――そういったことは――つまり、あなたが見た、はっきりとしない物は目の錯覚か、もしくは、ちゃんと生きている、呼吸をしている人間よ」

「そうね」メイダは同意しながらも、矛盾した言葉を添えた。「生きている人間が、どうやって私たちの前を通り過ぎていったか、さっぱりわからないけれど。この長い廊下を彼が――それが――誰にも見つからずに」

すぐ目の前にある南口に私は視線を向けた。ドアの前を通ると、小さな窓ガラスがウインクするように黒く光った。真鍮の掛け金をつかんで手前へ引く。ドアはゆっくりと開き、冷たい霧混じりの空気が吹き込んできた。

「どう、わかった?」私はメイダに言った。「実体のあるものだけがドアを通り抜けるのよ」

メイダは奇妙な顔でこちらを見つめていた。

「それで問題が解決するとは思えないけど」彼女は言った。「さっき、私がドアに鍵をかけたのよ。つまり、誰かが実際にここにいたってことだわ。殺人犯はまだ病院の周りをうろうろしているのよ」

「必ずしもそうではないわ」喉から心臓が飛び出しそうになっていた。「鍵をかけたのは確かなの?」

「間違いないわ」

「それから、カルテ机の上の釘に鍵を戻した?」

「ええ」

私たちは急いで振り返った。暗い廊下の向こう端に、机の上のライトが放つ緑色の明かりが見えた。二人は一斉にそちらへと足を進めた。

鍵は机の上の釘に掛かっていなかった！

その驚くべき事実に怯えながらじっと目を凝らしていたが、ふとガラスの机の上を見つめた。その輝くガラス面に鍵が置かれている。私たちはしばらくそれを見つめ、そして目が合った。私は鍵を拾い上げた。その冷たく湿った金属に触れると、指がかじかむように感じられた。南口に戻り、しっかりとドアを閉め、鍵をポケットに入れた。

そして、ある考えが浮かんだ。南口から病棟に入ってきた人物は、再び出ていったに違いない。メイダはその時間、廊下にいた。そこを通って南口から出ていくことはできなかったはずだ。

十八号室の明かりはまだ灯っていた。そこを通るとき、膝の感覚がおかしくなり、不意に体ごと崩れてしまいそうな気がした。確かに窓に鍵はかかっていなかった。おまけに下の方が一インチほど開いている。ばねの錠が付いた網戸は閉まっていた。

私は窓を押し下げて閉め、鍵をかけた。窓ガラスの向こうの黒く光る闇の中から何かがこちらの動きを見つめている、といった不穏な印象は感じられなかった。明かりを消し、ドアを再び閉めた。メイダが廊下に立っていて、私たちはゆっくりと明るい場所へ、カルテ室や調理室のある方へと歩いていった。

「たぶん」彼女はしばし考え込んだ。「誰かが釘から鍵を取って、私たちが十八号室にいるあいだに戻したんだわ」

「でも、誰が？　セント・アンの関係者としか思えないけれど、誰なのか思いつかないわ」

「セント・アンに出入りできる方法が、きっとあるのよ」彼女は最後にそう言った。どこかで呼び出しのベルが鳴った。三号室の患者が、今頃立腹しているだろうと思いだし、私たちはそこで別れた。

その夜、残りの時間は忙しかった。あれほど夜明けが待ち遠しかったことはない。しかし、のろのろと過ぎる時間の中で、ある結論に辿り着いた。確信できることは二点しかない。南口の鍵が釘から取り外されて、カルテ机の上に置かれたこと。そして、十八号室の不吉なドアが開かれたままになっていたこと。

誰がやったのか、理由は何だったのかは推測するしかないが、このことについては、ランス・オリアリー以外には話さないと決めた。オリアリーにゆだねるべきだ。

そうだ、オリアリーにまかせてしまえばいいのだ！　私は恐怖からやっと解放され、自分の言葉に微笑んだ。通いの看護婦が勤務に就くと、抱きしめたいほどに安堵した。小さなゴムタイヤの付いた給仕用ワゴンに載った皿がカタカタと鳴り、朝食のトレイが運ばれるのが、私の耳には音楽のように聞こえた。

朝食を取りに地下へ向かう途中、メイダとひと言話す時間があった。

「あの件については何も言わないでおきましょう。オリアリー以外には」私は低い声で囁き、彼女は頷いた。ちょうどそのとき、ミス・ドッティがやってきて、いつものように癪にさわるほど陽気な挨拶が聞こえてきた。

ミス・ドッティは、ベッドの脇に『毎日が晴れの日』というタイトルの本を置き、その詞をいつも暗唱していた。その朝の詞は——

もしもあなたが、孤独で悲しく憂鬱なら
いつも笑顔を
幸運が、きっと真実の相手を運んでくれる
あなただけを理解し、愛してくれる誰かを
いつも笑顔を

それは、ばかげているだけではなく、まったく不快な言葉だった。オールドミスから代々言い継がれてきた詞のように。

審問は朝の九時半に決まった。早朝の手術があり、八時にはバルマン医師の白い手術着と帽子を揃え、手術室の滅菌ガーゼを用意していた。患者の虫垂は場所がわかりにくく、実際はまったく違う所に見つかった。手術は、私たちにとって予想外の展開となった。バルマン医師は疲労と心痛から憔悴して見えた。薄い髪と顎鬚はバサバサに乱れて目は窪んでいたが、手元はしっかりしており、かなりゆっくりと一つ一つの手順を踏み、最後までとことん集中していた。

審問は、地下にある看護婦の読書室で行われた。湿気を帯びた雨の朝には心地良い部屋とはとても言えない。部屋は寒かった。漆喰の壁は冷たく空虚な印象を与え、医学書が壁に並んでいたが、楽しそうなタイトルはどこにも見当たらない。リノリウムの床はわびしく光り、食堂から借りてきた椅子は滑りやすく、座り心地も悪い。小さな窓には雨だれがひっきりなしに落ちてきた。誰かが明かりを点けたが、状態は何一つ改善されなかった。

　小さなテーブルの前に、肉付きのよい初老の紳士が座った。これが横柄な検視官だとすぐにわかった。彼は鼻眼鏡をかけており、それは大きなベストのボタンに黒い立派なリボンでつながれていた。すぐ目の前に、理事会の面々がひとかたまりに並び、彼らの何人かは陪審員に任命されていた。陪審員の名前が告げられた。病院における政治の力がどういうものか、もしも知らずにいたら、私はきっと驚いていただろう。

　コロール・レゼニーがそこにいた。奇抜なデザインの薄茶のドレスを着ていたが、丈が短く、シルクのストッキングに覆われたくるぶしと足が露わになっていた。緑色の小さな帽子を目深に被り、大きなビーズで彩られたバッグを持っていた。殺風景な灰色の部屋の中で、そこだけが鮮やかな色彩を放っていた。ハルダーは祭日用の黒いシルクの服を着て、とてもこわばった顔で、その隣に座っている。

　そこから少し離れた、看護婦のグループの中にメイダが座っていた。彼女の美しさや、顎を少し上げた知的な雰囲気は際立って人目を引き、他の人間がただの絵の額縁のように見えた。ジム・ゲインセイは、報道陣とともに部屋の後ろの方に立っていた。くつろいだ態度を装っていたが、ちょっとやり過ぎのようにも思えた。彼の不可解な眼差しは、特に何も見てはいないようだったが、間違いなく、部屋のどんな些細な動きも見逃すことはないはずだ。彼は魅力的で、清潔で、若く溌剌（はつらつ）としていたが、もっと控えめに――落ち着きを持ち――慎重であるべきだ、と私は思った。

　事務医もいて、バルマン医師やハイェク医師と話をしていた。なぜかハイェク医師の顔にはいつもの血色の良さが見られなかった。彼はほとんど口を開かず、黒い瞳は素早く部屋のあちこちをさまよっていた。ときおり、コロールの上で視線が止まった。落ち着きのない瞳以外はいつもと変わらず、ぼんやりと動じない様子だった。

警官も何人かいた。ヒギンス、コック、詮索好きの看護学生も何人か、ミス・ドッティとともに座っている。ドッティのことだから、この機会を利用して、おそらくレゼニー医師のために涙を流そうというわけだ。それから、もちろん、オリアリー。グレーの装いで、静かに検視官のテーブルのそばに座っている。

それは、私が出席した最初で最後の審問で（そうなったのは本当にありがたい）、他の審問と比較することはできず、辺りに潜む興奮、低い囁き声、青ざめた顔、神経質な動き、あちらこちらに向けられる鋭い視線は典型的なものなのか、異例なのか、判断はできない。

検視官はただちに目を通していた書類をテーブルに置き、鼻眼鏡を取り、話しはじめた。彼が何と言ったのか、私は聞いていなかった。ちょうどそのとき、オリアリーが立ち上がり、部屋の後方へと移動したからだ。私の横を通り過ぎるとき、折り畳んだ小さな紙切れを膝に落としていった。広い袖口で隠すようにして、そこに書かれた短いメッセージを読んだ。それから、もう一度目を通した。たいして意味があるとは思えなかったが、私は、その簡潔な要求に応じるつもりだった。その紙切れをポケットにしまったとき、自分の名前が呼ばれた。立ち上がり、検視官が示した椅子へと歩いていった。

自分がサラ・ケイトであり、南病棟の責任者で、六月七日木曜日の夜、当直に就いていたことを検視官と陪審員に向かって宣誓した後、次に証言が認められた。

恐れていたほど困難ではなかった。私はその夜のことを簡潔に包み隠さず話すよう促された。唯一戸惑ったのは、南口の玄関に立っていたとき、矢のようなものが音を立てて肩越しに飛んでいった、という事件に話がおよんだときだ。事件があった夜以来、はじめて詳細を思いだした。すでに、その問題を投げかけられ、検視官の質問を阻止することはできなかった。非難めいたオリアリーの表情が目に映ったが、続けるしかなかった。しかし、検視官に質問されても何も証明することはできない。なぜなら、私が話せることは、ほとんどなかったからだ。

　さらに検視官は、私にぶつかってきた男について、かなり細かく質問してきたが、このことは想定していたので、用心深く答えを返した。また、目の前のテーブルに置かれたシガレットケースの持ち主についても、私の確証を得ようとしていたが、私は、いつ、どのように、それを見つけたかを説明し、それ以上のことは拒んだ。

　困難ではなかった、と先に言ったが――つまりそれは、殺人に結び付く実際の出来事に話がおよぶまでだった。私が口ごもったのは、そのときだ。

「私がカルテ机に座っているあいだの出来事でした。正確には午前一時半――ちょうどカルテにその時刻を書き入れたところでした――音が聞こえたのです――バンというような、ドアが閉まるような音です」困惑しながら話し続けた。「それで立ち上がり、廊下に出たのですが、南口のドアが開いていました。それからカルテ机に戻り、嵐が来て、ドアや窓を閉めに走りまわりました。窓を閉めようと十八号室に入ったとき、目に入ったのが――」言葉に詰まり、咳払いをした――「あの患者さんが、ジャクソン氏が亡くなっているのがわかりました。明かりは消えていましたが、雷の閃光が部屋を照らしていました。彼の脈を取り、亡くなっているとわかったのです。調理室へ走って蠟燭（ろうそく）を探し、急いで十八号室に戻りました。ミス・デイが病棟の窓を一つ一つ閉めていて、私が蠟燭を手に戻ったとき、ちょうど彼女も十八号室に着いたところでした。自分たちにできることは何もないとわかった後、ラジウムが持ち去られているのに気付いたのです」

私の証言は、その後もしばらく続いたが、できるだけ簡潔に検視官の質問に答え、自ら発言するようなことはなかった。ただ一つの点を除けば、立派に役目を果たしたはずだと感じながら、ほどなく自分の席に戻った。

その後、バルマン医師とハイェク医師が順に呼ばれた。最初はジャクソン氏の、次にレゼニー医師の死因について証言するためだ。彼らは専門用語を使い、発見したときに死後何時間経過していたか、その判断方法について説明した。よく知ったレゼニー医師について話すことは、彼ら二人にとっては厳しい時間だった。証言が終わったとき、二人ともかなり憔悴しているようだった。バルマン医師は大っぴらに広い額の汗を拭い、普段はおっとりとしたハイェク医師さえも震えていた。神経質そうに辺りを見まわし、部屋の後ろへ退き、落ち着かない手で煙草に火を点けた。

それから、ミス・メイダ・デイが呼ばれた。彼女が証人席に座ると、私は両手を握り合わせ、緊張しながら見守った。

彼女の証言は淡々としたものだった。「いいえ、十二時半に患者のところへ足を運んだとき、レゼニー医師の姿は見ていません」「一人の患者にずっとつきっきりでした」「はい、外の空気を吸いに玄関へ出ました」「はい、ミス・レゼニーの晩餐会には出席しました」検視官は、晩餐会の席での会話をすべて入手していたようだったが、メイダは動じることなく、一人一人の発言について同意を示し、自分がお金が欲しいと口にした、その事実についても同じように頷いた。

「確かあなたは、こう言いましたね。『お金のためなら魂を売ってもいい』と?」検視官は、意地悪く問いただした。

「おそらく、そのようなことを言ったと思います」メイダは静かに答えた。彼女の頬が、ほんの少し赤く染まった。「もちろん、本気で言ったのではありません。言葉を誇張するのは、誰にでもよくあることですわ」

検視官は、それに対して何も言わなかったが、意味ありげに陪審員の方を見た。

それから彼女は、検視官の質問を受けながら、ジャクソン氏の亡骸（なきがら）を発見したことや、その後の行動について、私がすでに話したことの裏付けを行った。検視官は実に綿密に強調しながら質問を続け、私はそのあいだ、自分がまるで愚か者か嘘つきと見なされているような印象を受けた。自分の言葉に疑いを持たれるなんて、滅多にないことだ。

「私がドクターに電話をしたところ、ミス・レゼニーが出ました」メイダは説明した。「そして、彼を起こすことはできないと言われました。でも、すぐにドクターに来てもらう必要があると告げると、彼女は受話器を置き、そして戻ってきました。彼は家にいない、どこに行ったかわからないとのことでした」

「それから、バルマン医師に電話をしたのですか？」

「そうです」

「彼はすぐに出ましたか？」

「いいえ。眠っていたのだと思います。彼がようやく電話に出て、私は簡潔に、ジャクソン氏が思いがけず亡くなっていたことや、レゼニー医師の所在がわからないことを話しました」

「バルマン医師が到着するまで、どのくらいの時間がかかりましたか？」

「はっきりとはわかりません。私は――ともかく、動揺していましたから。でも、たぶん十五分くらいだと思います」

「到着したとき、彼はどのような服装でしたか?」

「ええと――ディナージャケットを着ていたかと――それから、レインコートも。雨が降っていましたから」

「ミス・デイ、最近あなたはカフスボタンをなくされましたか?」前置きもなく、いきなり検視官が訊いた。

私は注意深くメイダを見つめていた。顔の赤みはすっかり消えていた。人々が見守る中、彼女の瞳は暗く翳ったが、たじろぐことはなかった。

「はい」落ち着いて彼女は答えた。

「それは、こちらですか?」検視官は何か小さなものを彼女の手の中に置き、よく見えなかったが、四角い石だということは疑いようがなかった。

「これは――そのようですね」一呼吸おき、メイダは答えた。そのあいだ、私たちは息を潜めていた。

「私がなくしたものと似ています」

「あなたのカフスボタンだと、はっきりと言えますか?」検視官は言葉を続けた。

「ええ――そうです。たぶん、私のと同じものです」

「レゼニー医師のコートのポケットに入っていた理由を説明できますか? 医師が――遺体で発見されたときに」

「いいえ」メイダはしっかりと答えた。鋼(はがね)のような青い瞳は、検視官をまっすぐに見つめていた。

「なくしたことに、いつ気が付いたんですか？」

メイダの顔はさらに白くなり、鼻をつままれたような表情をした。

「玄関から戻って、そのすぐ後です」声は揺るぎなかったが、その瞳は一瞬、部屋の後方へ向けられた。

「どうやってレゼニー医師はこれを手に入れたのでしょうか？」検視官は執拗に問いただした。

「わかりません。おそらく——落としたのではないかと。袖口から外れて、レゼニー医師が——それを見つけたのではないかと」

「暗闇の中で？」検視官は穏やかに問いを発した。

メイダは再び赤くなったが、顎を高く上げた。

「わかりません」

しばらく質問が続いたが、成果は得られず、やがて彼女は放免された。「ありがとうございました」

コロール・レゼニーが次の証人だった。私は体を楽にして座り直し、聞き入った。彼女は非常に冷静だった。まるで訪問客であるかのように優雅に椅子に腰掛けた。とても洗練されて見えた。いや、そう見えただけかもしれない。表面的な美しさばかりがあれほど強調されていなければ。メイダの染み一つない制服、澄みきった白い肌、まっすぐな黒い眉の下の素晴らしく青い瞳、常に漂う貴族的な雰囲気、そういったすべてがコロールを少し色褪せて安っぽく、そして、わざとらしく見せていた。完璧に手入れの行き届いた、お金をかけた身なりにもかかわらず。

何度も繰り返される晩餐会についての質問が陳腐に思えてきて、私は検視官の質問にあまり注意を払ってはいなかった。しかし、彼が穏やかに次の質問をしたとき、ふと興味をかきたてられた。

「失礼ですが、ミス・レゼニー、あなたとレゼニー医師の関係は良好なものでしたか？」

彼女は検視官をじっと見つめた。黄色い瞳が大きく開き、そこに帽子のつばを受けて緑色の光が反射していた。

「どういう意味でしょうか？」

「あの夜、来客が帰ったあと、激しい言い争いがあったのでは？」

彼女の視線が検視官から離れ、ゆっくりとハルダーの方へ向かった。非常に不愉快そうな眼差しだった。

「おそらく、メイドがそう話したのでしょうね。確かに私たちは喧嘩をしました。ルイスは――うまくやっていくには難しい相手でした」

「その夜の喧嘩の原因は何だったのですか？」

「いつもと同じようなことです。原因なんて特にありません」

「何か思いだせませんか？　何か原因があったのでは？」

「ええ――特別なことではなく」コロールはゆっくりと答えた。「それは、私が家計を管理する際に無駄遣いが多過ぎるとか、そういったことです。いつもそう言われていましたから」

検視官は、しばし彼女の様子をじっとうかがった。

「これはあなたのリボルバーですか？」輝くリボルバーに手を伸ばし、彼女の面前に掲げながら、不意に彼は言った。

彼女が驚きの表情を浮かべたのが、はっきり見てとれた。リボルバーをつかもうとするように。彼女は大きなトパーズが光る茶色い手を伸ばした。それからゆっくりと、その手を引っ込めた。

第八章　金色のスパンコール

「このリボルバーは、あなたのものですか？」検視官は繰り返した。

「ええ、そうです」コロールは、かすれた声で答えた。「それは――私のです」

「あなたのいとこの遺体が見つかったクロゼットに、これが入っていた理由について説明できますか？」

　彼女は不安そうに唇を舌でなめた。

「いいえ、できません」

「これを最後に見たのはいつですか？」

「私には――わかりません。いつもはルイスの書斎にあるテーブルの引き出しに保管していたはずです。私は――最後にいつ見たのか、覚えていません」

「それでは、あなたが病院に持ってきたわけではないのですね？」

「もちろん、違います」コロールの顔が紅潮した。不意に目を細めたとき、思わず私は彼女の耳がぺしゃんこになって、猫のように唸る姿を想像した。

「いとこのレゼニー医師を最後に見たのはいつですか？」

「十二時ちょっと過ぎに二階へ行ったときです」私は心の中で、彼らの短く要領を得た喧嘩の様子を思い描いた。

「最後に彼はどこにいましたか?」

「書斎に座っていました」

「ミス・デイの電話を受けたとき、あなたは家の中を探しましたか?」

「はい」

「彼のベッドは乱れていましたか?」

「いいえ。明らかに、そんな様子はありませんでした」

「では、あなたは誓えますか? 夜中の二時に彼が家にいなかったことを?」

「もしそれが、ミス・デイが電話をしてきた時間なら、ええ、誓えます。私は時計を見ていなかったので」

それからいくつかあまり重要ではない質問が続き、コロールは解放された。

その後も審問は続いたが、興味深い点の一つは、ハルダーが言葉少なに語った事実だった。嵐が来る少し前、ジム・ゲインセイがドクターのセダンで出ていった、という証言だ。そして、何人かの警官が調査結果について報告した。レゼニー医師の遺体を見つけたときの状況を説明するあいだ、初めてコロールが動揺を見せ、レースのハンカチーフを顔に当てた。

それから、バルマン医師が呼び出され、晩餐会の後の行動について話すことになった。彼はまっすぐ自分の部屋に戻り、電話がかかってきたときは眠っていたと証言した。

「眠っていたのですか?」抜け目なく、検視官が問いを発した。「普通、ディナージャケットを着たまま、眠ったりはしませんよね、ドクター?」

「私はあの晩、一日中仕事に追われ、とても疲れていたのです。肘掛け椅子に座って休んでいるうちに寝入ってしまいました。そして、気が付くと電話が鳴っていたんです」

「それから、どうしましたか？」

「ミス・デイはとても動揺していたようで――私の印象でも、ジャクソン氏はとても良好な状態だと思っていました。雨が降っていましたから、コートを取って車に乗り、できるだけ急いでセント・アンに向かいました」

ハイェク医師も、メイダと私の主要な証言について、できるかぎり裏付けとなる証言をした。「いいえ、彼女がノックをするまで、誰のノックも聞こえませんでした」「明かりは消えていて、すぐには何が起きたのか、判断がつきませんでした」「けれども、十八号室で何か面倒なことがあったと知って、病室へ急ぎました」「簡単な検査をしているうちにバルマン医師が到着しました。バルマン医師は中央口ではなく、南口の方から病棟へ入りました。南口は鍵がかかっていたので、ミス・デイがバルマン医師を廊下へ招き入れました。ええ、我々はすぐに死因について同意に達しました」

ジェームズ・ゲインセイが、次の証人だった。彼が前へ進み出ると、奇妙にも小さなざわめきが部屋じゅうに広がった。

彼は、嵐の前に果樹園を歩いていたことを潔く認めた。その夜は暑くて蒸しており、外の方が涼しいと思った、と彼は言った。シガレットケースも自分のものだと率直に認めた。

「それが見つかって嬉しいです」少し笑顔を見せた。「とても大切にしていたものなんです。どこでなくしたのかと思っていました」

検視官は眉をひそめた。証人の軽薄さは場違いに思えた。検視官はその薄い金のケースをテーブルの端の方へ動かし、ゲインセイから遠ざけた。

「玄関の階段で、ミス・キートとぶつかったのはあなたですか？」検視官は尋ねた。

ジム・ゲインセイは日に焼けた眉を寄せたが、口元には半分面白がっているような笑みを残したまだった。

「どうやら、そのようですね」彼はあっさり言ってのけた。「少なくとも——誰かとぶつかったのは確かです」

どんなに率直な雰囲気を装っても、彼が病院の近くにいた、という深刻な事実を払拭することはできない、と私は心の中で思った。

「なぜ、あなたは走っていたのですか？」

「急いでいたのです」ゲインセイは単純に答えた。

「どこへ行こうとしていたのですか？」

「レゼニー医師のガレージです」

「まっすぐガレージに向かったのですか？」

ほんのわずかに戸惑う様子がうかがえた。

「はい」

「それから、どうしましたか？」

「レゼニー医師の車を借りて、町へ行きました」

「どのくらいの時間、出かけていましたか？」

「たぶん一時間ほどです。道に不慣れで雨も降っていましたから、運転は楽ではありませんでした」

「電報を送ろうとしたのですか？」

ジム・ゲインセイが驚いたとしても、そのような様子はまったく見られなかった。

「そうです」落ち着いた声だ。固く結ばれた口も、声の質も、私には不可解だったが、その質問が彼に警戒心を植え付けたのは確かだった。

「電報の用件とは？」

「仕事の件です」ゲインセイはスラスラと答えた。

そのとき、ランス・オリアリーが検視官のもとにやって来て、テーブル越しに何かを渡した。検視官は、その黄色い紙切れを手に取り、眼鏡を整えた。そこに書かれた内容を読み、非難するように眼鏡越しにゲインセイを見つめた。もう一度慎重にメッセージを確認し、ようやく口を開いた。

「あなたが送ったのは、こちらのメッセージですか？」

「私には、わかりません」半分閉じた瞳に用心深さが見られたが、口調は穏やかだった。

かすかな笑いが起こり、検視官は眉をひそめた。再び眼鏡を掛け、一語一語、読みあげた。「『**ヨキセヌ　ナリユキニヨリ　オクレル。トスカニアゴウニヨル　シュッコウ　マニアワズ。シュッパツノミコミ　タタズ。J・ゲインセイ**』これはあなたのですか？」

ゲインセイの顔は青白くなり、口がきつく結ばれ、私は驚いた。

「はい」とても静かな声だった。

「『**予期せぬ成り行き**』とは何のことですか？」

「私には――自由に述べる権利がありません」

ゲインセイの態度がどこか検視官の気に障ったようだった。

「自由に述べる権利がない！　いいですか、よくお聞きください、あなたは自由に発言された方がよろしいでしょう、今すぐに！　あなたは、世間が寝静まっている真夜中に、こそこそと病院の周りを歩きまわっていたと認めましたね。それから、シガレットケースを落としたことも——」

「待ってください」ジム・ゲインセイが落ち着いて異議を申し立てた。「『こそこそ歩きまわる』と言う言葉は同意できませんね」

「同意できない！　同意できないですと！」検視官は眼鏡をはずし、身振り手振りを加えて言った。すると眼鏡がリボンからはずれて飛んでいった。彼はかすかに動揺しながらひと息つき、ランス・オリアリーが身を屈めて眼鏡を拾って手渡すとき、身を乗りだして何か低い声で囁いた。

「ふむ、それでは、ええと！」検視官は威厳を取り戻し、意味ありげにジム・ゲインセイをじっと見すえた。この若者に対する疑惑が正当なものだと確信したかのように。

「これでけっこうです、ミスター・ゲインセイ。今のところは」不快感を露わに、探るようにゲインセイを見つめ、最後の言葉が気にいったかのように繰り返した。「今のところは」

残りの審問には、さして興味深いものはなく、ほとんどがすでに知っている証言を繰り返しただけだった。検視官はかなり混乱していたが、不正な者を必ず捕まえると決意を固めたようでもあった。彼の混乱の原因がどこにあるのか、私にはわかっていた。手掛かりに欠けるのではなく、手掛かりが多すぎて、それぞれが違った方向を示しているからだ。私が話した件について、ランス・オリアリーは自分の考えを胸の中に納めておくことにしたようで、とりあえず安堵した。モルヒネが南病棟から持ち出された可能性があると知ったら、理事会の面々がどんな反応を示すか見てみたい気もしたが。

昼食のベルが鳴っていた。検視官は、あまり実りのなかった尋問の結果を述べ、しばし、部屋が静まり返った後、判決が下された。ルイス・レゼニーが誰かの手によって、または見知らぬ人間の手によって死に至った、と耳にしても、私は驚かなかった。そして、張りつめて静まり返った部屋には、窓の外にある雨どいのパイプに水の滴る音が響き、私たちの患者、故ジャクソン氏にも同様の判定が下された。

私たちは凝り固まった筋肉を伸ばしてゆっくり立ち上がると、二、三人の塊となって散り散りに部屋を出た。本当のところ、この審問は、ただの形式的なものとしか思えなかった。しかし、部屋を出て、後ろを振り返ってみると、ランス・オリアリーの滑らかな茶色い頭が検視官の禿げ上がった頭の方へ傾き、熱心に協議している様子が目に入ってきた。その瞬間、実際に審問を陰でコントロールしていたのはオリアリーで、何らかの目的があり、それを果たすべく手順が踏まれたのだと確信した。前夜、南病棟にあらわれた謎の訪問者について話したかったが、その日の遅くまで機会は訪れなかった。

あれやこれやで、その日の午後は充分に休むことができなかった。途切れ途切れ昼寝をし、お風呂に入り、新しい制服と帽子を身にまとうと、四時になっていた。奇妙に静まり返った廊下をぼんやり歩き、階段を降りて事務室に入った。ミス・ジョーンズが新たな入院患者の記録を付けていた。私は、誰が入院するのかと、立ち止まって覗き込んだ。それは、好ましくない世間の評判を得ても、セント・アンの威信には影響がないことを示していた。

「この患者を十八号室に入れるつもりです。あなたの病棟の」彼女の肩越しに身を屈めたとき、そう告げられた。

「十八号室！」

「ええ、そうですよ。病室は利用可能ですよね？　患者は下の階の部屋を希望していて、そこしか空いていないので」

「誰の患者ですか？」

「バルマン医師だと思います――ええ」彼女はタイプで打ったカードに目を向けた。

そのとき、奥の部屋からバルマン医師がやって来た。

「この履歴をコピーしていただけますか、ミス・ジョーンズ。それから、もし――」医師は、彼女が記入していた記録をちらりと見た。「彼を十八号室に入れるのですか？」鋭い声で訊いた。

「そうです。いけませんか、ドクター？」

複雑な表情をしながら、長い指で顎鬚をいじっていた。

「つい最近の出来事ですから――」彼はためらっていた。「しかし、他に部屋がないのでしたら」

「彼はどうしても下の階を、とおっしゃっているんです」

「それでは、よろしいでしょう」思慮深く優しげな瞳で記録に目を通し、彼は同意した。そして、疲れた声で言った。「彼を十八号室に入れてください。遅かれ早かれ、どのみちその部屋を使うことになりますからね。ああ――ミス・キート。看護婦たちに、十八号室について――ええと――何があったかについて――決して言わないよう忠告をお願いします。患者は二、三週間、もしかすると、もっと長く入院することになるでしょう」

「はい、ドクター」私は自分のすべきことに気付いていなかったかのように、できるだけ控えめに返答した。実のところ、十八号室に患者を入れるのは、あまり好ましいとは思っていなかった。付き添い看護婦のいない外科の患者の場合、ほとんどの責任は私が負うことになる。つまり、何かと十八号室に出入りする用件が増えるということだ。

「よろしいですね」彼は振り返り、ドアに向かった。

「あら、ドクター・バルマン」ミス・ジョーンズが慌てて呼び戻した。「履歴のコピーが必要だったのでは？」

バルマン医師はくるりと振り返り、自分の手に握っているタイプの紙をちらりと見た。

「忘れていました」心ここにあらずという表情だった。「ありがとう、ミス・ジョーンズ」彼は紙を手渡した。「患者は六時頃に到着すると思います」そう言い添えて姿を消した。

彼が出ていくと、ハイェク医師がやって来た。

「私に電話はありましたか？　ありがとう」ミス・ジョーンズは番号を走り書きしたメモを渡した。

彼は受話器を取った。

「メインの二三三二をお願いします」送話口に向かって告げ、横にいるミス・ジョーンズに声をかけた。「今日の午後、新しい患者は？」

「はい、ドクター。ミスター・ガスティンが入院することになっています。十八号室を用意しました」

「十八号室！　なんだって？　ああ、はい、メインの二三三二です――」彼は再びこちらへ顔を向けた。「十八号室を用意したと？　南病棟の十八号室？」鋭い声だった。

「ええ、そうです」ミス・ジョーンズが答えた。「そこが唯一、一階で空いている部屋なんです」

「しかし――」ハイェク医師は続けたが、再びオペレーターの声に遮られた。「はい、メインの二三三二です――ああ、そちらがそうですね。はい、こちら、ドクター・ハイェクです。どうしましたか？　……体温を測りましたか？　そうですか――わかりました……湯たんぽと温かいミルクを少し用意して……はい……はい」カチリという音を立てて受話器が置かれた。「新しい患者の件ですが、ミス・ジョーンズ。彼を十八号室に入れるのは賢明なこととは思えません。もし、彼が気に病むようなことがあれば――」

私は、この件について議論するのにうんざりしていた。

「そこで何が起こったか、彼が知ることはないと思います」私は無作法に話を遮った。職業的な礼儀などすっかり忘れていた。「いつかはあの部屋を使わなければなりません。今、使っても変わりはないと思います」

「そうだね」私をぼんやり見つめながら、ハイェク医師は同意した。「私もそう思うよ。彼は、今日の午後、来るのかね？」

「六時頃です」ミス・ジョーンズが答えると、医師は頷き、事務所の奥へ足を向けた。

十八号室を使える状態に準備しなければならないと考え、南病棟へ急いだ。部屋は簡単に整頓しただけで、きれいに掃除されてはいなかった。掃除のため二人の看護婦を向かわせ、私自身も指揮監督のために同行した。

十八号室のドアを開けるのは気持ちのよいものではなかった。あまり気が進まないまま、ドアを開けた。部屋は薄暗く寒々として、白い壁には暗い翳りが見て取れた。窓ガラスには雨粒が当たり、外から薄暗い光が差し込んでいたが、部屋の中までは届いていない。電気を点けると気分が少し和らいだ。部屋じゅうに素早く安堵が広がり、二人の看護婦は仕事に取りかかった。

空気がよどんでいたので、ベランダ脇の低い窓辺に行き、留め金を外して大きく開け、湿った空気を中に入れた。私はそこに立ち、前夜の侵入者について考えていた。誰がこの部屋にいたのか？　目的は何だったのか？　オリアリーにそのことを話したら、何と言うだろう？　侵入者はこの窓から逃げたのだろうか？　幅のある窓の敷居を見た。そこには確かに網戸があった。しかし、バネの掛け金が付いていて、どちらからも簡単に開けられる。敷物や雑巾をはらったり、日よけを調整するための掛け金だ。ぼんやりと網戸を戻し、窓の桟に指を置いて閉めようとしたとき、桟の端にある何かが、かすかに光に反射した。隅の方に体を寄せ、もっと近くに行って手を伸ばし、ゆっくりと、小さく平らな物を指の上に載せた。

　金色のスパンコールだ！

　それが光を受けて輝く瞬間まで、見慣れぬ物だと思っていた。表面は色褪せ、汚れが付いていたが、裏側はまだ光っていた。擦り切れた緑色の房の切れ端が、薄い金属片の小さな針穴に付いたままになっている。

　それがどこから来たのか、誰かに訊く必要はなかった。六月七日の夜、コロール・レゼニーが、緑色の煌（きら）めく網目模様の上に精巧に金色のスパンコールが付いたドレスを着ていた。

　その夜以降、おそらく彼女は、そのドレスを着ていないだろう。

　この驚くべき事実を消化する頃には、恐怖に駆られた看護婦により、驚くべき速さで作業が終えられていた。

「患者が来ることになっています」私は説明した。「今のところ、これで充分でしょう」彼女たちは解放されたことを喜び、急いで出ていった。

　私も、すぐに部屋を出た。小さなスパンコールを手にしたまま廊下をゆっくりと歩いていった。そのとき、ランス・オリアリーに話すのがよいだろうと思い立った。コロールがあの晩餐会以来、金色のドレスを着ていようがいまいが、とにかく、このスパンコールを託してしまえばいいのだ。ハルダーなら知っているだろう。そして、どういうわけか、この最終的な結論に達すると、ためらうことなくハルダーに女主人の件について訊いてみようという気になった。

すぐに目的地へ向かった。

果樹園を抜ける道はぬかるんでいて、足元がぴしゃぴしゃと音を立てた。木々から雨だれが、糊の効いた白い帽子にしきりに落ちてきた。辺りは霧が重く立ち込め、十フィート、十五フィート先も見通すことができなかった。木々の合間の低木が、黒っぽい塊のようにかすんで見える。冷たい空気に喉が痛んだ。

湿ったアルファルファの草むらをゆっくりと進み、霧に包まれた黒い染みのような松の木の茂みを通り、門を抜けた。レゼニー・コテージの玄関はさびれたままで、ハルダーはその日、ほうきで掃いていないようだった。

コロールがドアまで出てきた。

「あら」特に興味もなさそうに彼女は言った。「こんにちは、サラ。入って。本を開いては、退屈してたところよ」彼女は私の肩掛けを椅子に放った。私は後について書斎に入った。

「それじゃあ、ニューオーリンズには行かないことにしたのね——それで——お葬式には？」

「そんな必要はないでしょ」彼女の顔が曇った。「彼の親戚がいるし。みんな——私のことをよく思ってないから」

「ジャクソン氏の遺体は東部に送られたわ」私は言った。そして二人は沈黙に陥った。やがて、コロールが動きだした。

「お茶を用意するわね。ハルダーは頭痛で休んでいるの。昼食の後、眠ったみたいだけど、もう起きているると思う。夕食の心配はいらないと言っておいたわ。車で『ブリベア』まで行く予定だから。どっちにしても外に出たい気分だし、素晴らしいシェフが入ったらしいのよ」

「そう。どうかお願いだから、コロール。人目を引くようなことはやめてちょうだい。審問でリボルバーのことが問題になったでしょう」

コロールはしげしげと私を見つめて笑いだした。

「でも、あのリボルバーがセント・アンに持ち込まれたことについては、なんにも知らないのよ。それに、他にもっと興味をそそるようなことがあったの。ちょっと調査が必要だけど」彼女は、滑らかなウェーブのかかった髪をそっと撫ぜた。「少なくとも、ちょっとした調査がね」面白がっているかのように呟いた。しかし、その表情は楽しそうではなかった。彼女の鈍い光を放つ黄色い瞳を見て、私は思いだした。この女性は変わった所に住み、変わった物を見てきたのだ。計り知れない神秘、邪悪な儀式、原始的な情熱に慣れ親しんでいたのかもしれない——レースや宝石、洗練された眉によって、彼女自身は、どうみても二十世紀の産物に見えるが。ジャングルの夜、トムトム、〝ブードゥー〟という言葉が頭に浮かんだ——ブードゥーが何を意味するのか、まったく知らないが、肌がざわざわするのを感じた。

「二階に行って、ハルダーの様子を見てくるわ」職業意識を装って、不意に立ち上がった。

「どうぞ」コロールは暖炉を見つめながら微笑んだが、優しさは微塵も感じられなかった。「部屋までの行き方、わかるかしら？　私はなんだか面倒で、一緒に行く気になれないわ」私が頷くと、彼女は面倒くさそうに続けた。「ハルダーはあなたのことをとても高く評価しているのよ、サラ。私のことはまったく信用してないけれど」彼女はまた笑った。

ハルダーはとても眠そうで、頭痛もひどいようだった。

「ぱっとしない天気のせいね」そう言って、私たちはしばらく自分の神経痛について楽しく話を続けた。私の話の方がハルダーのよりも面白いはずだが、辛抱強く彼女の話に耳を傾けた。

「ミス・レゼニーが薬をくれてから、しばらくは気分がよかったんですよ」ハルダーは言った。「すぐに眠くなったんです。腕に打ってもらったから、早く効いたんでしょうね――」

「腕に！」その言葉に衝撃を受け、私は思わず叫んだ。「どういう意味？」

「ほら、あれでございますよ――何と呼ぶんでしたかねえ。針のようなもので」

「注射のことを言っているんじゃないでしょうね？」

「それです！」ハルダーは嬉しそうに微笑んだ。「それのことです。彼女が何と呼んでいたか、思いだせなかったんです。あれはすばらしいものですね。ほら、薬がああやって、直接――」

「ハルダー！　ミス・レゼニーが、あなたに皮下注射をしたと言っているの？」

フランネルの部屋着の袖を引っ張り上げ、小さな傷を私に見せながら彼女は頷いた。私は、それを細かく調べた。かなり手際よくなされた痕があった。肌に擦り傷はなく、静脈を注意深く避け、練習を積んだ熟練の手で、針をしっかりと肌に突き刺しているようだった。そして、その手はコロール・レゼニーの手だ！

「何か問題があったのでしょうか、ミス・キート？　痛みはまったくないのですけど――」

私は、やっと我に返った。

「ハルダー」厳しい声で言った。「医者か、訓練を受けた看護婦以外に、決して注射を打ってもらったりはしないように！」彼女の顔が青ざめ、私は言い足した。「これは、レゼニー医師か誰かがコロールに与えた、ただの頭痛薬だと思います。ですから、今回は大丈夫でしょう」そして、確かにコロールが実際に投与したのは、頭痛を和らげるための軽い睡眠剤だと考えられた。あまりにも無分別だが。

「ところで」腕時計が五時を示しているのを見て、私は続けた。「教えてもらいたいことがあるんです。それから、私に訊かれたことは忘れていただけますか？」

ハルダーは鋭い人だ。グレーのフランネルの肘をついて起き上がり、熱心に私を見つめた。

「秘密は守ります、ミス・キート。その気になれば、話すべきことはたくさんあります」

「私の知りたいことは、ミス・レゼニーが最近、あの金色のドレスを着ていたか、ということなんです」

「あの緑色と金色の、蛇みたいなうろこのついたドレスですか？」

「ええ」

「そうですねえ。最後に着ていたのは、レゼニー医師が殺された夜でした」

「確かに？　ハルダー？」

「はい。よく覚えています。かわいそうなレゼニー医師！」

「気分はよくなったかしら、ハルダー？」戸口から声が聞こえた。

もちろん、それはコロールだった。

第九章　メギの茂みの下で

私は唐突にそこを出た。しかし、セント・アンに向かう次第に暗くなる小道で、コロールはきっと私たちの会話を聞いていなかっただろうと結論付けた。これら二つの情報と、前夜の出来事をランス・オリアリーにできるだけ早く伝えなければならないと思いながら、急いで霧の中を進んでいった。小さな橋を渡り、林檎園を抜けるとき、オリアリーとばったり出くわした。

「ちょうど、あなたに会いたいと思っていたのですよ、ミス・キート」彼はすぐに言った。

私の腕をとって、小道から二、三歩外れた場所へと引き寄せた。そして彼の身振りによって、そこから南口のドアと小さなコロニアル式の玄関が見えるのがわかった。

「正確に教えてください、ミス・キート、六月七日の夜、あなたはどこに立っていたのですか――えええと――矢のようなものが肩越しに飛んでいったとき」

「本当に覚えていないのです――お話しできればと思いますが」

「わかりました」彼は私の謝罪を無視して、追及を続けた。「どこに立っていたかは覚えていますか？　それが肩を越えて、どっちの方向に向かったのか？」

「ええ、覚えているかと」私はじっくりと考えながら答えた。「その辺のメギの茂みの方に落ちたような気がします。そこです」林檎園の端の植え込みの辺りを指さした。

「飛んでいったのが何だったのか、調べているのですね」

「もし、まだ誰も見つけていないのなら――または回収しに来ていないなら」オリアリーは頷いた。

オリアリーを先頭に、茂った枝や低木を押さえ、ゆっくりと先ほど示した地点へ向かった。私たちは、病院から見えないように腰を低くしていた。窓から私の白い帽子が見えないように苦労したのを覚えている。まるで、わけのわからぬかくれんぼをしているような、ばかげた考えが浮かんできた。捜索に夢中になり、濡れた靴も髪も気にならなかった。覚えているのはただ、びしょ濡れの腐葉土の上を歩き、藪や木々の滑りやすい根元を避けていったことだ。もし、探すべきものが何なのかわかっていれば、もっと作業は楽だっただろう、とオリアリーが約二十分間、濡れた藪を無駄に調べた後で言った。彼は少し苛立っているようだった。もう少し注意深く見ていればよかったのに、と私にほのめかしたりもした。そう言ったのは、濡れた葉で足を滑らせ、バランスを保とうとメギの茂みに手を伸ばしたときだった。棘を取っている彼の姿は、驚くほどに人間らしく、平凡だった。そのすぐ後だった。彼が不意に痛みに叫び声をあげたのは。彼は、広いメギの茂みの反対側にいた。何が起きたのかと、私は用心しながらそちらへ進んでいった。

オリアリーはしゃがみ込み、親指を口にし、もう一方の手には何か小さな物を握っていた。顔を見ると、ことのほか喜んでいるようだった。

「見つけましたよ、ミス・キート」親指の痛さには触れず、輝かしい勝利宣言を発した。「見てください！　これが、そうではないですか？」

それは神の恵みだった。私は膝で穴を掘れそうなぐらい体を屈めていた。彼の手には小さな注射器が握られていた。ニッケルの部分は風雨にさらされ、少し錆びている。

私が目にした、肩越しに音を立てて飛んでいった物は、間違いなくこの注射器だ。それは、けっこうな重さがあり、素早く飛んでいくのを手で確保するのは困難だ。植え込みや木々のあいだから玄関が見える。この辺に落ちたことは、充分納得できる。厄介なのは、それが消えた南病棟の注射器だと考えられるからだ。もちろん、注射器というのはみな似通っている。でも、それを見分ける確かな方法を知っている。メイダは私を見習って、自分の道具すべてに小さな『D』という文字を掘っていた。

「見せてください」と私は言った。

何も言わず、彼はそれを私の手のひらに載せた。上部の小さな丸い面に『D』と雑に彫られた跡がある。錆びてはいるが、見分けはついた。

「見覚えがあるようですね」オリアリーが言った。口から親指を離し、世界にたった一つしかないものを感慨深く見つめるように。「ミス・デイのですか?」

私は頷いた。

「病棟の誰もが手にすることができます。メイダのだからと言って、彼女がここに投げ入れたことにはなりません」

「そうです――もちろんそうです」彼は考えにふけっていた。「とにかく、我々がこれを見つけたんです、ミス・キート。こんなにひどく突き刺さるとは、まったく」

彼は親指の傷を見つめた。「錆びの中に破傷風菌が潜んでいたりしませんよね?」

「血が出たときに洗い流されたはずです」あまり同情も寄せずに私は言った。もし、彼が本気で見つけるつもりだったのなら、突き刺されるのは当然の報いだと思いながら。

「あなたたち看護婦ってのは!」彼はそう言って、笑った。「ご自分の姿を見てほしいですね、ミス・キート」

みっともない姿勢を気にしたわけではなく、スカートがひどく濡れたので立ち上がった。彼は私の後に続いて茂みを抜け、小道に出た。

「ここは、人目につかず話をするのにちょうどいい場所ですね、ミス・キート」彼は言った。「私が知りたくなるような、新しい展開はありましたか?」

「どうしてわかったのですか?」ちょっと面白くなさそうに私は言った。

彼は笑った。「あなたの目や全体的な様子を見て——なんというか——まるで、カナリアでも飲み込んだみたいに見えましたよ」

「ええ、実際、一つ、二つ、お話したいことがあります」できるだけ簡潔に、金色のスパンコールのこと、コロールが最後にそのドレスを着ていたのは六月七日だったと告げた。それから、彼女が注射器の扱いに慣れていることも。水の滴る木々の下で、次第に霧が立ち込め、闇が広がっていくのを不安に思いながら、しぶしぶ、前夜誰かが十八号室にいたことについても話した。彼は非常に興味を抱いたようで、いくつか質問をしてきた。

「言うまでもなく、誰であれ、昨夜十八号室に入ったその人物には目的があったはずです。何か必要なものがあった——それとも——まだ十八号室にあるのかもしれません」彼は眉をひそめた。「何かを見落としていたのかもしれません」

「スパンコールがありました」私は述べた。

「そうですね、スパンコールが。網戸の下でしたか? 私は見逃していました。しかし、どうしてもコロール・レゼニーがそのために戻ってきたとは考えられないのです」

「それがなくても困るようなことはないでしょうから――あのドレスには何百も付いていますから」

「ハルダーは確信しているのですか？　木曜の夜以来、彼女がそのドレスを着ていないと？　もしかしたら昨夜、そこに落としたのかもしれませんね」

私は頭を横に振った。

「いいえ、ハルダーは確信しています。あの夜に違いありません。スパンコールの表面が雨で色褪せていましたから」

「それが真実でしょうね。そこで問題は、昨夜、誰が十八号室に入ったかということです。目的は、何だったのか」彼のグレーの瞳は、二つの澄んだ湖のようだった。

「ミス・キート」不意にオリアリーが言った。「ラジウムについてですが、百科事典で調べてみたんです。でも、わからないことがありまして。ポケットに入れて運べるものですか？　もちろん、燃えることなく」

「はい。専用の容器があれば可能です。ラジウムは様々な医療機器によって多様な目的で使用されています。しかし、今回の場合、とても小さい容器に入っていました」

「それでは、ポケットや片手でも持ち出すことは可能ですか？」彼はなおも確認した。「または、どこか別の場所へ隠すとか？」

「ええ、そうだわ！」私は答えた。「ラジウムを入れた容器を医師が鞄に入れるのを何度か見たことがあります」

オリアリーはしばし何も言わず、考え深げな眼差しで私の方を見ているようだったが、実際にはその目には何も映っていなかった。

「それを処分するのは、かなり困難だと考えた方がよさそうですね――まあ、それについては――」

彼は突然言葉を切った。

「いいですか、ミス・キート。そのような価値のあるものが、どうしてそんなに無防備に使用されていたのでしょう?」

「病院によっては、ラジウムはしっかりと保管されています」私は説明した。「非常に大きな病院には、世界中から患者がやって来ます。そこでは、ラジウムが使用される際、常に警備員が病室に配置されます。でも、ここセント・アンでは、それが必要だとみなされてはいません。その種の問題は、今まで起きたことがありません。私たちの患者は、概して品位ある階級の方々です。ご存知のことと思いますが、セント・アンは、かなり高い評判を得ていまして――」自慢話におよんだところで、口を閉ざした。彼の顔に半分笑いが浮かんでいたからだ。

「それでも事態は起こってしまいました」穏やかな声だった。

「ええ」私は言い返した。「それを正常な状態に戻すのがあなたの仕事です」

瞬時に彼は厳粛な顔をした。

「簡単な仕事ではありませんよ、ミス・キート」そして、愛想よく彼は述べた。「それから、あなたのご協力には感謝しています。お返しにいくつかお話ししましょう。お尋ねになった件です。いくつか仮説を立てることができます。興味深い内容です。あなたが、それらについて意見をくださるかもしれない。まず――三つの殺害手段が可能であるとわかりました。十八号室の中、またはその周辺で。リボルバー、注射器、そして薬剤室からなくなったモルヒネ。充分な量のモルヒネ――それが目的を果したと信じていますが。たった一つ必要なところに、三つの手段! レゼニー医師は四番目の手段によって死に至った。三つの武器！　複数の人間が患者の死に関与していたと考えられませんか？」

「三人！」私は息を呑んだ。「三人が関与したと！」驚愕しながら、晩餐会の不吉な記憶を辿り、ざっと思い当たる名前を思い浮かべた。「でも、晩餐会にはたった六人しかいなかったんです。その中から容疑者が限定されるということですか？」

「七人です」オリアリーが訂正した。「レゼニー医師もいます」

「でも、ミスター・オリアリー、それじゃあまるでクラブのようじゃないですか」私は真面目に言ったが、彼は厚かましくも笑いだした。

「確かに何かの同盟のようですね」彼の話は淡々としていた。「カフスボタンと注射器の紛失は、メイダが関わっている。ジム・ゲインセイの引き延ばされた滞在、さらに、はっきりしない電報は彼に疑惑があることを示している。あなたと二人の医者の可能性。そして、ミス・レゼニーに関しては不利とみなされる点がいくつかあります。これでおわかりでしょう。まるで共謀したようにも考えられるわけです」

「ばかげています」私は苛立ちを隠せなかった。「はっきり申しあげます。私たち六人は、レゼニー医師や彼の患者を死に至らせるために結束などしておりません」

「もちろん、していないでしょう」なだめるようにオリアリーが言った。「でも、認めていただかなくてはなりませんよ、ミス・キート。充分な手掛かりがあるのです——いえ、単なる事実と呼びましょうか、好奇心をかきたてるのに充分な——それにはあなたたち全員が含まれます」

「偶然の一致ですわ」断固として言い切った。

オリアリーの眉が少し上がった。

「どうお考えになろうと自由です」彼は友好的に頷いた。

「あなたはお忘れになっていたようですが、あの夜、私がハイェク医師を起こしたとき、コートが濡れていました。どうして審問でそのことを尋ねなかったのですか？」

「すでに尋ねていたからです」オリアリーは言った。「彼の説明によると、部屋の窓が開いていて、雨が降りはじめたとき、椅子の上にコートが広げてあった。すぐには起きなかったので、それでコートに雨が当たった」

「ふむ」私は懐疑的だった。「バルマン医師はどうなんですか？　あなたは彼の言葉を信じるおつもりですか？　事件が起こったとき、彼がずっと自分のアパートにいたと？　果樹園を抜けるときに付いたという顔の傷は？　あれは本当に、あの夜の早い時間にできた傷なのでしょうか？」話しながら心が痛んだ。自分の愛する研究から引き離され、いくつもの責任を背負い、神経をすり減らし、憔悴し、不安を抱えたバルマン医師は、痛ましい様子だった。

「バルマン医師はあまりに忙しく、当面、質問で煩わせることはできません」オリアリーは、ただそう言った。「しかし、お尋ねの件については、彼の供述を証明できます。バルマン医師が住んでいるアパートのエレベーター係によると、医師は、レゼニー家から十二時十五分くらいに戻ってきた。それから、エレベーター係が変わり、彼は夜のあいだ交換台にいて、セント・アンからの電話を彼に取り次いだ。エレベーター係は親切にも会話を耳にして、すぐにエレベーターをバルマン医師の階まで上げて、彼を一階へ降ろした。それが正確には二時三分のことです」

「さて、そこで」彼は一瞬間を置いて、続けた。「この注射器についてですが。ちょっとミス・デイと話がしたいのです。それから、十八号室にもう一度入ってみたいのですが」

「十八号室には患者がおります」

「すでに！」

「はい。バルマン医師もハイェク医師も使用を許可する気はなかったようですが、他に部屋がなかったので」

オリアリーの澄みきった瞳が、しばしぼんやりと私を見ていた。

「では、昨日の夜と同じことが起こるとは考えにくいでしょう」やがて彼は言った。「しかし、もう一度、その部屋に入れていただくというのはどうでしょうか。患者の邪魔にならないように」

霧の中を通り抜ける人影が目に入った。メイダだ。青と緋色のケープの上に白い帽子が光っている。

「こんにちは、ミス・デイ」オリアリーが小道に足を踏み出し声をかけた。

メイダが少し驚くのがわかった。瞳が暗く翳り、慌てて小道の向こうの橋に目を向けた。

「こんにちは、ミスター・オリアリー」彼女は落ち着いて応じた。「あら、あなたもいたのね、サラ」私を見ながら言葉を続けた。「どこに行ったのかと思っていたのよ」彼女の視線が私の髪に移り、それから声をあげた。「あなたの髪、ひどく濡れているじゃない！ 神経痛になっちゃうわよ」

私は髪に手を当てた。濡れて乱れていた。低木や茂みの下を這っていたときに小枝が当たって汚れたのだろう。しおれた帽子をまっすぐに直し、ほつれた髪を無理やり押し込んだ。

「ちょっと、探し物をしていたの」

「そうだと思ったわ」青い瞳に陽気な面持ちでメイダが同意した。「メギの茂みの下を探していたんでしょう」

実際そのとおりだったが、私が何かを言う前にオリアリーが会話を引き継いだ。

「注射器をなくされませんでしたか、ミス・デイ？」前触れもなく、突然切りだした。

瞬時にメイダの顔から明るさが消え、視線が彼に向かった。

「ええ、確かに。なくしました」すぐに彼女は答えた。

「あなたがなくしたのは、これですか？」手のひらの注射器を彼女の方へかかげた。まるで彼女の考えを読み取ろうとするかのように、澄みきった瞳で一心に見つめている。

きっと彼も見たはずだ。彼女がきつく唇を結び、挑戦的に顎を上げるのを。

「そのようですわ」メイダは言った。「自分の物にはイニシャルを記してますから」注射器に手を伸ばし、小さなピストンの上の印が見えるようにその向きを変えた。

「そうです」落ち着いた声だった。「これは、私の注射器です」

「たった今、茂みの中で見つけました。どうしてそんなところにまぎれたのか、おわかりですか？」

「いいえ」きっぱりとメイダは答えた。

「それでは、なぜ」とても優しい声でオリアリーは訊いた。「あなたは、それをミス・キートの注射器と取り替えたのですか？」

それを聞いて、彼女は私の方を向いた。瞳に、また不可解な色が浮かんでいた。しかし、答える前にジム・ゲインセイが、さっとあいだに割り込んだ。彼が近くにいたことに私たちは気付いていなかった。

「こんにちは、ミス・キート――オリアリー。さあ、ミス・デイ」騒ぎ立てることなく、彼はただメイダの腕を取った。急いで私たちから引き剝がし、瞬き一つする間もなく小道を通って橋の方へと去っていった。

すっかり驚いて、オリアリーと私はしばらくそこに黙ってたたずんでいた。やがて、霧でメイダの緋色のケープの輝きは見えなくなった。

「さて」私の方を向くと、オリアリーが言った。不本意ながら称賛するように、半分面白がっているように彼の瞳が煌めいた。「やれやれ、ミスター・ゲインセイは、いささか海賊のようでしたが。彼は大胆にも我々の話を聞いていたようですね。ミス・デイが私の最後の質問に答えるのを止めようとしたのは明らかです――彼は、ある程度彼女の秘密を知っている。それで会う約束をしていた。それとも」――彼はしばらく口を閉ざした――「それとも、彼には彼の理由があるのかもしれません。なぜ、ミス・デイがあなたの注射器を取り替えたのか、知られたくない理由が」オリアリーは、なんのためらいもなく結論を出した。「潔白な人間が、知り得る以上のことを知っている」

その言葉で満足するしかなかった。それ以上言うつもりはないらしい。私たちは黙って薄暗い小道を歩き、やがて南病棟のコロニアル様式の玄関が見えてきた。

「私は中央口の方へまわります」オリアリーが言った。「事務所の電話をお借りします。のちほど、そちらの病棟へ向かう予定です。十八号室のことで、調べることがありますから」彼は歩き去るとき、帽子を取った――粋なしぐさだったが、汚れた手がその効果を台無しにしていた。

第十章　真夜中の訪問者

誰にも見られず調理室に入り込み、そこに肩掛けを置き、乱れた身なりをある程度整えた。調理室から出ると、十八号室の新しい患者が到着するところだった。通常新しい患者が入ると、自ら指導と管理をすることにしていた。私はただちに十八号室に向かった。十八号室に入るのは、まだあまり気が進まなかった。特に狭いベッドの上に患者の姿が見えると、否応なしに以前そこに横たわっていた人物を思いだしてしまう。

ガスティン氏は年配の男性で、ややイライラした様子でベッドに入っていたが、まずまず私の意に添う患者だった。重要な地位にある男性らしい。花がたくさん届いており、花瓶に入ったロベリアもあった。不吉な予感のする花で、決して好きな花ではない。

居心地はどうかと尋ねると、苦々しく予想どおりだと答え、夕刊が欲しいと要求した。

「すみません」私は言った。「夕刊は置いてないのです」

「置いてないだって！」鋭い眼差しで私を見つめ、声をあげた。「おお、なるほど、わかったぞ。何かトラブルが起こったんだな。それからこれを見てくれ、ラジオはどうしたんだ？　聞けないじゃないか。この時間はかかっていないのかね？　わたしは株の情報が欲しいのだ。自分でダイヤルを合わせたい」

「ラジオは事務室にあります」患者が答えたくない質問を返してくるのではないかと恐れながら、私は急いで説明した。「スピーカーは各部屋にあり、事務室とつながっています。いつもなら、この時間はラジオがついていますが、株の番組をやっているかどうかはわかりません」

「とにかく故障してないスピーカーを持ってきてくれ」枕に片肘をつき、体を支えながら告げると再びベッドに倒れ込んだ。「何か気晴らしになるものがあれば。ベッドのおとぎ話とか。そういったものを持ってきてくれ。煙草をそっと渡してくれるのでもかまわん」

私はとても悲しくなった。スピーカーを取り、ベッドの上のコンセントからプラグを抜いて病室を出た。新しい患者を適したカテゴリーに分類するのに五分もかからなかった。私にはよくわかっていた。この手の人物がどこに属するのか。誰かが彼らを「不具合な金融実業家」と呼んでいた。そしてその肩書きは、カテゴリーの一つとして定着した。

急いでいたので、故障しているスピーカーをソニーの病室に持っていった。ソニーは新しいブロック・パズルに没頭していたので、ラジオにはなんの注意も払っていなかった。私はスピーカーを取り替えた。とりあえず、ソニーの部屋のを取り外し、ガスティン氏の部屋へ向かった。接続するとすぐに、滑らかな心地良い調べが十八号室に流れた。「……そして、バニー・ブラウン・アイズ――辺りを跳ねまわり……」

「なんなんだ、これは」ガスティン氏がこぼした。

「七時にはディナーコンサートが入ります」

「私がずっと、これに耐えられると思うかね?」そう言ったが、プラグを抜くことはなかった。「えぇと――毛布を持ってきてくれんかね、看護婦さん? なんだかこの部屋は――よくわからんが――

寒いようだ。そこのライトを点けてくれ――そうだ、それから化粧ダンスの上のも」

ベッドの上のライトはすでに灯っていたが、私は言われたとおりにした。それは、十八号室が病室として機能していることを証明していた。私はドアを開けたままにし、何か必要なことがあれば、呼び出しのボタンを押すように、と念を押した。

結局彼は、ラジオでウサギの話を聞くことはなかった。台車を運んできたミス・ジョーンズに会った。ガスティン氏をレゼニー医師――いや、検査のためバルマン医師の診察室へ連れていくところだった。

「彼はまだ、夕食を召しあがっていませんよね？」彼女は心配そうに尋ねた。

廊下でオリアリーに会い、十八号室の患者が検査に向かったので、数分間空いていると告げた。私は夕食をとりに下へ降りていったが、彼と一緒には行かなかった。一時間後、南病棟で座ってカルテを眺めていると、オリアリーが横に来て立ち止まった。

「成果はなしですか？」私は訊いた。

「何一つ」と彼は答えた。

当惑したような表情が、はっきりとその顔に浮かんでいた。

「今夜はしっかり目を開いて見ていてください、ミス・キート。もし、昨日のようなことが起こったら、すぐに電話をください。これが私の番号です。電話のすぐ横で寝ていますから。それじゃあ、よろしく。おやすみなさい」

しかし、五歩も進まぬうちに彼はくるりとこちらに振り返った。

「ところで、ミス・キート」低い声で言った。給仕用ワゴンの周りにいる白い制服を着た看護婦たちに彼の声は聞こえなかったはずだ。「審問の際、あなたがあの注射器を見たということが公になったはずですが、誰もそれを取り戻そうとしなかったのは奇妙ですね。普通なら、そうしようと思うはずです。そして、もう一つ――ジム・ゲインセイは、あなたと玄関で出くわして、レゼニー医師の車で町に出発するまでのあいだ、どこで過ごしていたのでしょう？　あなたの話によると、説明のつかない時間が十五分ほどあったことになります――では、これで。おやすみなさい」

真夜中になり、南病棟に戻った。二回目の見回りのため、メイダが一人でそこにいた。ミス・ドッティは、勤務時間のスケジュールを古い台帳をもとに調整し、私たちの一時的に増えた仕事を免除してくれた。幾分ミス・ドッティをおこがましく感じたが、いずれにせよ、彼女は看護婦の管理にあたっているだけで、病棟における権限はなかった。オルマ・フリンは、以前と同じく一回目の見回りをすませ、安堵したことに、何も問題はないと報告してきた。十八号室の新しい患者は少し落ち着かないようだが、それは予想したことだったので、なんとも思わなかった。

オルマが南口の鍵をかけ、その鍵をいつものように釘にぶら下げた。メイダが納得して見守る中、私は釘から鍵を取り、カルテ机の日程表の下にそっと忍ばせた。もし、その夜、誰かが鍵を使用したいとき、勝手に持ち出せないように！

十分もしないうちに、十八号室のナースコールが灯った。見に行くと、ベッドの上の小さなライトが点灯し、患者は体を起こしてベッドに腰かけていた。

「わたしはこのベッドが気に入らないんだ、看護婦さん！」彼は言った。乱れたグレーの髪のせいで凶暴な印象が加わり、パジャマの上着は皺だらけで、ベッドの上の襞飾りもねじれている。

彼の言葉に私はかなりショックを受けた。成り行き上、私もそのベッドは好きではなかった。しかし、冷静さを装って近付き、乱れたシーツと毛布を直した。

「どうなさったのですか?」職業的な落ち着いた声で尋ねたが、彼の返事への答えは用意していなかった。

「棺の中にいるように感じるんだ」むっと自分の足の方を見つめた。

「棺のように!」彼は鋭く私を見た。

「棺のようなんだ」彼は、かたくなに繰り返した。「どうも気に入らない」

「そんなばかなこと」冷静になって、枕に手を伸ばしながら諭した。「ただ慣れていないだけですよ」

「どうして病院のベッドというのは、こんなに高さがあるのかね?」不機嫌そうに、ベッドの柵越しに目を凝らして言った。「もし落ちたら、ここを出るのがまだまだ先の話になりそうだ」

「落ちたりなんかしませんよ」私は保証した。「それに、高さがないと、私たち看護婦が腰を悪くしてしまうんです。それが看護婦にとって、一番の救命措置だと言われているんです。いいですか、もし、普通どおりの高さのベッドだと、腰を低く屈めて――」

「それでも、こんなに幅を狭くする必要もないだろう」むっつりしながら口を挟んできた。「寝返りをうつたびに落ちないようにどこかにつかまらなきゃならんのだ」

「まあ、そんなにひどいことに?」私はさっさと枕を膨らませて取り替え、シーツを真っ直ぐに引っ張った。「さあ、これでましになったでしょう。リラックスして、静かに横になってください」

彼はベッドにおさまり、まだ子供みたいに文句を言っていた。

部屋の空気がこもっていたため、窓を少し開けて冷たい水を持ってきた。もし窓が少し開いていたら閉めていただろう。私は必ず部屋の中を動きまわるようにしている、患者が快適に過ごせるよう仕事をしていると思わせるためだ。そして、十中八九、患者はすぐに眠りに落ちる。

これで十回目だった。三十分も経たないうちに、十八号室のナースコールが点滅した。今度はメイダが応じた。病室から出てきたとき奇妙な表情をしていた。

「何かあったの?」廊下で会うと私は尋ねた。

「十八号室の患者さん、落ち着かないらしくて」

「ええ、そうみたいね」

「彼は――」彼女はためらっていた。「彼は部屋が気に入らないみたい」

二人の目が合ったが、不安で少し震えているのを声に出さないように答えた。「病室にまだ慣れていないのよ。それだけよ」

「それならいいけど」どこか不機嫌そうに言って、次の任務に向かった。

私自身は、すっかり病院に慣れ親しんでいたため、そこはわが家のようなものであり、見知らぬ場所に感じることは、ほんのたまにしかなかった。その夜はほんの一瞬だが、私の目にいわば異質の空間のように映った。廊下は不気味で長く暗く、壁際の花瓶の花は病棟の隅にあるカルテ室の明るさとは対照的に奇怪な影を壁に映し出していた。いつも病院には静けさが漂っている。特に夜は、その静けさが異様で不気味に思える。ドアは音もなく揺れ、ゴツゴツというゴム底の靴の音が、ゴム張りの床の敷物の上で忍び足のように響きわたる。私たちの静かな低い声がひそやかな調べとなる。消毒液、石鹸、薬、病といった病院特有のにおい、その中にすべてが秘められ、かすかにだが、絶えずつきまとうエーテルのにおいが、まったく新奇なものとして鼻につく。ドアの黒い空洞の上に設置された信号灯のおぼろげな赤い光も、見知らぬ奇妙なものとして映った。気が付くと、私は廊下の各所をじっと見つめ、当惑して不思議な感覚に捉われながらかすかに怯え、まるで来たこともない恐るべき場所にいるように感じていた。それから、たちまち事態は急転し、いつもの馴染の病棟となる。しかし、落ち着かない気持ちは拭えない。

　十八号室の患者はついに明かりを消し、眠りについたようだった。一、二時間は何も起こらなかった。私たちはとても忙しく、話をする暇などほとんどなかった。夜中の二時頃、ソニーが喉の痛みを訴えた。熱い真っ赤な顔をして、足が氷のように冷たくなっていた。樟脳油（しょうのうゆ）と湯たんぽを急いで用意したそのとき、十八号室のナースコールが灯っているのに気が付いた。急いで病室へ向かった。

「看護婦さん」しっかりとした声だったが、寝不足で目は腫れあがり、寝具は前にも増して乱れていた。「看護婦さん、私はこの部屋が嫌いなんだ。他の部屋にしてくれないか」

　私は心の中でため息をついた。それでも再び彼をなだめ、ベッドを整える仕事にかかった。

「この階には、他に空いている部屋はありません、ミスター・ガスティン」静かに言い聞かせた。

「それに、どちらにしても、こんな夜中にあなたを移動させることはできません」

「でも、どうしても移りたいんだ」子供が駄々をこねているのと、大人の要求とが混ざりあっているようだった。世間が知ったらどう思うだろう。私たちが知っている、このような立派なビジネスマンの正体を！　彼らはみな、まるで大きな赤ん坊だった！

「この部屋は、他のどの部屋ともまったく同じですよ」私は言った。

「わたしは嫌なんだ！」彼は繰り返した。「何か――何か、音がするんだ」彼の瞳が不安げに部屋の中をさまよった。「音がするんだ！　囁くような声が」

　この途方もない言葉で、私の髪の毛が逆立ったことは否定しない。

「そんな――ばかな！」衝動的に言葉が口をついて出た。「ばかげてます！　あなたは神経質になっているんです」

彼は抜け目ない小さな目で私を眺めていた。落ち着いて余裕ある態度を示そうと、私も見返した。しかし無駄だった。彼は手を上げて骨ばった人差し指で震えながら私を指さした。

「十ドル賭けてもいい――そこのズボンのポケットにある百ドルを賭けてもいい。ここが例の、、部屋だ」

彼の言動に惹きつけられ、その指から目が離せなかった。何の部屋か言う必要はなかった。彼の意味するところはよくわかっていた。私は唇を湿らせた。

「どうかね？」彼は威勢よく続けた。「どうかね？　私の勝ちかね？」

私が沈黙を保っていると、彼はほくそ笑み、再び枕に頭を載せた。

「どうやら私の勝ちらしいな」彼はシーツを肩まで掛け、頭の下の枕をより快適に整えた。「これで原因が何かはっきりした。やっと眠れる」なんとも驚くべき男性だった。彼はそっと笑った。「わたしは神経質な女とは違うんだよ」ちょっと威張ったように言葉を続けた。「灯りを消してくれないかね？」何事にも動じない様子で目を閉じた。

「もう、囁き声に悩まされることもない。その正体がわかったからな」私がドアに向かうと、彼はさりげなく言った。

まだ震えるのを感じながら、私はゆっくりと廊下を歩いた。あの男性は何を言いたかったのだろう？

患者の沈着さを見習おうと心に留め、あとは彼の好きなように放っておけばよいと結論を出した。

そして、ソニーの看病に向かった。動揺をまったく見せずに、湯たんぽを喉にあて、樟脳油を足に塗ったものの、ソニーはこの間違いにかすれた声で笑いながら抗議した。

三時には病棟全体が静かになった。患者は眠っているか、休んでいるかで、窓の闇が一番色濃く映る時間帯だった。メイダはカルテ机に座っていた。白い帽子を被った頭が、十一号室のカルテに向かって傾いている。ソニーの部屋に行き、容態を確認した。すべての場所がまるで死者の町のように静まり返っていた。

体温計を手にして勢いよく振った。ちょうどそれをソニーの口に入れようとしたとき、手から床に落ちてドアの方へクルクル回っていった。なんの前触れもなしに病棟のどこかから悲鳴があがった。それは古い屋根に向かって大きく響き渡り、最高潮に達したとき、息の根が絶えたかのように止まった。

紛れもなく恐怖の叫びだった！

女性の叫び声だ！

私は廊下に出た。メイダがそこにいて、十八号室へ走りだし、私も後を追った。

明かりに手が届いたのはメイダだった。患者が半分ベッドから体を乗り出し、瞬きをしながらベッドの反対側の何かを見つめている。

彼の視線を追った。床の上で体を丸めている女性がいた。黒い外套、投げ出された茶色い手、金属のような光沢のあるウェーブヘアー。私たちはそばへ寄った。

「コロールじゃない！」メイダが鋭い声をあげた。

彼女を仰向けにした。一瞬、恐ろしいことに、十八号室の犠牲者に新たな名が加わったのではないかと思った。しかし、すぐにコロールは目を開け、ぼうっとしたまま、ベッドの端に座っているガスティン氏を見つめた。それから口を開け、目をギラギラとさせ、悲鳴を抑えるかのように手を口に当てた。

彼女が生きていることがわかり、安堵した。メイダはよろよろと椅子にへたり込み、私は自然と怒りが込み上げてきた。

「いったい、ここで何をしているの、コロール？」興奮を抑えきれなかった。「何が起こったの？怪我をしているの？」

彼女は私の質問を無視した。

「あれは誰？」コロールはベッドを指さしてかすれた声で囁いた。声の調子や身振りからかなり切迫しているのがわかり、私は答えた。

「新しい患者さんよ」

「新しい患者？ ここに？」

「もちろん。何か問題でも？」

緑色の瞳が煌めき私を見つめた。

「いつ入ったの？」

「今日の午後遅くよ。なぜ？ どうかした？ 何が起きたのかちゃんと説明して！」

彼女はマントに手を伸ばし、ぼんやりと体を覆い、ゆっくりとしなやかな動きで立ち上がった。

「彼を見てびっくりしたのよ」彼女は言った。「もしかしたら——彼がベッドに横たわっているのを見て——患者さんが入ったって知らなかったから。だから、それが——もしかしたら——」見てはっきりわかるほどに、彼女は自分の感情を抑えていた。青ざめた顔に手をあてた。苦しげな――厳しい表情で、まるで何かにとりつかれているようだった。唇は青く、顔は灰色で、瞳は殺気立った猫のようだ。

そのとき、階段に素早い足音が響き、パジャマの上にバスローブを羽織ったハイェク医師、そして、続いてバルマン医師が勢いよく部屋に入ってきた。ハイェク医師はリボルバーを手にしている。私たちを見ると、不意に動きを止め、しばしコロールと見つめあった。目の前で彼らが、言葉や動作もなく、通じあっているような奇妙な印象を受けた。それはほんの一瞬のことで、考えがしっかりと巡る前に消えてしまった。それからハイェク医師がゆっくりとリボルバーをポケットに仕舞うのが見えた。

「どうしたのかね？」バルマン医師が訊いた。私は簡潔に、できるだけ詳しい状況を説明した。バルマン医師はしばらくのあいだ私たち全員をじっと見つめていた。私は自分の鼓動が激しくなるのを感じた。医師はベッドに向かい、患者をそっと横たえて毛布を掛けた。ガストン氏は、まだコロールを見つめたまま口を閉ざし、おとなしくしていた。

「びっくりしたのよ」コロールが言った。声がかすれている。「あたし、てっきり――まあ、いいわ。あたし――」彼女は笑顔を浮かべようとしていたが、歪んだ顔がかえって不気味に見えた。「気を失ってしまったみたい。ごめんなさい。迷惑をかけてごめんなさい」

この謝罪はコロールらしくなかった。私は途切れ途切れ説明を続けたが、誰も聞いていないようだった。

ハイェク医師が咳払いをした。

「何か――問題でも？」今さらながらの質問に、私は言葉もなかった。

「あたしは――」コロールがまた話しはじめた。彼女の顔から不気味さが消え、話し終える頃には、ほとんどいつもと変わらない表情だった。「病室に患者がいるなんて知らなかった。ベッドに彼がいるのを見て、驚いて悲鳴をあげたの。それから倒れたみたい。病院じゅうを起こしてしまったわね。ミス・キート、この部屋にまさか患者を入れるなんて。まったく」

私を非難するとはなんてひどい女だろう。憤りのあまり口も利けなかった。私が、適当な答えをたどたどしく口にしていると、メイダが話しだした。最初のひと言で驚いて彼女を見た。バルマン氏もハイェク医師も、私の視線を追っていた。

「それで、あなたはこの部屋で何をしていたの?」メイダが尋ねた。彼女の瞳は二つの剣のようで、まっすぐな黒い眉は険しかった。「あなたには、この部屋に入る正当な理由はないはずよ、コロール・レゼニー! なぜ、ここに来たの?」

コロールはメイダの方へ向き直り、ずる賢そうな瞳が緑色の閃光を放った。

しばらく二人の女性は、互いの様子をうかがっていた。どちらも敵意をまる出しにしてひるむことはなかった。私はどうにも落ち着かず、身じろぎをした。そのとき、静けさの中で呼び出し音が一つ、二つ、小さく鳴るのが聞こえた。その音で自分を取り戻した。対応に向かわなければ、また別のパニックを引き起こしかねない。

「そうよ、コロール」私は断固とした口調で言った。「なぜここへ来たの? どうやって部屋に入ったの?」

「君がここにいる理由を説明してもらわなければ」バルマン医師が静かに言った。

彼女は私を見つめ、バルマン医師の穏やかな茶色い瞳を一瞬見つめると、光る緑の目をハイェク医師に向けた。シルクのマントを体にしっかりとまとい、茶色い手でせわしなく襟元を撫ぜ、ようやく答えた。

「眠れなかったの」彼女は言った。「ルイスのことを考えて、そしてなぜか――ここに来たら、もしかしたら――何か――」彼女の説明は趣旨が不明のままそこで途切れた。彼女は長い息を吐き、傲慢そうに瞼（まぶた）をあげた。「十八号室を見なきゃ、と思ったのよ。それで来たの。窓から入ったわ。これ以上、話がないのなら――おやすみなさい」不可解な眼差しで私たちをざっと見た。明らかに面白がっているような光がそこに宿っていた。それから、彼女はマントを引き寄せて窓に向かい、片手を窓枠にかけてゆったりと華麗な動きで窓を飛び越え外に出ていった。まるで動物のように、何気なく楽々とやってのけ、こちらを振り向きもしなかった。一瞬、彼女の金色の髪が窓の向こうで輝き、ぽっかり開いた闇に網戸が降り、やがて姿が見えなくなった。

部屋に残った者は誰も何も言わなかった。ハイェク医師は、彼女を追いかけるような素振りを見せたが考え直したようだった。バルマン医師はガスティン氏の脈を取った。メイダは素早く部屋を横切り廊下に出た。彼女の糊の効いたスカートがベッドに当たり、カサカサ音を立て、ガスティン氏は窓から視線を戻した。

「考えたんだが」彼は弱々しく言った。「上の病室に移った方がよさそうだ」

「朝になったら、確認してみます」深く考えず私は言った。

「朝に、な、なったら！」ガスティン氏は感情を露わに述べた。「幽霊が出没するような部屋に、朝までずっといろと言うのか！」

信じられないだろうが、我々は屈服し、彼を毛布に包んで台車に載せ、慈善病棟のベッドに一時的に連れていったのだった！　看護婦としての私の人生で初めてのことだ。患者の言いなりになるなんて。私が抵抗を示したことに対して、彼が極めつけの硫酸のような言葉を投げつけ、このような事態となったのだ。彼は最後に気が移ろいやすい人間であることを証明し、私の髪が逆立つようなことまで口にしはじめた。バルマン医師は患者の最終的勝利に顔を真っ赤にし、急いでハイェク医師に台車を取りに行かせた。

結局、患者たちは、メイダが不意にでっちあげた思わぬネズミの出現という嘘を信じた。すべてが再び平穏になったのは、病棟に戻ってからだった。そこで、コロールの訪問の目的は何だったのか、私は考えはじめた。

すぐに閃いた。彼女は何かを探していたのだ。

いったい何を――ラジウム？　コロールはラジウムがまだ十八号室にあると信じているのだろうか？　もしそうなら、どんな理由で信じているのか？

そのとき、オリアリーに、夜のあいだ何か騒ぎがあったら電話するように言われていたのを思いだした。不安はあったが、どちらにしても、明日の朝まで彼は何もできないだろうと自分に言い聞かせ、約束を忘れたことにした方がいいと結論を下した。

コロールの口ごもりながらの必死の弁明を、私は一言たりとも信じてはいなかった。しかし、それと同時に、彼女が嘘をつくつもりだったのなら、もう少し確信に満ちたもっともらしいことを言っていただろうとも思った。

第十一章　マッチの灯火

朝になった。メイダと私は患者の体を拭き、歯を磨き、朝食に間に合わせるよう迅速に働いた。安堵したことに、他の病棟の人間は、誰もコロールの叫び声を聞かなかったようだ。つまり、南病棟で起こった騒動について何も知らなかった。

朝は静かに過ぎた。私は必要なだけ睡眠を取り、午後も半ばに下の階へ降りていき、ようやくオリアリーに会った。幾分、失望したのは、彼はすでにコロールの訪問についてすべてを知っていた。バルマン医師が話していたのだ。オリアリーはコロールとも話をしたとあっさり述べた。おそらく彼女は、前の夜に言ったことを繰り返しただけだろう。かなり大げさに誇張して、レゼニー医師に対する、いとことしての愛情だとか、彼の死因について懸念を抱いている、などといったことを。オリアリーは少し混乱しているようだった。もしコロールが知ったら、この結果に喜んだだろう。

「窓をボルトで固定しました」オリアリーが言った。「バルマン医師の提案です。少なくともこれで、昨夜のような訪問者はなくなるでしょう」

彼は長居しなかった。約一時間後、私は南口のドアから抜け出して新鮮な空気を吸いにいった。十八号室の前を通るとき病室を覗いた。確かにピカピカの新しいボルトが窓に設置されていた。ガスティン氏は、十八号室よりは慈善病棟の方が気に入ったようだ。彼は戻ってこなかった。花瓶に生けたロベリアが、テーブルの上に置かれたまま前よりも一層色味を増し、黄疸(おうだん)のようだった。

空気は冷たく湿っていたが、心地良く感じられ、私は足早に小道を歩いて橋まで行った。ヒギンスが後ろからついて来ていることに気が付かなかった。足を止めて手摺に寄りかかり、濁って水嵩(みずかさ)の増した小川を見下ろしていた。低木がすぐ近くまで枝を伸ばし、橋や小川の上を覆っている。ヤナギの枯れた葉を引き抜き、身を屈め、小さな渦の中へ投げ入れて楽しんでいると、すぐそばにいたヒギンスが不意に話しかけてきた。

私は驚いて、彼の方を向いた。

「ミス・キート」彼がもう一度呼んだ。「ええと——よろしければ——少し話したいことがありまして」彼はためらい、話すべきかどうか最後まで確信が持てずに迷っている様子だった。

「何かしら?」私は、はっきりと尋ねた。

彼は音が鳴るほどに息を呑み、咳払いをした。

「ええと——ずっと考えとるんですが——つまり、ミス・キート。どうしたらいいのか、あなたの意見をお伺いしたいのです」

私は、もっと彼がよく見えるよう向きを変えた。彼は青ざめ、炉の染みが付いた帽子を被り、神経質になっているようだった。

「何の事、ヒギンス?」努めて優しく訊いた。

彼は話しはじめようとし、密かに警戒して、小道を端から端まで確認した。曲がりくねった小道は見通しが悪く、彼は私の方に身を乗りだし、半分囁くように打ち明けた。

「六月七日の夜のことなんです」意味ありげに話しだした。

私は一気にその言葉に引きつけられた。

「六月七日！」

「シーッ――シッ――」彼は素早く身振りで沈黙を促した。そして、辺りにまた目を凝らした。夕暮れが迫っていた。陰気な曇った空、霧、水滴、すぐそばの生い茂る低木。「そうです。六月七日の夜です。どうすればよいのか、自分が何をするべきかわからないんです。誰かを問題に巻き込みたくはない。でも、これ以上誰にも言わずにすませることはできないんです。それで、ミス・キート、あなたなら、どうしたらいいのかわかるのではないかと」

「それは何についてなの？」すぐに尋ねた。

彼は即答しなかった。代わりに落ち着きなく周りを見まわし、熱心に様子をうかがっているようだった。それで、彼がこれから述べようとしていることには、警戒が必要だと察した。無意識に私は彼の近くへ寄った。

「続けて」

彼は疑わしそうに私を見つめた。

「これが正しいことなのかどうかわかればいいのですが」彼は心配そうに考え込んだ。「つまり――自分も巻き込まれたくないのです」

哀れなヒギンス！

「あなたがそうならないよう、注意するわ」無謀にもそう約束していた。約束を守れるかどうか、確信もないままに。

彼は咳払いをし、再び小道の方へ目をやった。

「あのですね、見たんです」彼は囁いた。

「見たって、何を？」

「誰が十八号室の患者を殺したか！」

一瞬、息もできず、この男は気がふれているのではないかと思った。青ざめた顔、明らかな恐怖、目をキョロキョロさせて、あちこちを警戒している様子。それらから彼の信憑性が確認できた。真実を述べているに違いない。それは明らかだった。そして、知ってしまったことで死ぬほどの恐怖を味わっているのも不思議ではなかった。

「どうやって？　あなたは何を見たの？」私も小声で訊いた。

「ええ、こういうことなんです」彼はゆっくりと話しはじめ、私はあまりのじれったさに我を失いそうになった。「つまり、こうです。あの夜ひどく歯が痛くなりまして。眠れなくて、おまけに暑いし。それで、起きて上の階へ行って、ハイェク医師に何か薬でももらえないかと、何度もドアをノックしましたが、起きてきませんで、それで――」

「それは何時のこと？」

「正確にはわかりません。一時頃だったかと。とにかく、地下に戻ってその痛みに苦しんでいました。でも痛くて痛くて、また、ハイェク医師のところへ行って起こそうと思ったわけです。でも無駄でした――ええ、彼はそこにいなかったんです。それから、中央口を出て、病院の横へ回りました。ときどきレゼニー医師が遅くまで起きているので、書斎の明かりが点いているか確かめようと思ったわけです。そして、彼から薬をもらうことができました。今までにないような真っ暗な夜でした」

彼はそこで言葉を切り、悲しそうに頭を振った。

「とにかく、そのあと、丘の上に緑っぽい色のライトが見えたんです。レゼニー医師がまだ本を読んでいるとわかりました。また小道を戻りましたが、暗くて先がまったく見えませんでした。南病棟の端まで来ると、南口が開いているのがわかりました。カルテ室の明かりが見えましたが、病棟内は外と同じくらい真っ暗でした」彼はそこで口を閉ざし、青い大きなハンカチを取り出して額を拭った。橋の上は寒々としていた。

「それから――音が聞こえたんです。足音のような――それが何だったのか、はっきりとはわかりません。でも、病棟のドアの方から聞こえてくるようでした。誰かがセント・アンの周りをうろついているのではないかと思いました。ラジウムが使用されていることを思いだしたんです。誰かが盗もうとしているとは考えませんでしたがね。とにかく、暗闇の中を進んで玄関を出ました。警戒しながら歩いていき、そのとき物音が聞こえ、立ち止まりました。ニワトコの茂みの反対側で、二人の関係者が話をしていたんです」彼はそこで話を止め、またバンダナを取り出した。心の中で、「関係者」という曖昧な言葉に悪態をついていた。

「続けて」イライラしながら言った。「誰だったの?」

「彼らの話は少ししか聞こえませんでした」私が急かすのを気にもせず、彼は続けた。「それについては後で話します。私が何か音を立てたようで、すぐに彼らは話すのをやめて去っていきました。跡をつけましたが、暗くて見失ってしまいました。たぶん、話の内容からして病院に戻ってくるだろうと思って私も戻ることにしました。ちょうどそのとき、十八号室の窓にかすかな明かりが見えました。マッチの明かりです。それで、その人の顔が見えたんです」――彼は小声で言った――「その人がジャクソン氏を殺したんです。ラジウムを隠すのを見ました。そうですミス・キート、そして、それが今どこにあるかも知っています」

私は確か、彼の腕をつかんで揺すったはずだ。彼があとずさったのを覚えている。

「早く教えて、ヒギンス。早く。誰なの？」

「そんなに急かさないでください、ミス・キート。自分のやり方で話さなければなりません、ミス・キート。あの夜、十八号室には三人いたんです。そうです、三人です」

「三人？　それは誰なの、ヒギンス？　同じ人がジャクソン氏とドクターを殺したの？」

彼はゆっくりと頭を横に振った。この上なく、人をイライラさせるような愚鈍さだった。

「いいや、ミス・キート。そんなことはあり得ない」

「あり得ない！　いったい、どういう意味なの？　その夜、いたのは誰？　誰を見たの？　誰が十八号室に？　答えて、ねえ！」

彼を混乱に陥れてしまったようだった。

「話を終えるまで待ってください。自分は暗闇に立って、目を開いて黒い窓を見て、その人があらわれるのを待っていました――そのとき、誰かがそばにいるのがわかった。足音も息をするのも聞こえなかったけれど、いつのまにか誰かがそこにいたんだ。息を潜めて。聞き入っていると、窓のところで何やら揉めているようなんで、そっと壁に近付いて行きました。そして、窓のところでコートか何かにつまづいた。そのとき、十八号室で何かが割れる音がした。怖くなったんです、ミス・キート」

男はまた話を切り、水の滴る木々のカーテンをじっと食い入るように見つめていた。私は息をついた。

「怖くなって、ただそこにいて耳を澄ましていたんです。何か擦るような音がした。それから少し静かになったので、そこから離れた方がいいと思ったんです。そっと建物の角まで行き、その辺りに立っていました。暗くて目の前の自分の手さえも見えなかった。でも聞こえたんです。一人が窓から抜け出し、網戸を閉めて去っていくのが。果樹園を抜けて猫のように軽やかに。そのとき、風が勢いよく吹いてきて、ヒューヒュー音を立て、部屋に戻った方がいいと思ったんです。何かの陰謀が行われている、と思ったんですが、巻き込まれたくなかったんですよ」彼は勢いよく鼻をかんだ。私はずっと口を開けたままなのに気付き、しっかりと閉じた。

「誰だったの、ヒギンス？　早く教えて」私は容赦なく問いつめた。それと同時に歯がガチガチ鳴るのをなんとか抑えようとしていた。彼の独白によって、否応なしにあの黒い夜の出来事が思いだされた。

「ええと、レゼニー医師がいました――もちろん。それからレゼニーのところに滞在しているゲインセイという男。そして、コロール・レゼニーとハイェク医師――」

「彼らだってこと、はっきりわかったの？　ヒギンス？」疑うように私は訊いた。

彼は軽蔑するように私を見た。

「耳がいいってこと、言いませんでしたか？」

「でも、ゲインセイの声なんて知らないでしょう？」

「知らないです」ヒギンスは言った。「マッチの明かりで、彼の顔が見えたんですよ」

「続けて」私は促した。「他に誰が？　十八号室にいたのは誰？　ラジウムはどこなの？」

私は我慢しきれず、自分の手をヒギンスの腕に重ねた。彼は下を向いて私の腕時計を見た。

「急がなきゃ」彼が声をあげた。「もう少しで六時だ。火が――」

「待って！」彼のコートの袖をつかんだ。「教えて。誰がやったの？」

ヒギンスはあとずさり、「遅れてしまった！　急がなきゃ。今夜会いましょう」私の手から逃れ、素早く角を曲がり、視界から消えた！

私はゆっくりと両手を体の脇に戻した。しばらく彼が去っていった方角を見つめ、ただ目まぐるしく考えを巡らしていた。

彼は何を見たのだろう？　何を聞いたのだろう？　誰が……？

やがて、すぐそばの緑のカーテンが揺れているのに気が付いた。奇妙だった。ヤナギの細い葉はそよぎ、震え、踊っていた。ニワトコの木は静かに揺らいでいた。

風はなかった。

私は瞬きをし――眉をひそめ――何かがおかしいと思った――。不意に疑惑が浮かび、前に一歩出た。手で藪を脇によけ、ヤナギをかすめながら水際をさらに進んでいくと、常緑樹の茂みに消えていくジム・ゲインセイの姿が見えた。

彼は振り返らなかった。見られているのに気付いていないようだった。帽子は被っていない。私は、はっきりと間違いなく彼を見た。

ということはジム・ゲインセイは、あのヤナギのカーテンの後ろにずっと隠れていたのだ！　ジム・ゲインセイは、ヒギンスのたどたどしい躊躇いながらの暴露を聞いていたのだ。厚かましくもすべてを聞いたあと、ジム・ゲインセイはこっそりと人目を忍んで立ち去った。私が彼の存在に気付いているとも知らずに。

ジム・ゲインセイには二面性があることが確認され、それはヒギンスの話と同じくらい懸念すべきことだった。私は動かず、藪の中にじっと立っていた。濡れた枝や葉があらゆる方向から覆い被さってくる。そして、特別に無礼な枝が首を引っ掻いたが、奮起して小道を押し進んでいった。セント・アンに戻る道へと。

　やるべきことは、ただちにオリアリーにヒギンスの話を伝えることだ。すべての話を用務員から聞き出すことのできる人間がいるとすれば、それはオリアリーだった。しかし、白状すると、私は言いようのない好奇心に打ち勝つことができず、すぐにヒギンスをつかまえて、十八号室で誰を見たのか、なんとしても話を聞こうと決心した。

　南病棟に入ると夕食のベルが鳴っていた。私は概して食事を軽んじる人間ではない。しかし、このときだけは召集のベルを無視した。ヒギンスの姿はなかった。町へ行ったのではないか、と誰かが言った。私はしぶしぶ夕食の席へ向かった。

　食堂のドアのところで、何人かの看護学生に会った。メルヴィナ・スミスもその中にいて、低い声で興奮して何やら話していた。私の方を見ると口を閉ざした。そろいもそろってやましいことがあるようだった。

「なあに、どうしたの？」私は厳しい口調で尋ねた。

　メルヴィナ・スミスがうつろな瞳を私に向けて陰鬱な声で言った。

「アクシデンドが死んでしまったんです」

「アクシデント（事故）！」その瞬間、命名した子猫のことをすっかり忘れ、彼女の謎めいた言葉が理解できず混乱した。彼女はどこかおかしいのではないかと思った。

「アクシデントです」メルヴィナが念を押した。「第三の悲劇が起ころうとしているんです」

「はっきり言うけど、あなたが何を話してるのか、さっぱりわからないわ」棘のある言葉を放っていしていた。

た。メルヴィナは必死になって、説得力のある声で、自分が良識ある人間だという印象を与えようと

「アクシデントです。ほら、子猫。あの黒い子猫です」一人の女の子が急いで口を挟んだ。「猫が死んでしまったんです。そして、メルヴィナが言うには――」彼女は目を大きく見開き、声を低くした――「メルヴィナは――それが、ある前兆だと！」

「まあ、子猫のこと！　なんてばかばかしい！」

「猫は病気じゃなかったんです」メルヴィナは慎重に、そして落ち着いて言った。「全然病気なんかじゃなかったんです。子猫の中でも一番元気だったのに。でも――死んでしまった」

そして、信じられるだろうか？　私の腕に鳥肌が立っていた。メルヴィナは実際のところ、看護婦としての専門知識には乏しかった。彼女の才能は無駄に使われていた。

「ばかげているわ」私はもう一度言った。そして繰り返した。「ばかげている」

「これは前兆です」静かな断固とした声でメルヴィナは訴えた。彼女は、さりげなく大きなポケットに手を入れ、私たちの目の前に子猫を取り出した。確かにそれは死んでいて、完全に硬直していた。そのかわいそうな小さな亡骸は、爪を伸ばし、口を開け、歯を見せていた。私たちはみな、それを見てたじろいだ。しかし、メルヴィナは慣れ親しんだものとして見つめていた。「本当に元気な子猫だったのに」彼女は言葉を続けた。まるで科学者が事実を公平に検討するかのように。「死んでしまった。突然。本当に突然。理由もなく死んでしまったわ。これは一つの前兆よ」

小さな喘ぎ声が一同に広まった。私は口を開いた。

「メルヴィナ・スミス。その子猫を果樹園に連れていって埋めなさい。それから制服を着替えて、消

毒用の石鹸で手を洗うのよ。いったいどのくらいのあいだそうやって持ち歩いていたの？　問題には、ならなかったけれど」私は急いで続けた。メルヴィナがまた雄弁に語りだそうとしたからだ。「二度と私の前でそんな行ないは許しません。それから、もしあなたがそのようなばかげたことを言っているのを聞いたら――そういった不吉なことをまた口にしたら、ミス・ドッティから五十点減点されます。つまり、夏の間、日曜の休みは取れないということです」

「ミス・ドッティはもう知っています」女の子の一人が言った。「理論のクラスのときにメルヴィナが猫をテーブルに載せて、私たちに見せたんです。ミス・ドッティはそれに気付かず、手を触れてしまったんです」

「彼女は気分が悪くなったようで」他の子が真面目くさって言い添えた。「突然、本当に気分が悪くなったんです。私たち『嘔吐対処法』を彼女に実践したかったのですが、させてもらえませんでした」

「彼女は今部屋にいます」最初の子が、熱心に詳細を加えながら結論を言った。「湯たんぽを入れて、それから、氷枕とカンフル剤も使って部屋でお休みになっています」

「そう」私はぶっきらぼうに言った。まるでミス・ドッティを真似ているようだ。「それを――ええと――猫をすぐに外に出して、メルヴィナ」

「はい、ミス・キート」メルヴィナは従順に答えた。「今夜、南病棟の二回目の見回りに当たっていますか、ミス・キート？」

「ええ」

「まあ――まあ！」メルヴィナは息を吸った。「きっと何かが起こります。私が、お手伝いしましょうか？」

「ご親切なことね、メルヴィナ！」不信感を露わに言い放った。「もし、何か実際に起こったときに、自分もそこに立ち会いたいということ？」

「いいえ――そんな」彼女は、優しい眼差しで猫を見ながらしぶしぶ答えた。「でも、何かが起きるはずなんです。すぐに。前兆があるんですから」

「メルヴィナ！」私は厳しい口調で、メルヴィナに猫を埋めてくるように、そして他の子たちには、急いで夕食を終わらせるよう言った。

電話がかかってきたのは、ちょうど夕食後のことだった。

オリアリーだった、彼の声はとても遠かった。

「事務室には、他に誰かいますか？」彼が訊いた。

「いいえ」

「この回線は個別になっていますか？　誰かが聞いていませんか？」

「いいえ」

「それでは、ミス・キート。今すぐには病院に向かえませんが、聞きたいことがあるのです。何か――部屋の中の何か――ええと――シーツとか――毛布――枕――そういったもので、例の病室から持ち出されたものがありますか？」

「汚れた布類だけです」私は答えた。

長い沈黙があった。あまりに長いので、私はもう一度答えを繰り返した。

「はい、聞いています」彼は急いで言った。「確かですか？　よく考えてください、ミス・キート」

「他には何も――ああ、そうです。昨夜、あの部屋のスピーカーを他の部屋のと取り替えました」

「なんですって！」彼の声に力が入った。「いつですか？　私が部屋にいた前ですか、後ですか？」

「前です！」

「確かですか？」

「はい。スピーカーの調子が悪いと患者が文句を言ったもので」

「それで、どうしましたか――今、それはどこにあるのですか？」

「ソニーのところです――その部屋に置いたはずです」

「なんてことだ。私が愚かだった」オリアリーは心から呟いた。「ミス・キート、どうかよく聞いてください。そのスピーカーをそのままの状態で、どこか安全な場所に移してください。私が行くまで誰にも渡さないように。わかりましたか？」

「はい」慎重に答えた。「でも、私――どうでしょう――そんなこと私に――」

「それだけです、ミス・キート」彼が遮った。「よろしくお願いします」そして、ヒギンスの話をする前に彼は受話器を置き、送話口には「ミスター・オリアリー」と呼ぶ私の声だけが残った。

　少し苛立ちながら、彼から教えてもらった番号にすぐ電話をかけた。召使が出て、かなり横柄にミスター・オリアリーは外出した、と告げた。至急の伝言があると言うと態度が変わり、番号と名前を熱心に聞き、ミスター・オリアリーが戻り次第電話をさせますと約束してくれた。明らかに、オリアリーはラジウムがスピーカーの中に入っていると信じているようだった。隠し場所としては目立ち過ぎるため、最初は私も疑っていたが、南病棟に戻る頃には、『盗まれた手紙』（エドガー・アラン・ポーの短編小説）を思いだし、すぐ目につくところに隠してある可能性を考慮し、かなり興奮してスピーカーを手にしたいと思った。セント・アン病院のスピーカーは、レゼニー医師が不平をこぼしていたように、ラジオを製造している、理事会のメンバーのアドバイスによって特別に作られたものだった。帽子の箱のような丸型の小さな機械が大量に病室に設置され、誰もが見たことがあるはずだ。帽子の箱で言えば上下に当たる部分が、スピーカーの側面となり、奇抜な羊皮紙(ようひし)のようなものが貼られている。とても良く出来ていて、澄んだ柔らかな音が流れ、病院にとっては喜ばしいものだった。考えれば考えるほど、そこがラジウムの隠し場所だと思えてきた。よくよく考えると、スピーカーは目立たないようで、目につきやすい。充分な隙間もある。しっかり設置されているが、片側は間違いなく取り外せる。手を加えた跡は残るが。

ソニーの部屋に入って、スピーカーを持ち出すのに一、二分もかからなかったはずだ。私は不意に思いだした。これは壊れていてまだ直していない。しかも、運よくソニーは、十八号室のと取り替えて以来ラジオをつけてほしいとは頼まなかった。頼んでいたとしても、私はそのような話を聞いていない。部屋を出たとき、廊下には誰もいなかった。自室の前でメイダに会った。彼女は私の手にしているものを見たが、何も言わなかった。部屋に入りドアを閉めた。

ただちにスピーカーの側面を取り外すつもりだったが、まさにそうしようとしたとき、手を止めた。私のやり方では、大切な手掛かりを壊してしまいかねない。ランス・オリアリーは、中は調べないようにと言っていた。ただ安全な場所に保管するようにと。少し残念な気がした。しばらく眺めた後、試しに揺すって音を聞き、うつ伏せにしてチェストの下の引き出しに入れて鍵をかけた。

さて、ヒギンスを探さなくては!

しかし、ヒギンスを探すのは容易ではない。地下、救急治療室、調理室、そして夕闇の中、ガレージにも行ったが見つからなかった。その頃にはすっかり暗くなり、私は病院へ戻った。あきらめるつもりはなく、もう一度地下を覗いてみた。でも、そこにいたのは禁じられた新聞をたくさん抱えて寝床へ戻ろうとするコックとモルグだけだった。

コックはヒギンスを見かけたと言った。

「二十分くらい前かな」

「どこで?」

「ええと、確か——林檎園の方へ歩いていったようです。あの背の高い、レゼニー家に滞在している男性と一緒でした」

「ミスター・ゲインセイと一緒!」

「はい」コックはたちまち興味を抱いたようだった。「そうです。二人は林檎園の方へ歩いていきました。ヒギンスに用があるんですか? ミス・キート?」

「そんな大した用じゃないのよ」と私は言ったが、どこかやるせない気分でその場をあとにした。

第十二章　十八号室、再び

なおも、ヒギンスをつかまえなければと思いつつ眠るのは難儀だった。一睡もできなかった。十一時頃に起きだして再び地下に足を運んだ。そこは暗く、不気味だった。ヒギンスの部屋のドアを何度かノックしてみたが不在らしく、返って来ない返答を待つあいだ、暖房室の中をキリスト世界の亡霊たちが徘徊しているような気配を感じた。私は慌てて自室に退散した。ヒギンスはきっとあの部屋にいるはずなのに。こんな時間にどこへ行くというのか？　しかし、状況は私の確信を後押しするものではなかった。普段使われていない廊下は、その時間とても殺伐としていて、病棟の廊下の方が幾分ましだった。

十二時の知らせが鳴っても、私は起きていた。

その頃には確信していた。ヒギンスは慎重に私を避けているのだ。なおさら、オリアリーに連絡を取らなければ、という思いが強くなった。南病棟へ向かう途中で事務所に立ち寄り、もう一度電話をしてみた。

前と同じ使用人が電話に応じた。最初は眠そうだったが、セント・アン病院のミス・キートだと告げ、すぐにミスター・オリアリーと話をしたいと言うと、慌てて目を覚ました。

「警察に電話をしてみてはどうでしょう？」慎重な声だった。「ミスター・オリアリーは、届いたばかりの電報の中身を調べているところだと思います」

電話帳で番号を調べて署にかけてみた。何度かけても通話中で繋らなかった。私は南病棟の当直に間に合わせるためにあきらめた。

オルマ・フリンが私を待っていた。メイダはすでに十二時の検温に忙しなく取りかかっていた。

「十一号室は、今夜とても調子がいいようです」カルテの上に屈み込みオルマが言った。「三号室は少し熱がありますが、とても静かにしています。あ、ところで、南口の鍵を持っていますか？」

「いいえ」

彼女は眉をひそめた。

「見つからないんです。南口のドアが開いたままになっているんです」

「見つからない！」

「そうなんです。机の周りにもどこにもないんです」

「鍵穴に差したままなのでは？」

「もちろん見ました、ミス・キート。他の子にも訊いてみましたが、今朝から誰も見ていないようです」

置かれている状況から見て、私がすぐに警戒したのは当然のことだ。オルマ・フリンが疲れきってベッドに行ってしまうと、カルテ机やその周りを念入りに探してみた。

「いったい、何をしているの？」ちょうどすべてのカルテを棚から出したところに、メイダがやって来た。私は、空になった棚の奥を指で探っていた。

「南口の鍵を探しているのよ」私は答えた。「見なかった？」

「いいえ、昨夜から見てないわ」

彼女は、カルテを整理し直している私を見ながらしばらく黙っていた。

「この問題が全部きれいに片付いてしまったら、どんなにいいかしら」彼女の声は暗かった。

「私もそう思うわ」残ったカルテを棚に戻して彼女の方を向いた。机の上の緑がかったライトのせいで、メイダの顔は疲れきったように翳り、白い制服には緑の光がどんよりと映っていた。

「もし見つからなかったら、明日、新しい鍵を作ってこなければ。今夜は、南口のドアは鍵をかけず、そのままにしておきましょう」そう決断したものの途方に暮れていた。「病棟を徘徊する人が出てくるのは、もうたくさんだから、そうしたくはないけれど」

メイダの暗く翳った瞳がこちらを見つめた。かすかに震えている。笑おうとしたようだが、唇は硬直したままだった。

「どんどん不安になってくるの」彼女は打ち明けた。「今回のことを考えると、サラ。コロールの晩餐会からまだたったの四日よ。こんなことってあるかしら！　あまりにもいろいろなことが起きて。何か月も経ったみたいよ」

「今日は火曜日よ」私は計算した。「あれは先週の木曜の夜だから――メイダ、違うわ、五日よ」

「そうね、それじゃあ五日ね」彼女は気の抜けた声で認めた。「なんという五日間かしら！　せめて太陽が出て、夏らしく暖かくなってくれたらいいのに。もっと状況が良くなるはず。少なくとも私の気分は良くなるわ！」

「このずっと続いている霧雨が嫌ね」私はそれとなく調子を合わせた。「ちゃんと降るなら、正直で誠意ある感じがするけど、こんな天気じゃみじめな気分よ」

「触れるものはなんでも冷たくて湿っぽいし、まるで――死人みたい」最後の言葉が囁きとなった。思わず口に出てしまったのだろう。彼女は驚いて少しショックを受けているようだった。

小さな赤い信号灯が廊下の向こうのドアの上で光っていた。私は病室に向かおうとしていた。

「忘れないで――ええと――」

「南口のドアから目を離さないように？」メイダが寂しげな笑顔で語を継いだ。

「そのとおり」私も微笑もうとした。気力をふるって、呼び出しの病室へ向かいながら、私たちの会話は戦いにおもむく兵士の会話とたいして変わりがないように思ったのを覚えている――少なくとも、その精神は。一九一八年に、そういう経験があった。私がいた病院は、何かの間違いで砲撃を受けたことがある。砲撃を受けた病院でのあの悲痛な活動と、セント・アンでのちょっとした動きに息を呑み、かすかな音にも身の毛がよだつような、わびしく湿っぽい夜の見回りのどちらを選ぶか、二つの選択肢があるとすれば砲撃を受けた病院の方を選ぶだろう。その恐怖は予測できたもので、その出所は、はっきりわかっていた。ここでは、どの出入口にも静かな脅威が感じられ、どの部屋も、どの曲がり角も、どの壁の窪みにも、死が潜んでいるかもしれなかった。病院はあまりにも広々として巨大で、そして暗かった。看護婦のスカートは囁くような音を立て、その音はがらんとした廊下、空っぽの壁、薄明りや影とともに恐怖をかき立てる。

事務室のドアは開けたままにしていた。そうすれば、仕事をしながらでも電話の音が聞こえる。ハイェク医師が夜は電話に出ることになっている。そのため、医師の部屋は事務室の脇にあった。しかし、もしオリアリーが電話をしてきたら、フレッド・ハイェクはかなり眠りが深いので、起きる前に先に電話がとれるようにしておきたかった。

そして、遂に控えめな電話の音が聞こえたとき、私はカルテ室にいたが、ペンを置いて廊下を走り抜け、病院の中央部に向かった。

受話器を取ったが、かなり息が上がっており、落ち着いて答えるには少し時間を要した。ハイエク医師の部屋へ通じるドアは閉まったままで、奥の事務室にいるバルマン医師も目を覚ましてはいないようだ。私は、瞬く間(イン・ナッシング・フラット)に駆け抜けたに違いない――その表現はスポーツに詳しい患者から学んだ。確か、とても速いペースを意味すると思うが。

予想どおりミスター・オリアリーだった。

「ミス・キートです」閉まったドアから音が漏れないように低い声で告げた。「ぜひ、お会いしたいんです」

彼は私の声に切迫したものを感じたようだ。

「今すぐ、そちらに向かいましょうか?」

「ええ、すぐにお願いします」

「わかりました。十五分後に」

受話器がカチリと音を立てた。そっと手を離して帽子を整え、南病棟へ戻った。メイダの姿はない。机に向かって、気が付いた。急いで電話に出ようと、手にしていた赤いインク瓶を倒してしまったのだ。インクは机の上に派手に広がり、そこらじゅうを赤く染めていた。ゴミ箱から紙くずを取り出し、インクを吸い取った。そのとき、いきなり机の上のライトが消えた。私は完全な闇の中に取り残された。あまりにも予期せぬ出来事だったため、喘ぎ声をあげた。

廊下を見ようと振り向いたが、目の前には、閉ざされた闇が広がるばかりだった。一筋の明かりさえもない。信号灯はすべて消えていた。調理室、薬剤室、リネン室のどのドアの下からも、明かりはまったく漏れていなかった。息苦しいほどの闇の中で、私は動くこともできずにいた。

人けのない暗がりで、ほんの五日前の夜、二人の男性が不当に命を奪われたのだ！

息があがり、苦しく耳障りな喘ぎ声が出た。何かしなければ。メイダを探さなくては。それから、明かりを。地下の配電盤に行って、燃え尽きたヒューズを取り替えるか――それとも、原因が何なのか突き止めなければ。

何かの事故だろうか？　本当にヒューズが切れたのだろうか？　わざと電気が切断されたのか？

恐ろしい疑問が脳裏に入り込む前に、廊下の向こうから冷たい空気が漂ってきた。

私は震えた。どこかのドアか窓が開いているのだ。どこかのドア――南口だ！　南口のドアが？

椅子の背をつかんだまま私は立っていた。確固たる安定したものから手を離し、生きているような暗闇へと、言葉に絶する予感と脅威の中へ足を踏み入れることができないでいた。何かが動いている？　かすかに足音が聞こえたような？　それとも自分の胸の鼓動だろうか？

なんとか動こうとした。恐怖に取りつかれた筋肉に力を入れて前に進み、身の毛もよだつ暗闇の方へと――十八号室へと。

叫び声をあげようとした。「メイダ！　メイダ！」叫び続けたつもりだったが、ようやく気が付いた。こわばった唇は、ただ言葉を発しようと動いていただけだと。

そこで何が起こっているのか？　十八号室は、また誰かの命を奪おうとしているのか――また、誰かの――私は一歩暗闇に踏みだした。嫌がる手を椅子から引き剝がして手探りで壁を伝い、所々ぽっかりと大きく口を開けたドアを通り過ぎる。

震える手を伸ばし、自分を導いてくれる安定した何かを探していた。そのとき、完璧な静寂の中、何かを打ち砕くような音が響いた。

リボルバーの発砲音！　衝撃音が廊下に鳴り響き、こだまし、空っぽの空間やぽっかり開いたドアに響きわたった。

それから徐々に恐ろしい残響は消えていった。闇がのしかかり、息苦しいほどの静寂が辺りを支配した。

しばらくショックで呆然としていた。それから走り去る足音、叫び声、明かりの点かない信号灯のカチカチ鳴る音がして、気が付くと私は駆けていた。よろめき、喘ぎ、ドアにぶつかりながら廊下の端を目指した。そして十八号室へと。

途中、私は動いている何かにぶつかった。それは、身をよじるように離れていき、叫び声をあげた。メイダだった。私の声に彼女は答えた。

「何なの！　何が起こったの！　十八号室？」

「十八号室よ！　どうしたら――」

「まず、明かりを。――蠟燭（ろうそく）が――調理室に」すぐに、しなやかな彼女の足音が遠ざかっていった。

私は手探りで冷たく湿っぽい壁を伝いながら、いくつものドアを通り過ぎ、先を目指した。永遠とも思われる時間が過ぎ、ようやく廊下の端に辿り着き、指が南口のドアの小さな窓ガラスに当たった。素早く左へ曲がる。黒い闇の向こうに十八号室がある。ドアの敷居で立ち止まったが、何かに押されるように部屋に足を踏み入れた。

壁があった。それから電気のボタン。ベッド脇のテーブル。身を屈めて粗い生地のベッドカバーに触れ、さらに二、三歩前へ進んだ時、何か恐ろしく柔らかいグニャリと形が変わるものを踏みつけた。あまりの恐怖に後ろへ飛び退いた。

動くのも息をするのも恐ろしく、心臓が暴れだして喉が詰まり、口に手を当てたまま叫ぶことすらできなかった。

ここにあるのは何？　この部屋にいったい何が？

そして、ようやくメイダがやって来るのがわかった。小さな光の輪がドアのところに浮かび、不安定にランプを持つ手が見えた。揺れる炎は、グロテスクな影をメイダの顎と口元に投げかけていた。その上の彼女の黒い瞳は大きく見開かれ、私の恐怖を反映していた。

メイダの手が前に出て、私の足元を指さした。その手は震えていた。彼女の口が開き、声にならない叫びを発し、私は恐る恐る下を向いた。

それはヒギンスだった。ベッドの足元に大の字になって倒れていた。撃たれている！

私たちはどちらも口を開かず、どちらも動くことができなかった。

やっとメイダが手を引っ込めた。

「ランプを下に降ろして」誰かがそう言っていた――自分に違いない。「ランプを降ろして。落としてしまう前に」

オリアリーが南口から入ってきた音は聞こえなかった。気が付けば、彼は私たちとそこにいて、懐中電灯で照らしながら床の上のものを見つめていた。

「いつ、こんなことに？　いったいどうして？　廊下に出て話しましょう。手遅れでしたか？」

とりあえず私たちは廊下に出た。ランプは十八号室のテーブルの上に置かれたままだった。小さな炎の明かりが震え、何かが忍び寄るような不気味な影を投げかけていた。

「急いで」オリアリーが言った。「あのランプを持って地下室へ、ミス・デイ。電気が切れています。配電盤がどこにあるかご存知でしょう——」

　メイダは尻込みしていたが、ランプを手に取って、視線を床から背けた。

「急いで！　いいえ、ミス・キート、あなたはここにいてください、ドアのところに。もし、誰かが入ろうとしたら止めてください！　声をあげてください！　私は遠くには行きませんから」

　瞬く間に彼は南口から出ていった。私は石のように固くなり南口の前に立ちすくんでいた。廊下の向こう端にあるカルテ机の上の緑のライトが突然煌めき、廊下のあちこちで小さな赤い信号灯が不意に光を放った。私は安堵の息をついた。メイダは無事に事を成し遂げたのだ。そのあとカルテ机のそばにいる彼女の白い制服が視界に入ってきた。

「もう大丈夫です、ありがとう、ミス・キート」すぐ横で声がした。オリアリーだった。帽子はなく、髪は乱れ、瞳は深い海の上で青白く瞬く閃光のように煌めいていた。「一緒に来てください」彼が言った。

「ヒューズが切れていたのですか？」患者の呼び出しに応じようと急いでいるメイダに、オリアリーが尋ねた。

　彼女は頭を横に振った。瞳は黒く虚ろで、顔色は帽子と同じくらい白かった。

「メインスイッチが切られていました」

「予想どおりだ」廊下を急ぎながらオリアリーが呟いた。

北病棟の方から明かりが差し込んでいた。夜勤の看護婦たちが一団となって不安そうに中央ホールに集まっていた。私たちの姿を見ると、駆け寄ってきた。

「あれは何だったのですか、ミス・キート。銃声が聞こえました――何が起こったのですか？」階段の下の方では、混乱した看護婦たちが制服や寝間着姿でやって来て、ミス・ドッティも髪にカーラーを巻いたまま取り乱していた。

オリアリーは彼女たちにまったく注意を払わなかった。彼について事務室に入った。最初にハイェク医師のドアを強く叩いた。それから、奥のオフィスのドアを。掛け金に手を伸ばし、ドアを押した。鍵はかかっておらず、すぐに開いた。事務室からの光がドアの中へ差し込んだ。

「オリアリー！　どうしたんです？　何ですか？」バルマン医師はその明かりに、不安そうに目をしばたたき、布団を払いのけてベッドから飛び起きた。

「十八号室でまた殺人事件が起きました」オリアリーが告げた。

「また――なんだって！　誰が？」

「用務員の――ヒギンスです」次にハイェク医師の部屋のドアが開き、バスローブを体に巻きつけた医師がこちらに走ってきた。

「なんですって？　何と言いましたか？　ヒギンスが？　亡くなった？」

簡潔な言葉でオリアリーは説明した。そのときには全員、バルマン医師の白いパジャマを先頭に南病棟へ急いで戻っていた。私は彼らと一緒に十八号室へは入らなかった。

病棟では、たまっている仕事が山ほどあった。さらに状況をひどくするかのように、病院中の看護婦が南病棟の廊下に群がってきた。彼女たちの青白い顔と激しい質問が、さらなる混乱を引き起こした。バルマン医師がパジャマ姿で裸足という奇妙な格好で廊下に出てくると、場はさらに騒然とした。

医師の髪はぐちゃぐちゃで目は不安そうだった。

「事故があったのです」彼は言った。低い声が辺りに行きわたった。「すぐに仕事に戻ってください。心配しないでください」悪さをした子供たちが、怯えて散り散りに去っていくようなさまは、なんとも妙だった。

しばらくは仕事以外に注意を向ける時間はなかった。病棟の患者たちを落ち着かせ、なだめるのは容易ではなかった。十八号室の閉じたドアには注意を払わなかった。廊下を二人の医師が飛びまわり、オリアリーのグレーのスーツ、考え込んだ表情、煌めく瞳が、病棟の至る所にあらわれた。

警察は、他の棟から見えないように南口から入ってきた。それはまさに悪夢の再現だった。午前四時頃まで捜査は続き、やがて救急車が到着した。冷たい灰色の夜明けを背景に、奇妙なほど白く輝き、くっきりと南口に浮かび上がって見えた。そして、いつのまにか出ていったようだ。

私は震える手をコントロールし、そのままになっていたカルテを日勤の看護婦に引き継ぐために書き上げていた。オリアリーが私の横に立ち止まり、空いた椅子に座った。

「あなたの手についているそれは何ですか?」私が記入していると、彼は不意に尋ねた。

自分の手を見て飛び上がった。

「ああ!」そして思いだした。「ただの赤いインクです。こぼしてしまったんです、ちょうどそのとき——明かりが消えたんです」

「明かりが、消されたのですね」彼は正した。「いつ作業は終わりますか?」

「すぐに終えます」急いでカルテを見直し、ラックに押し込んだ。「これまでに——何か見つかりましたか?」

「はい」落ち着いた声だった。「これまでに――かなりいろいろ。でも、まず、なぜあなたは電話をくれたのですか?」

「もちろん、ヒギンスのことで! ヒギンスのことだったんです、でも遅すぎました!」

グレーの瞳が私をじっと見つめた。

「どういう意味ですか?」

ある推測が頭に浮かび、私の胸は早鐘を打った。

「ヒギンスは」囁くように声を落とした。「ヒギンスは、ジャクソン氏を殺した男の顔を見ていたんです」

一瞬、深い沈黙が訪れた。私の囁きが壁に反響しているようだった。近くの調理室にいる誰かがスプーンを落とした。その金属音にオリアリーは呼び覚まされたようだった。

「ヒギンスが――ジャクソン氏を殺した男の顔を見ていた」ゆっくりと繰り返した。「どうしてわかったのですか、ミス・キート?」

できるだけ速やかに、私はヒギンスとの驚くべき会話について繰り返した。それから気が進まぬまま、ジム・ゲインセイがヤナギの影に隠れて、二人の会話をすべて聞いていた可能性があることを説明した。そして、コックから聞いた話もした。

彼の神秘的な瞳は鋭く私を観察していた。話し終えるまで何も言わなかった。

「それでは、ジム・ゲインセイは聞いていたんですね。ヒギンスが危険な情報を握っていることも、あなたに今夜、その男の名を告げる約束をしたのも」

「はい」私は、事の重要性に気付き、急いで話を続けた。「でも、ジム・ゲインセイは、彼の死とは何の関係もありません。今夜、ジム・ゲインセイの姿は見かけませんでしたから。私は――確かに……」息も切れ切れになり、オリアリーの鋭い眼差しのもと、私の声は次第に消えていった。

「我々が知る限り、生きているヒギンスを最後に見たのがジム・ゲインセイということになりますね？」彼は、私がジム・ゲインセイの弁護に必死になっているのをまったく無視して続けた。

「今、知る限りでは」私は指摘した。「ジム・ゲインセイと一緒にいた後で、ヒギンスに会った人がいるかもしれません」

「ゲインセイは、あなたたちの会話を聞いていた。ヒギンスが見たという男は、その証言によってすべてを失うことになるかもしれなかった。ゲインセイとあなた以外は、ミス・キート、そのことを知らない。残念です。ゲインセイは申し分のない立派な若者のように思えますが」彼は口を閉ざしてポケットを探った。使い古した短い鉛筆を取り出し、手入れの行き届いた細い指でくるくる回しはじめた。

早朝のどんよりとした日差しが徐々に差し込み、頭上の照明が淡い色に変わっていた。じわじわと窓から入り込んだ日差しによって、部屋全体が殺伐として険しく、闇に包まれた夜よりも恐ろしい場所に感じられた。

「厳しい状況ですね」やがて彼が口を開いた。

私は帽子を後ろへ押しやり、目をこすった――私の目は、夜見たものによって、疲れきっていた。

「今夜のことで、その影響がとても不安なんです。職員のほとんどが混乱に陥っています。言うまでもなく、外部の人間に及ぼす影響もあります。すぐにでもこの恐ろしい混乱を解決してくださることを期待しています」

彼はとても厳粛な表情を浮かべていた。

「私もそれを望んでいます」厳かに述べた。「あなたにあまり詳しくお話ししてなかったと思いますが。うまくいくであろう確かな根拠があります」

彼の声には力が入り、興奮を少し押さえているように感じられた。

「つまり、あなたは――」私は鋭い言葉を投げかけようとしたが、彼がさえぎった。

「私に言えるのは、ある結論に辿り着きつつある、ということです」その結論が何なのか、尋ねるチャンスも与えず、彼はすぐに続けた。「ヒギンスが男の顔を見た、と言ったのは確かですか?」

私は記憶を辿ってみた。今や決して完結することはない短く不可解な会話。かわいそうなヒギンス!

「いいえ」考えながら言った。「はっきり男性と言ったわけではありません。私が――私が男性だと思い込んだのです」

「思い込みは危険です」静かにオリアリーは諭した。「でも、三人の人間を見たと言ったのですね?」

「あの夜、十八号室に三人いるのがわかった、と彼は言っていました」

「そして、実際は四人いた――コロール・レゼニーとハイェク医師、ジム・ゲインセイ、それから――レゼニー医師。あの真夜中、セント・アンの周囲に」

私は確認するように頷いた。

「マッチの明かりでジム・ゲインセイの顔が見えた、とも言っていた。そして、つまりジャクソン氏を殺した男の顔――いや、殺した人の顔も――マッチの明かりで見えた」

「でも、だからと言って――」私は強く訴えかけた。

「ええ——ええ、もちろん、違います」彼はぼんやりと考えていた。「あなたが言いたいのは、彼の意見ではその男は——」

「彼はずっと『その人』という言葉を使っていました」私は言葉を挟んだ。

「ジャクソン氏を殺した人間、そして——その人は——」唇をきつく結び、オリアリーはヒギンスの使っていた言葉をそのまま流用した——「レゼニー医師を殺した人と同じ人ではなかった」

「彼は『そんなことはあり得ない』と言っていました」不思議なことに、彼のためらいながらの告白を私は鮮明に覚えていた。

「それは明らかです、もちろん。十八号室にいた男は、ほんの一瞬だとしてもラジウムを隠すために明かりを用意していたはずです。ヒギンスは、ラジウムがどこにあったかを知っていた。彼は、あの夜一晩中眠っていたと私に誓っていましたが。でも——」オリアリーは少し肩をすくめた。

「今となっては、ヒギンスが何を見たか、わからないということですね」そう言いながら、胸が痛んだ。

オリアリーは一瞬、鉛筆から目をあげた。

「そう決めつけてはいけませんよ、ミス・キート。スピーカーは取ってきてくれましたか？」

「はい」

「安全な場所に置きましたか？」

私は頷いた。「中を見たいと思いましたが我慢しました」

彼は微笑んだ。

「見てみましょう」

糊の効いたスカートがカサカサと音を立て、灰白色の壁に反響した。事務室に人はなく、階段も廊下も同様だった。部屋に入って、キャビネットのドアの鍵を開け、スピーカーを取り出した。それを大事に抱え、急いで南病棟に戻った。オリアリーは、まだカルテ机の横に座っていた。彼のグレーの瞳は、机に向かって三号室のカルテを記入しているメイダに注がれていた。私がスピーカーを抱えて何をしているのか疑問に思ったかもしれないが、彼女は何も言わずカルテに目を戻した。

カルテ机の輝くガラス板の上にスピーカーを降ろした。手が少し震えていた。オリアリーがスピーカーの片側を外すのを息を呑んで見守った。それから二人で中を覗き込んだ。オリアリーが中に手を入れて調べた。

ぎっしりと並んだワイヤー、小さなコイルやねじを見つめて二人は目を合わせた。

「何もないわ！」

「ない！」彼はしばらく考え込むようにそれを観察していた。

「あなたが部屋から運び出すところを誰か見ていましたか？」

「誰も。誰も――メイダ以外は。ちょうど部屋へ運ぶときにドアのところで彼女に会いました」

「ミス・デイに――なるほど」少し考えて彼は言った。「これは確かに十八号室にあったスピーカーですか？」

「もちろん、そうです。いえ、ちょっと待ってください――」彼は明らかにイライラしたように私を見つめていたので、急いで説明をしようとした。「つまり、これはソニーの部屋にあったスピーカーで、私が置いたものだと単純に思い込んだので」

「また、思い込んだのですね」冷たく非難するようにオリアリーは言った。「それでは、他の部屋のものかもしれないのですね?」

「ええ、そうかもしれません。でも、たぶん――」

「現在十八号室にあるスピーカーが、おそらく夜のあいだにこじ開けられていたのを知っていましたか?」

「なんですって!」

「明らかに――今夜十八号室に入った訪問者は、私たちと同じことを考え、スピーカーが取り替えられたことを知らなかった。それとも――」彼は話を終えないまま不意に踵を返し、廊下を急いでソニーの部屋へ向かった。

私は彼の後に続き、ドアまで行った。ソニーは起きていた。

「おはよう」優しくオリアリーが声をかけた。「君のような子供が目を覚ますにはちょっと早すぎる時間だけど、ちょっと、いいかな、ソニー。先日の夜、ミス・キートがラジオのスピーカーをこの部屋に持ってきただろ。今、僕が手にしてるこれと同じようなのを。彼女はそれをここに置いて、君のテーブルの上にあったスピーカーを持っていった。それから、夕べ彼女が来て、またテーブルに置いていったスピーカーを持っていった。僕が知りたいのは、彼女が夕べ、持っていったものが、置いていったものと同じかどうか、ということなんだ」

ソニーは戸惑っているようだった。オリアリーは辛抱強く、わかりやすく、質問を繰り返した。

「もちろん、違うものだよ」やがてソニーが言った。「彼女が持ってきたのは壊れていたからね」

「それじゃあ、それはどうしたんだい?」

「ええと」――ソニーは眉をひそめた――「ミス・デイが様子を見に来たから、スピーカーが壊れているんだ。それで彼女が持っていって、違うのを持ってきた。彼女が持ってきたのは、壊れていなかったよ。でもミス・キートが来て、昨日の夜また持っていっちゃった」彼はとがめるように私を見た。

「ありがとう、ソニー」オリアリーはそれだけ言った。

そのとき、オリアリーが感情や興奮を表に出すのを初めて見たような気がする。その棟には十八の部屋があった。彼がすべての部屋のスピーカーを調べるのに十八分もかからなかったと思う。もちろん一つを残して。その一つは十八号室のスピーカーで、すでに中身を確認している。

確認作業を終え、結果が一つも得られぬまま彼はメイダのもとへ向かった。

「ミス・デイ」彼は呼びかけた。「あなたは、これと同じスピーカーを持っていきましたね」――彼は、まだ腕にそのスピーカーを抱えていた。私が無駄に大切に保管していたものだ――「ソニーの部屋から、昨夜。それをどうなさったんですか?」

メイダは、清潔な帽子の下から出ていた黒い一房の髪を後ろへ撫でつけた。青い瞳はしっかりと私たちを見つめていたが、目の周りには疲労の黒い隈が見られた。

「十八号室のテーブルの上に置きました」彼女は即座に答えた。「なぜか壊れていたので。十八号室には必要ないと思ったので、それで取り替えたのです」

「ありがとう、ミス・デイ。あなたは――どこが壊れているか、詳しく調べたりはしませんでしたね?」

「しませんでした」彼女は言った。「そういったことには疎いので。とても直したりはできませんわ」

彼女は自分の仕事を続けた。

「奇妙な事件ですね」オリアリーは考え込んでいた。彼の澄みきったグレーの瞳は、遠ざかっていくスリムな白い制服姿を追っていた。「結局、十八号室にあったスピーカーで間違いないようです。問題は、もしその中にラジウムが入っていたのなら、誰がそれを取り出したのか？　誰が今持っているのか？　その答えを知るとき、哀れなヒギンスを撃ったのが誰かもわかるでしょう」彼は机の向こうの窓に向かい、枠いっぱいまで窓を押し上げ、霧が立ち込める空気を深く吸った。熱意ある若々しい顔、不思議なほど澄みきったグレーの瞳には、昨夜一睡もしていない痕跡は見られなかった。

「奇妙な事件です」彼はぽつりと繰り返した。窓の向こうに見える、雨に濡れてどんよりとした果樹園に背を向けてこちらを振り返り、机の上に置かれたスピーカーの青銅色の表面をぼんやりと指でなぞった。

「もう一つ、お聞きしますが、ミス・キート。今夜ハイエク医師が部屋から、おそらくベッドから出てきたとき、しっかりと巻きつけたバスローブの下にズボンを履いていたのに気付きましたか？　そして、そのズボンには、まだ濡れている泥が折り返しの部分についていたことも？」

私は何か呟いた。何を言ったかはわからない。オリアリーはショックを受けている私の瞳を静かに見つめていた。

「さらにですね」彼は穏やかな声で言った。「彼の部屋の窓枠に、まだ新しいと思われる泥が付いていました。確かにこの病院は、一階をもっと高くに設計すべきでしたね、ミス・キート。出入口があまりにも無防備です」

第十三章　ラジウムの出現

今思い返しても、彼の発言がいかに的を射ていたかは、そこで起こった数々の出来事によって立証できる。セント・アンで起こった一連の不可解でショッキングな出来事は、私たちを深い混乱に陥れ、それは何週間にもおよんだように思えたが、実際は、ほんの数日間に起こったことだった。前の日の問題が解決されぬまま、次の日にまた問題が発生していたのも事実だが。それぞれの問題があまりにもひしめきあって、正確にその流れを思いだすには事件が起こった日を順に追っていくしか他にない。例えば、自分の会計簿を見てみる。親類の誕生日や保険の満期日などを普段からそこに記しておく習慣があった。六月十三日水曜日の欄にいくつかの事項が記されている。

昨夜二回目の見回りのあいだにヒギンスが十八号室で殺された。今のところ手掛かりは何もない。J・Gが橋の建設を続けられるといいのだが。病院じゅうがかなり混乱している。看護婦が何人か離職する恐れがある。警察が至る所に入り込み、すべてをまた一から繰り返すのだろう。今朝、洗濯物を出した。二回目の見回りが不安だ。十二粒の真珠のボタン。この件が無事解決しますように。

「十二粒の真珠のボタン」とは、洗濯に出す前に制服から取り外すのを忘れ、クリーニング屋に電話するよう記入したものだ。しかし、その週もっとも異常で厄介な事実が私の目に留まったのは、そのボタンのせいでもあった。

もし前夜の二回目の見回りが悪夢の再来のように思えたのなら、水曜日は、その延長のようなものだった。イライラして、こうるさく、ヒステリックに怯えた理事がセント・アンに押しかけてきた。警官たちやオリアリー、新聞記者も、前回と同様に集まっていた。唯一の違いは、こういった展開を迎え、以前よりもさらに状況が厳しくなったことだ――考えられるとすれば。静まり返った病院の廊下には身の毛もよだつ恐怖が徘徊していた。次の犠牲者はいったい誰なのか？

審問は、その朝ただちに開かれた。それは簡潔で形式的なもので、中央事務室でほんの数名の立ち合いのもとで行われた。ヒギンスの死という目の前の事実以上のことは、何も証明されなかった。私がすでに知っている以外のことは一つも述べられなかった。オリアリーがヒギンスの死を自分が取り組むべきパズルの一片と見なしているのは明らかだった。単一の犯罪とは考えていないのだ。

昼食の後、すぐにオリアリーは私をオフィスへ呼んだ。

「なぜ、昨夜南口の鍵がなくなっていたことを話さなかったのですか？」突然彼は切りだした。

「忘れていたんです。新しい鍵を注文したので、夜までにはできあがるはずです。ですから、昨夜は南口のドアは開いたままでした」

「あなたは、とても重要なことを言い忘れていたようですね」厳しい口調だった。

「私には考慮すべき仕事が他にもあるのです」私も激しく応酬した。「それに、あなただって訊かなかったじゃないですか」

彼の厳しい目つきが幾分緩んだが、微笑みにはならなかった。彼は立ち上がり、ドアの方へ向かった。中央廊下に不満そうな視線を向け、奥の事務所へと私を手招きした。ドアを閉め、机の前に座った。しばらく彼は両手を顔にあてたまま黙って座っていた。

「座ってください、ミス・キート」彼はそう言うと、バルマン医師の簡易ベッドの方を身振りで示した。そして、私が座ると、回転椅子を回して向きあう形になった。「少しのあいだ、誰もこの部屋を使う予定がなければいいのですが」疲れたように彼は言った。「考えてみなくては。いいですか、鍵はあなたが昨夜十二時に夜勤に就いたとき、すでになくなっていたのですか?」

「はい。先に夜勤に入っていたオルマ・フリンが見つからないと言っていました。私が夜勤に就くと、すぐにそのことを報告してきました」

彼はゆっくり頷いた。

「それによって、容易に病院に入ることが可能になった……南病棟へ――」彼は呟き、急に口を閉ざして、ぼんやりとどこかを見つめた。曇った瞳でどこか遠くを。

それから突然椅子に寄りかかり、両手を組んで話しはじめた。

「第一に、三つの犯罪はすべてつながっていると確信しています。そして、ラジウムを手に入れることが一番の動機でしょう。他の動機、自己防衛や恐怖心といったものも事件に関わってくると思いますが、ラジウムが主な目的でしょう。もしラジウムが実際にスピーカーの中にあったとすれば、それは今、ヒギンスを殺した人間が手にしていると思われます。ラジウムを確保するために、犯人は昨夜、南病棟に行き、十八号室に入ったのです。なぜ、ヒギンスがそこにいたのかはわかりません――ただ――ただ――彼はラジウムの隠し場所を知っていたと、あなたはおっしゃっていましたね。彼は自分の手でそれを取り出そうとしたのかもしれません」

その可能性を探るように彼は口を閉ざした。その件について確信はない様子だった。そしてもどかしそうな身振りをした。

「ハイェク医師は」再び話しはじめた。「昨夜、外にいたことをきっぱり否定しました。ズボンの泥をブラシで払い、それが窓の敷居に落ちたのではないか、と私は疑っていますが。なぜ、彼は嘘をついているのか？　それからまた、レゼニー・コテージから来た誰かが、昨夜敷地内にいた。ハルダーが証言しています。誰かが、真夜中に家を出たと。階段を降りる足音と玄関のドアがきしむ音が聞こえたと。それがゲインセイなのか、ミス・レゼニーなのか、彼女はわからないとのことでしたが、誰かが真夜中に家を出て、約一時間後に戻ってきたのは確かだと言っています」

「ハルダーが言うことはいつも真実です――」私は口を開いたが、少し思いとどまった。もし彼が話を続ける意向なら、ぜひここは耳を傾けるべきだ。

しかし、私はすでに彼の話を遮っていた。彼は私をまっすぐ見つめ、よりキビキビと話しだした。思い付くままに話している感じではなかった。

「いいですか、ミス・キート、すべては同じグループに、セント・アンの周辺を取り巻く同じ人々に行きつくのです。他の誰にも南口のドアの鍵を盗むことはできなかった。そして先ほども言ったように、三つの犯罪はすべて同じ動機と考えてよいと思っています。動機の強さが同じとまでは言いませんが」

「どういう意味ですか？」

「つまり、最初の二件の犯罪にはいくつかの死因が認められます。ラジウムを盗む確固たる計画があったということです。おそらく一人ではなく、幾人かの。実際、複数の人間がラジウムを手に入れようと決心していたと確信しています。しかし、ラジウムは部屋に残された。十八号室に隠されたままだった。なぜでしょう？　唯一考えられる理由があります。盗むときに邪魔が入った。後で取り戻すために隠さざるを得なかった。しかしなぜ、そんなに長くスピーカーに入ったままだったのか？　なぜ、盗んだ人間は、もっと早く取り戻す手段を講じなかったのか。それは複数の人間がラジウムに関心を抱いていたことを示しています。つまりは、我々は一つではなく、三つの殺人事件を暴こうとしているのかもしれません」

「三つ！」

「三つの殺人事件がありました」私が驚愕を示したのにもかかわらず、彼は淡々と続けた。「そして、ヒギンスの証言は、最初の二件の殺人が同一人物によるものではないと裏付けている」

「ラジウムはスピーカーの中に隠されていたと確信しています」一息ついた後、彼は続けた。「他に考えられる場所はなく、十八号室にあったことは間違いない。さもなければ、その部屋の内外で一連の騒ぎは起こらなかったはずだ。そうです、幾人かがラジウムがまだ部屋の中にあると確信し、それを探していたはずです。私が頭を悩ませているのは、手違いがあったことです――ええと――最初に盗んだ人間が、誰かが見つける前に、部屋に戻って取り返すことができなかった」

「たぶん、それが昨夜侵入した人間だと思います」私は意見を述べた。

　オリアリーは聞いていないようだった。

「たった一つ、理由が考えられます――もし、真実なら――驚くべきことです」彼は無意識に、みすぼらしい小さな鉛筆に手を伸ばし、指で回しはじめた。それはいわば、彼が再び何かをつかんだ証拠だった。

彼が思い至った「驚くべき」推測が何だったにせよ、それ以上口にしなかった。

「私はいくつかの要因を除外しました。最初にすべきことは捜査の範囲を狭めることです。ジャクソン氏の親類には強固なアリバイがあります。彼らは死因について不審に思っていると考えられます」

「まあ」私は間の抜けた返事しかできなかった。ジャクソン氏の親類についてなど、まったく考えていなかったからだ。

「同様に、まだ知られていない要因についても徐々に排除しています――つまり部外者、おそらくは浮浪者の可能性についてです。プロの泥棒がとっさの思い付きで、または計画された手順にしたがって犯行に至ったという可能性です。事件の犯人は、セント・アンに関わりある人物だとの確信がますます強まっています。でも、事件がそのような方向に進んでいるのは、あなたにとっては不快なものでしょう……」彼の声は次第に消えていき、鉛筆を置いてネクタイを直すと、時計を見た。髪を手で梳いて再び鉛筆を手にした。

「あなたとお話ししたい問題が二、三あるのですが、ミス・キート。それは――」彼は声を低めた――「あのハイェクについてです。彼とミス・レゼニーは頻繁に会っているような印象をなぜか受けたのですが。他の人も彼らが一緒にいるところを目にしたことがあると言っています。ハルダーによると、彼は頻繁に訪ねているようです。どう思いますか？」

「そうですね、ええ――今、考えてみると、二人はなんと言うか――」それ以上言葉が出てこなかった。オリアリーが続きを述べた。

「協調関係にあるようだと？」

「まあ、そんな感じですね。でも、決定的な何かを見たわけではありません。ただ私が抱いている印象です。もちろん、彼が頻繁にレゼニー・コテージを訪れているのは事実ですが。そこで何度もお見かけしましたから」

彼は鉛筆を上下に動かした。そのみすぼらしい切れ端にまだ書く機能が残っているのか、私はいぶかしく思った。

「まだ他にもあります」彼はためらいながら言った。「ある人たちが言ってましたが――誰が、とは訊かないでください。ちょっと耳にしたゴシップですから。私たち警察は、それを引き出さなくてはなりませんが――レゼニー医師はあの美しい看護婦に思いを寄せていたと」

「美しい看護婦？　誰ですか？」

「あなたなら想像がつくと思いましたが」彼は静かに言った。「ミス・デイのことです」

「もしその話が本当だとしても、まったく知りませんでした」私は、はっきりと告げた。

「疑ったことすらないのですか？」彼は穏やかに、なおも問いかけた。

「ないです」素っ気なく答えた。「もちろん、ないです」それから、あることを思いだした。この前の晩餐会で――レゼニー医師はもの言いたげな瞳でメイダを見つめていた――彼女の外套を取ったときのあの仕草――あの最後の夜、南病棟の廊下で燃えるような、落ち着きのない瞳でメイダを探していた。それから、背を向けてドアの向こうへ消えていった。「それは――おそらく――ええ、そうですね」徐々に声を落としながら私は訂正した。

「ミス・デイは、それに対して――つまり、彼の思いに答えているようでしたか？」

「いいえ。そんなことはありませんでした。その反対です」

「その反対？」

「彼女は彼をことのほか嫌っていました。なぜかはわかりませんが」

彼は鉛筆から目を上げた。その目はとても澄みきったグレーだった。

「あなたなら、わかりそうなものですが」彼はさりげなく言った。「あなたには不思議なオーラが備わっています――高潔な。あなたは尊重すべき信用のおける人間だと誰もが思うはずです。おそらくいろいろな秘密を打ち明けられることも多いでしょう」

「いいえ、どんな秘密も知りません」私は慌てて答えた。私から何かを聞き出そうとしているのなら、まったくの無駄だ。「残念です」私は言い添えた。「あなたがヒギンスと話していればよかったのに」

すぐに彼の表情が硬くなった。

「私もそう思います」重みのある声だった。「しかし、実際にヒギンスと話をしたとしても、彼から聞き出すことはできなかったでしょう。彼はトラブルに巻き込まれることを非常に恐れていた」オリアリーは案ずるように鉛筆の切れ端に目を向けた。「……トラブルに巻き込まれることを」考えに沈みながら繰り返した。

「彼が危険にさらされていると、わかってさえいれば」私は後悔していた。「でも、気付いたときには遅すぎた」

「昨夜の電気が消えた件についてですが。木曜の夜の出来事と奇妙にも一致します。あのとき電気が消えたのは、もちろん事故だった。でも、その事故によって、どうやら得をする人間がいた。それで、その人物は、その思いがけない状況を再現することに決めた。でも、今回は明らかに事故ではありません。メインスイッチは故意に切られていた。しかし、配電盤は地下にある。一階に通じるドアの横の壁に。そして、そのドアを出て上にあがると、ちょうど中央玄関に辿り着く」

彼の熱のこもった真剣な目がこちらに向けられ、私は頷いた。

「地下のドアには鍵がかかっていた。そして鍵は鍵穴に差したままだった。電気が消えてから銃声が聞こえるまでのあいだ、誰かが地下のドアから出て病院を回って、暗闇の中、南口から入り、すぐ隣の十八号室に行く時間はあったでしょうか、ミス・キート？　そこはちょうど南口のすぐ横ですから。スピーカーからラジウムを取り出し——私がわかる範囲ですが。今や、ただ推測するしかありません。どうやってヒギンスが入ったのか」

「侵入者というのは、ヒギンス自身だったのかもしれません」不意にその考えが浮かんだ。「彼なら地下の出入りも簡単で、カルテ机から鍵を盗んで、南口のドアを開けることも可能です。そして、スピーカーからラジウムを取り出そうとした。彼はラジウムのありかを知っていると言っていましたから」

「状況はどれも、内部の者の犯行を示している」オリアリーがゆっくりと述べた。「しかし、ヒギンスの他にも誰かが十八号室にいた」

「窓から？」私はそれとなく示唆した。

「いや。そこはすでにボルトで留められていたので、入ることはできないと思います。どうですか、ミス・キート？」彼は自分の調査の続きに戻った。「電気が消えてから銃声が聞こえるまで、どのくらいの時間が経過していましたか？」

「かなり時間があったように思えます」考えながら私は言った。「あまりにも暗くて静まり返っていたので私は怯えていたんです。しばらく様子をうかがっていました。電気がすぐに点くのではないかと。ええ、時間は充分にありました——あなたが考えているすべてが起こるのに充分な時間が。待っているあいだ、背後から風が入ってきたような感じがしました」

彼は素早く顔を上げた。

「それでは、ドアが開いていたということですね。時間の件については確かですか？　いいですか、その点をはっきりさせることがかなり重要なんです。もし時間がないのであれば、ヒギンスの他に二人の人間がいたことになります。昨夜十八号室に入ろうとしていた人間が。そして、そのうちの一人がメインスイッチを切り、もう一人が十八号室に入った。結果は、我々が知ってのとおり。なんてことだ！」彼は不意に黙り込んだ。「この古い病院に出入りする方法がいくつも考えられるのが、私にとっては厄介なんです。これまで泥棒が入ったことはなかったのですか！　防衛手段を講じたことはなかったのですか！」

「三階と四階の窓だけです」何も考えられず、ただそう告げた。

彼は不満そうに鼻を鳴らした。

「三階と四階の窓！　それはずいぶんと都合がいい！」

「精神に錯乱が見られる患者のためです」私は非難するように言い返した。「それに、二人の人間がラジウムを手に入れようとしていたというのは、まっとうな考えだと思います。一人で誰の助けもなく、これだけの問題を起こせるとは考えられませんから」

彼はかすかに笑みを浮かべ、それから眉をひそめた。

「警察署長は一味をただちに逮捕したいと考えています。彼は、あなたたち全員が共謀していて、ゲインセイがリーダーだと確信しています。もちろん、私はそんな風に大雑把に事を片付けたいとは思っていません。と言うのも私は——問題の解決に近付きつつあると信じているからです。まだ逮捕する段階ではありませんが。誰であっても警戒させるようなことはしたくないのです」

「ミスター・オリアリー」彼が確信半ばであることに励まされ、私は真剣に問いかけた。「あなたについていろいろと耳にしました。もちろん――あなたの素晴らしい功績などについて。いったいどんな方法を使うのですか?」

彼はポケットに手を突っ込み、椅子に寄りかかってため息をついた。

「方法? 方法などありません。成果については――もう数日待ってください」

「方法など何もないと?」

「自分がもっとも無能で不出来だと感じている瞬間に、成功談を訊かれてもお答えなどできません。また、その方法について訊かれても。方法なんてありません。神が恵んでくれたものをいただき、それに感謝する。ただの幸運というときもあります。ほとんどは骨の折れるきつい仕事です。常に考えて考えて、考えを重ねるだけです。昼も夜も、問題とともに食べて、生活して、眠って。たいていはパズルのピースがどうしても見つからない、と思い込んだ瞬間に何かが起こるのです――ひらめきです! 物事が明白になります。すべての事には理由があります。ただやみくもに起こる事件など一つもありません。孤立した事実などあり得ません。もし事実をつかんでいるのなら、それに近付くために確かな状況を重ね合わせるのです。それは単なる論理であり、根拠であり、原因と結果の物質的実用的な側面に過ぎません。そこには神秘など存在しません。それはただの――数理的な分析です。自分が完璧な存在とは思ってはいません。私は再考を行ない、修正を行ない、間違いを正さなくてはなりません。他の人間と同様に。私は人間です――まだまだ未熟な人間です。しかし、どんなに難しい問題でも解決策があるとわかってさえいれば、自分がすべきことは、それを努力して見つけ出すだけです。潜在意識が助けてくれると思っています」

「ずいぶんと抽象的ですね」

「そのように聞こえるでしょうね。そうです——これが一つの決定的かつ具体的な策略なのです。概して充分な長さのロープがあれば、人は自分の首を吊ることが可能です。しばしば私が発見するのは、犯人にしかわかり得ないちょっとした状況が存在するということです。遅かれ、早かれ、それが明るみに出てくるはずです。ときに疑わしい人間を自供に追い込むため、罠にはめることもあります」

私の目は飛び出そうになっていたに違いない。

「それじゃあ、最初の審問で突飛な要求をしたのは、そのためなんですね！」私は声をあげた。「まったく理解できませんでした。あなたの要求はあまり重要ではないように感じたので」

彼の瞳はどこまでも澄みきっていて、計り知れない謎に満ちていた。

「あなたは思慮深い方だと信じています」彼は冷静に言ってのけた。

「もちろん、口は堅い方です。そのことをおっしゃっているのでしたら」私は慌てて約束した。「私は、あなたと同様にこの謎を解くことに興味を抱いているのです。正直言ってかなりの興味を抱いていると思います」

「それでは、しっかりと目を開けて、よく耳を澄ましてみることです」彼はそう言って微笑み、私のためにドアを開けようと立ち上がった。気が付くと私は中央廊下に立っていた。

すぐ後で彼が出ていくのが見えた。中央玄関横の窓の前で、私は彼の長いグレーのロードスターが静かに素早く動きだし、滑らかにカーブを曲がり、私道から主要道路へ入っていくのを見ていた。運転席にかすかに黒っぽい人影が見える。車はひたすら泥にまみれた高速道路を走っていく。無敵の力を暗示しているかのごとく、無駄のない落ち着いた動作で、彼は長い鼻のようなロードスターを制御していた。

横を向くと、メイダがいた。

「なんて日かしら！」ため息をつきながら彼女は呟いた。「ちゃんと眠れた？」

「いいえ、まだ休んでないの。もう無理だと思って」

「ミス・ドッティは、まだ調子が悪いみたい」メイダは続けた。「看護学生たちは、それぞれ計画どおり実習を進めているわ。みんな自分の影にも怯えているけど。すべて事が片付いて忘れてしまえたらどんなにいいか」

「私もあなたと同じくらい、強くそれを望んでいるわ」熱意を込めて同意した。「オリアリーが力の限りを尽くしているわ」

「そうでしょうね」あまり確信がなさそうにメイダが言った。彼女は青ざめて重い病気でも患っているかのようだった。「ちょっと前にミスター・オリアリーが出ていかなかった？」

「ええ」

「彼がここにいたなんて知らなかった。まだ私に尋問する予定はないみたいね」――彼女は残念そうに微笑んだ――「かわいそうなヒギンスについて。もちろん審問では訊かれたけれど、少しだけだった。なんだか調べるのを先延ばしにしているみたいね。でも、ミスター・オリアリーはだいぶ前に町に戻ったと思ってた」

「いいえ。今、帰ったところよ」そして、私はあくびをした。「ちょっと眠ってくる。あなたもそうした方がいいわ」しかし、彼女は仕事のことを呟いて、首を振った。私は自室へ戻った。

熟睡とまでいかないが、運良く眠りにつくことはできた。目が覚めたとき、清潔な制服が一着しか残っていないことに気が付いた。それはボタンが必要なもので、ボタンはクリーニング屋に送ってしまっていた。メイダが余分な制服を持っているのを思いだし、借りようと彼女の部屋へ向かった。彼女はいなかったが、私は大胆にも部屋に入っていった。

そして、そこでラジウムを見つけたのだ！

針刺し（ピン・クッション）の中にあった。藤色のタフタ織りのフリルがついた小さなもので、何気なく手に取って、じっと観察しているときだった。タフタの下に何か固いものが入っている。指でその輪郭をなぞり、それを引き裂きたい衝動を抑えられなかった。中の綿は取り除かれて、ラジウムの入った小さな箱が代わりにそこに入っていた。

その場に凍り付いたように、どのくらいの時間立ちすくんでいただろう。覚えているのは、慌てて引き裂かれたような縫い目の跡と、急いで縫い合わせた大雑把な縫い目。外の廊下から何人かの看護婦の声が聞こえた。そして、メイダが戻ってくるかもしれないと考えた。

オリアリーは言っていた。「ラジウムを保有している人間がヒギンスを殺した犯人です」

これを手にしたままメイダと顔を合わせることはできない。

そして、ラジウムをそこに置いたままにもできない。

次の瞬間には自分の部屋に戻り、ラジウムもピン・クッションもすべて鍵をかけてしまい込み、鍵を安全な場所へ隠し、決心を固めた。つらいことだが、すぐにオリアリーに伝えなくてはならない。友情を軽く考えてはいない。盗まれたラジウムをメイダの持ち物の中に見つけたショックは、私を激しく狼狽させた。

ボタンのことをすっかり忘れていた。黒いシルクの着物で夕食へ降りていくなど、とんでもなく滑稽だった。トランクの底から古い制服を取り出し、きつ過ぎることは頭から追い払った。しかし、あまりにも窮屈で着心地も悪く、司教がつけるような高い襟が付いていて、固くて耳たぶに跡が付くほどだった。

オリアリーに電話する必要はなかった。事務室のそばに行くと、彼の滑らかな茶色い頭が長いテーブルの上の書類に向かっているのが目に入った。私は中に入った。

「ラジウムを発見しました」落ち着いて言った。

彼は顔を上げ、さっと立ち上がった。言葉を繰り返す必要はなかった。

「どこですか、それは?」

「私の部屋です。持ってきましょうか?」

彼は躊躇し、事務室の窓やドアを見渡した。

「ここではあまりにも人目に付き過ぎます。誰かが目にするでしょう。どこで見つけたのですか?」

息を呑んだ。

「部屋の中です——ミス・デイの」

彼は目を細めてじっと考えていた。

「その件については後で教えていただきましょう。まずはラジウムを手に入れなくては」

二人の声は低い囁きとなり、私の胸は早鐘を打っていた。

「金庫の中にそれを入れましょうか?」私は事務室の奥の方を身振りで示した。そこには大きなスチール製の金庫があり、仕切りの中に通常はラジウムを保管していた。

「いいえ」オリアリーは決心したように頭を横に振った、「いいえ、それをただちに警察署長の手にゆだねなくてはなりません。いいですか、ミス・キート。三分後に私は新聞の束を抱えて、中央廊下をゆっくりと歩いていきます。階段の下の方で、降りてくるあなたとすれ違います。階段付近はかなり暗いはずです。私に箱を渡して、そのまま歩き続けてください。立ち止まらないで。のちほどお会いして、どうやって見つけたのか話を聞きましょう」

私は彼の命令に従った。ゆっくりと階段の一番下まで降りると、彼はぞんざいに廊下を横切っていった。周りには人影がなく、移送は誰にも知られることなくうまくいったものと確信した。

私はさりげなく頷き、角を曲がって食堂に通じる地下への階段を降りていった。目の前にあるものを食べながら、メイダの視線を避けていた。

二十分ほど経った頃、再び階段を上がり、中央廊下で立ち止まった。事務室には明かりが点いていて興奮した声が聞こえてきた。ハイェク医師とバルマン医師が長いテーブルの上に置かれた何かに向かって身を屈めている。

私は中に入った。

ランス・オリアリーの体がテーブルの上にあった。顔は鉛のようなグレーで目は閉じていた。バルマン医師は聴診器を取り出し、熱心に耳を澄ませている。ハイェク医師は芳香性のアンモニアをオリアリーの色の失せた唇に注入していた。

オリアリーの右耳の後ろには次第に膨らんでいく瘤（こぶ）があった。あの貴重な小さな箱は、どこにも見当たらない。

一目見て、私は理解した。

「彼は――生きていますか、ドクター・バルマン？」

バルマン医師は震える長い手で聴診器をはずしながら頷いた。

「ハイェク医師と私は、下に行って夕食を摂ろうとしていたんです」彼は説明した。声はかすれていて、不安そうな目がオリアリーに注がれていた。「彼をこのような状態で発見したのです。階段の近くの床で体を丸めてうずくまっていたんです」

第十四章　問題の証拠

　オリアリーの瞼（まぶた）がピクピクと動き、顔色が戻って呼吸が自然になったのに気付くと、私は正直かなり安堵を覚えた。まもなく彼は、バルマン医師の腕に支えられながら背筋を伸ばしてテーブルの端に座った。

「いったい何が起こったのですか？」バルマン医師も安堵の表情を浮かべながら尋ねた。

「わかりません」呆然としながらオリアリーは答えた。「覚えているのは何かが私の頭に振り下ろされた、ということだけです。いつ私を見つけたのでしょう？」

「十五分ほど前です。ハイェク医師と私は、ちょうど下の階に降りるところでした。廊下は薄暗く、あなたは階段のそばの暗がりに倒れていたのです。それを見て――とにかく驚きました。どうして襲撃されたのか、心当たりはないのですか？」

　オリアリーは、私に忠告するように目配せをして首を横に振った。

「まったく心当たりはありません」淡々と言った。

　そばに黙って立っていたハイェク医師が、これについて黙っていなかった。

「それでは、まだ事件について――公表できる段階ではないのですか？」彼は失望をにじませていた。

彼の赤ら顔はいつものように何事にも動じず、ぼんやりした印象だった。しかし、黒い抜け目のない瞳は何かを抑制し、内に秘めているようで、オリアリーの視線を正面から捉えようとはしなかった。

「そんな簡単に運は巡ってきません！　ところで私を見つけたとき、あなた方は階段を上ってきたところだったのですか？」

「いいえ」バルマンが答えた。「私は奥の事務室で、いくつかの書類にサインをしていました。ハイエク医師が事務室に来たので、一緒に地下に向かうところでした」

「いつもと違う何かを目にしませんでしたか？」

「何も。私たちは新しい用務員募集の広告について話しあっていました。あれは本当に――」バルマン医師の優しく悲しげな瞳は、不安そうにオリアリーの様子をうかがっていた。どこも怪我をしていないかを確認するように――「本当にショックでした。ですから一瞬、最悪の事態を想定しました」彼はハンカチを取り出し、色の失せた唇を落ち着きなく拭った。指はいつまでも薄い髭を撫でていた。

「ミスター・オリアリー、あなたが懸命に捜査にあたっているのは理解しています。非難するつもりもありません。しかし、本当に――私は――」適した言葉を探しているのか口ごもった。「今回の件が、私たちをどれほど苦境に追い込んでいるか、あなたもおわかりだと思いますが。次にいったい何が起こるのか。それをくい止める手立てはないのですか？」

ちょうどこの興味深い瞬間にミス・ドッティが邪魔に入り、私を呼びにきた。再びオリアリーに会うのは真夜中過ぎになった。

そのとき、私は勤務時間中で、メイダがいつものように手伝ってくれた。私たちは再び気力を奮い立たせなくてはならなかった。また、いつものミス・ドッティの気まぐれのせいだ。二人の看護学生は悪い噂を耳にして、ビクビクしながら南病棟の仕事に携わっていた。青と白のストライプのスカートが廊下を駆けまわるたびにカサカサと不安げな音を立てた。私自身は極度に不安を抱くことはなかった。それでも、犯人がまだ近くにいるような計り知れない脅威をはっきりと感じ取っていた。それゆえ一層恐ろしく、私の耳は聞きなれないどんな音にも警戒を怠ることはなかった。

カルテ机の前にいると、オリアリーが素早く軽い足取りで事務室から廊下の方にやって来た。私は振り返って彼が近付くのを見ていた。グレーのスーツと真面目で熱心な顔が、辺りを包む緑色の光の輪の中に現れた。

「ラジウムは見つかりましたか?」私は即座に尋ねた。

彼は頭を振った。

「誰が奪っていったのか、わからないのですか?」

「当然——わからないです」彼は私の横の椅子に座った。「さて、ミス・キート。どうやって見つけたのか詳しく教えていただけますか?」

問題を遠回しに説明する時間はないので、すぐに質問に応じた。その話に含まれる事柄を暗に示すのは気が進まなかったが。彼は考えながら聞いていた。ポケットから赤い鉛筆を取り出し、実際にいくつかの点を小さなみすぼらしいノートに記していた。私が話し終えるまで何も言わなかった。ただ、ミス・デイは勤務中かと訊いただけで。そのとき、メイダが病室から廊下に出てきた。オリアリーは立ち上がり、即座に彼女をつかまえた。それから二人は薬剤室へと姿を消した。

私は取り残されたまま待っていた。私の性分から言って、待つのはかなり難儀なことで、特にその夜は不愉快に感じた。何時間にも思われたが、腕時計によると、二人が出てくるまで二十分も経っていなかった。メイダは顎をつんと上げ、頬は緋色で瞳は燃えるようなブルーだった。オリアリーは落ち着いていた。彼は私と話をするために立ち止まった。私が不安を露わにしているのに気付いたようだった。じっと見つめると、少し悲しそうに微笑んだ。

「彼女は、すべてにおいて明確な理由を述べました」静かに語った。「真実を話していると、確信さえ持てればいいのですが！」

「メイダはいつも真実を話します！」私は憤然として声をあげた。

「そう望みますが――」彼はためらっていた。「説明するのは難しいのですが、話を聞いているあいだずっと奇妙な印象を受けました。彼女は――話のすべてを繰り返し練習していたのではないかと」

「ラジウムについては、どう言ってましたか？」

「十八号室の前の廊下に置かれたロベリアの鉢の中で見つけたと。花がしおれていたので水をやろうと調理室に持っていき、何かが水を妨げていると気付いた――そして、苗木の下に隠されているラジウムを見つけた！　彼女は、私と連絡が取れるまで、それを自分の部屋に保管した。私が審問の後も病院にいたことを知らず、車が去るのを見て気付いたと」

「それは本当です」素早く口を挟んだ。「それから、ロベリアの鉢植えのことも覚えています。ただ――」額に皺を寄せて考え込んだ。「そう、最後に見たとき、それは十八号室の中にありました！廊下ではありません！」

「最後に見たのはいつですか？」

「昨夜です――夕暮れ時に」

オリアリーは険しい顔で私を見つめた。

「では、昨夜十八号室にいた男は――もし男性だとすればですが――問題の箱を手にして、捕まるのを恐れてラジウムを隠したんですね。急いで鉢植えに押し込み、廊下に置いた。再び十八号室に置くよりも手にしやすい廊下に。ミス・デイの話が本当だとすると、そういうことになります。ヒギンスが亡くなってすぐに部屋を調べたときには、確かにそのロベリアは十八号室にはなかった。隅々まで見たはずです！」


私は、まだメイダのことを考えていた。

「注射器の件は尋ねましたか？」

彼は頷いた。

「彼女が言うには、自分の注射器がないのに気付いたものの、当然その時の状況を考えて、みんなに訊いてまわるわけにもいかず、単純にあなたのを代わりに使ったと。軽率な行動をとったのは、少しでもあの悲劇と関わりを持ちたくなかったからだと。私が思うに、誰かがそう言うように助言をしたのではないかと思います。彼女の話はすべて、あらかじめ用意されたような感じがありました」

「注射器はどうしてあの茂みの中に？」

「そのことについてはまったくわからない、とミス・デイは主張しています。その発言は多少は信じられるのではないかと」

「カフスボタンについては？」私は不安を抱きながら続けた。

彼は澄んだ目を細めた。

「彼女の話を全部疑わしいと感じたのはカフスボタンが理由です。たんにそれをなくし、レゼニー医師が拾ったと、いまだに言い張っています。そのことだけは真実を語ってほしいものです！」彼はノートから黄色い紙切れを引っ張り出した。私はすぐにそれが何かを思いだした。ジム・ゲインセイが書いて、メイダに渡してほしいと頼まれたメモだ。

「読んでみてください」オリアリーが言った。

そのメモに見覚えがあることは言わずに、慎重に彼の要求に従った。見出しには「金曜、午後」と書かれている。続きは以下のとおり。


すぐに君に会わなければならない。重要なことだ。Cは昨夜のことを知っている。何も言わず、忠告に従ってほしい。橋のところで待っている。今日の午後のニュースを耳にしてから、すごく不安だ。気を付けるように。無理に急き立てるわけではないが、どうか橋のところで会ってほしい。


勢いよく殴り書きで「J・G」と署名されている。

私はそれをもう一度読み返し、オリアリーに目を向けた。

「ミス・デイの部屋で見つけました。制服のポケットの中です。それについて説明するよう彼女に求めると、最初は個人的な内容のメッセージだと答えた。そして、説明を拒否した。私はなんとしても訊き出さなくてはならなかった。そして、最後には三つの点について認めた。まずは、そのメモは、ジム・ゲインセイによって書かれたこと。二つ目は、「C」はコロール・レゼニーのことを言及している。そして、三つ目は――」次の言葉をより強調するかのように、彼はそこで言葉を切った。

「そして三つ目は――単純にこういうことです。レゼニー医師が殺された夜、ジム・ゲインセイは深夜一時頃に果樹園を散歩していた。彼は調理室の開いた窓の下を通り過ぎ、彼女が中にいるのを見た。立ち止まって窓越しに少し言葉を交わした。コロール・レゼニーも果樹園にいて、二人の会話を耳にした。そして、スキャンダルを広めると脅した。看護婦にとって、このように誰かが訪ねてくるのは聞こえがよくない。ましてや勤務中で時間も時間だ。なんらかの理由でコロール・レゼニーはジム・ゲインセイをひどく嫌うようになっていた。ミス・デイによると、彼はメモの中でコロールに注意するよう忠告していたのだと」オリアリーの澄んだグレーの瞳が探るように私を見た。「どういうわけかミス・デイの弁明は、このメモに書かれているような緊急性と合致しない。あなたはそう感じませんか、ミス・キート？」

「私にはわかりません」考えながら答えた。「もちろん、醜聞が広まるのにそんなに時間はかかりません。特に決意と悪意を持って、それを広める人間がいれば。そしてコロールは、そういう人間です。彼女は生まれつき、なんというか――そうですね、猫のような性格というか」

彼は私の手からメモを取った。

「『今日の午後のニュース』が意味するのは、レゼニー医師の死、それしか考えられません。ミス・キート、あなたは間違っています。ミス・レゼニーが悪意ある醜聞を多少呟いたところで、レゼニー医師の死とどんな関係がありますか？　違うんです――もっと深い理由があるんです。ミス・デイが正直に話すよう説得できればいいのですが。さて、今度はゲインセイが、彼女と同じ話を語るかどうか確認してみましょう。おそらく同じだと思いますが、まあ確かめてみましょう」彼は言葉を切り、真剣な表情で私を見た。「この棟のどこかに、私とゲインセイが誰にも邪魔されず、しばらく話しあえる場所はありますか？　この状況ではどこで誰が聞いているか、まったく予想もつかないので。ミス・コロールが立ち聞きすることがないように――それから、他の誰からも」

「ええ、あります。薬剤室があります」

六号室の赤い信号灯が光った。誰も応じる様子はない。私は話を中断してソニーに冷たい飲み物を持っていった。

「来てくれるのをずっと待ってたんだ」ソニーは明るく言った。「夕食の後にゲインセイって人が立ち寄ってくれたんだけど、そのあとはずっと一人だったんだよ。その人、みんながどこにいるか知りたがってたから、ちょうどご飯の時間だって教えてあげたんだ。ねえ、その人のこと知ってる？　僕、好きだな。レゼニー医師の友達なんだって。そういえば、どうしてレゼニー医師は来てくれないのかな？」

「ソニー。ミスター・ゲインセイがこの病院にいたの？　夕食の時間にあなたの部屋に？」

「うん、そうだよ。ここにいたよ！　だいたい六時頃だよ」

「この部屋を出て、どこに行ったのかしら？」

「廊下に出て、それから事務室の方に行ったと思うけど、よくわからない。新しいクロスワード・パズルをやってたから足音も聞こえなかったし。そうだ、ミス・キート。僕の新しいパズルを見たい？」

ベッドサイドのテーブルの上を探そうとするソニーの細い手を制した。

「また別のときにね、ソニー。もう寝なくちゃ」

私がその話をすると、オリアリーの指が赤い鉛筆の切れ端を探しはじめた。

「それでは」彼は考えながら言った。「ジム・ゲインセイは、この病院にいたのですね」

「なんの用事もないはずなのに」私は険しい顔で言葉を差し挟んだ。

「つまり、私が叩きのめされてラジウムが盗まれた時間帯に彼はここにいた。ますますミスター・ゲインセイに興味が湧きますね」彼は鉛筆の切れ端をポケットに突っ込み、滑らかな髪を手で撫でつけて時計に目をやった。「今夜はジム・ゲインセイの睡眠の邪魔をすることになりそうですね――もしも眠っているのなら。薬剤室が空いているというのは確かですか、ミス・キート?」

「何か薬が必要になったら、私が取りに行くようにします」慌てて私は約束した。踵を返すとき、彼の顔には抑えた笑みが浮かんでいた。どうしてなのかまったくわからないが。

ジム・ゲインセイは眠っていなかったようだ。五分も経たぬうちに二人の男が中央玄関から廊下に入ってきた。私が二人を薬剤室に連れていくのを看護学生の一人が見ていた。事前に厳しく言ってなければ、彼女の目が好奇心で飛び出していたことだろう。理論上どんな苦境にも一筋の光明があると言われている。まさにそのとき、十一号室の患者に激変が起きたのは幸運だった。それによって、メイダは一時間かそこら、その患者につきっきりだった。彼女は私たちの棟で尋問が行われているのに気付かなかったはずだ。

一度、痛み止めの点滴剤を取りに、彼女が急いでそばにやって来た。だが、私が取ってくると申し出て、それを食い止めた。私の申し出がおかしいと思ったかもしれないが、彼女は何も言わずに患者の元へ戻った。

薬剤室のドアを開け、張りつめた空気の中へ入っていった。背が高く日焼けしたジム・ゲインセイが、窓の敷居にもたれかかり、怒りの表情をあらわにしていた。警戒するように目を細め、細い顎を引き、唇を固く結び防御している。

声が聞こえた……「まったくの個人的な問題です」ジム・ゲインセイの不愉快極まりないといった声。

「けれども、私にはちゃんとした答えを得る必要があります」オリアリーは言った。彼の声には細く光る鉄の刃のような鋭さがあった。

それから、二人の男は私の存在に気付いた。かなり慎重に時間をかけて薬を量っていたが、私が去るまで二人はそれ以上何も言わず、そのあと再び呟くような会話がはじまった。

面談は長引き、三十分後にもチャンスが巡ってきた――つまり、再び薬剤室に入る必要が出てきたのだ。氷枕を用意するだけだったが。

「それから、あなたはまだレゼニー家の歓迎すべき客として留まっているわけですね」

「熱烈に歓迎されているわけではありませんが」ジム・ゲインセイが答えた。ドアを閉めたとき、オリアリーの顔にちらりと笑みが浮かぶのが見えた。

それからすぐに、オリアリーがドアを開けて廊下を覗き、私を見つけると手招きした。

私を先に薬剤室に通してくれたとき、彼の瞳はあの不思議な澄んだ輝きを放っていた。

「あなたに聞いてもらいたいのですが、ミス・キート」オリアリーの声はとても静かだが、緊迫し、警戒しているようなニュアンスが含まれていた。「さて、ゲインセイ、ヒギンスについてもう一度話していただけますか？」

ジム・ゲインセイはおどおどしながら私の方を見た。

「オリアリーに話していたんです。僕があなたとヒギンスの話を立ち聞きしていたときのことを。ヒギンスが亡くなる前ですが。あれだけの情報を握っている人物を逃がすのは愚かなことだと思いました。それで夕方になってから、ヒギンスを捕まえてさらに情報を引き出そうとしたのです。大部分は、すでにあなたにお話ししたことの繰り返しでしたが。でも彼は、あなたと約束していた話の断片を僕に明かしてくれました――覚えていますか？」

　私は頷いた。

「彼はレゼニー医師に会いに行こうと南口の近くで立ち止まっていたときに、その会話を聞いたようです。それを聞いた彼は、十八号室で何が行われているのか、疑いを抱いた。それから茂みの向こうに誰がいるのかがわかったようです。コロールとハイェク医師だと。『跡をつけるのなんて、簡単』と言うコロールの声がした。そして『彼が出てくるまで待つんだ』とハイェクが言った。その後コロールは、『そんなに難しくはない』と何やら話し、ハイェクが『私にまかせなさい』と。ヒギンスは、自分が何か物音を立てたのではないかと思ったそうです。コロールが『静かに』と囁いたらしく。そして、彼らがそっと去っていったと言っていました。ヒギンスは跡をつけたが、辺りは暗くて見失った。そして、興味を抱いて十八号室周辺に戻ってきたということです」ゲインセイは、そこで話を止めた。

「続けてください」オリアリーは厳しい口調で言った。

「ヒギンスはあなたに言いましたね。玄関に戻ったときコートにつまずいて転んだと。そのコートについて彼から聞きました。『あれは、レインコートだった』と言っていました。冷たくツルツルしていたと。それと同時に奇妙なことも言ってました」再び彼は口を閉ざした。これから言おうとしていることが、不快なことであるかのように。私はオリアリーの方をちらりと見た。彼の瞳はより一層奇妙な輝きを放っていた。周りの食器棚のガラス戸や輝く白いタイルさえも、期待を込めて待っているかのようだった。

「続けてください」オリアリーは鋭い声で言った。彼の言葉はガラスの沈黙を打ち砕いた。

ジム・ゲインセイは咳払いをして、ポケットの中の煙草を探り、ここが病院であることを思いだして手を戻した。

「彼は言いました。コートにはにおいがしたと――エーテルの！」

一瞬沈黙が漂い、それから私はオリアリーの方を見た。

「エーテル！　それなら同じレインコートだわ！　私が金曜日の午後に着ていたのと！」

オリアリーは考え深そうに頷いた。

「そうかもしれませんね。いずれにせよレインコートは、玄関にも敷地内でも見つかりませんでした。どうやら、レゼニー医師を殺した犯人は、それを着たまま出ていったのかもしれません。殺人のあった翌日、セント・アンには厳重な警備が敷かれました。今からあなたが着ていたコートの行方を追うことはまず不可能でしょう、ミス・キート」

「哀れなヒギンス」ジム・ゲインセイが厳かに言った。「彼にそれだけ話してもらうのはなかなか大変でした。でも、最後に十八号室で誰の顔を見たのか話すのは拒否されました」

「しかし、彼は警戒を怠ってしまった。ラジウムが取り出されるかもしれないとわかっていながら」

オリアリーは呟いた。「さて、今のところこれで全部です。ありがとうございました、ゲインセイ」

ジム・ゲインセイは、束の間ドアの外で立ち止まり、薄暗い廊下の端から端までをじっと見つめていた。白い制服姿はどこにもなかった。彼が外に出やすいように、隠し場所から鍵を取り出して南口のドアを開けた。部屋に戻ると、オリアリーが緑色のライトの下で小さなノートを調べていた。私が近付くと、それをポケットにしまった。

「あなたが聞いている以上の話は何もありませんでしたね、ミス・キート」疲れたように彼は言った。

「ミス・デイへのメモの説明と殺人事件の夜の行動は、ミス・デイの話と一致しています。審問でもそうでしたが、電報を仕事関係者へ送ったという話に固執しています。彼が言うには、暗闇であなたとぶつかった後、すぐにレゼニー医師の車を借りてセント・アンの敷地を出たと。そして嵐が起こったとき、セント・アンから半マイル辺りの街角にいた——それは我々が知っていることと一致しません。つまり、もしあなたが見た車のライトが彼の車のだとすれば——。そして、そう考える方が妥当でしょう」

「今夜、ラジウムが奪われた時間帯に彼がセント・アンにいたという話はどうなんでしょう?」

「彼は、その話を聞いてかなり立腹していました」オリアリーは、意外にも不意に満足そうな表情をちらりと見せた。「たちまち怒りだしました。ミス・デイの名前が出るたびに、感情的になるようですす。もしもラジウムがなくなったりしなければ、ミス・デイに会いたくて病院に来たとも考えられますが、ラジウムが再びなくなったとなれば——」突然言葉を切り、再び深刻な心もとない表情になった。

緑色のライトが這うような影を投げかけていた。黒い窓ガラスが外の景色を遮り、じっとこちらを凝視しているかのようだ。廊下の向こうでは照明が低い音を発し続け、ガラスがカチカチと金属にぶつかるような音がかすかにして、看護婦のゴムのヒールが柔らかにパタパタと鳴っていた。

やがてオリアリーが動きだした。彼の瞳はまだ澄みきった輝きを放ち、一心にこちらを見つめていた。

「次はコロール・レゼニーです。私と一緒に彼女に会いに行きますか? よかった、それでは明朝八時でどうでしょう。あなたはレゼニー・コテージに直接向かってください。私もそちらへ参りますから。少し遅れるかもしれませんが」

残りの見回りの時間は少し長く感じたが、静かに過ぎた。そして八時になるとさっそく、青に緋色の縁取りのケープを羽織り、司教が着ているような皺の寄った制服の襟の折り目を直し、南口から出た。小道はまだ濡れていて、木々も茂みも深い霧に覆われ、すべてが陰鬱で荒涼としていた。

橋でジム・ゲインセイと出くわした。彼はやるせなく小道の横の丸太に腰かけていた。足元で跳ねているヒキガエルをじっと見つめ、明らかに不機嫌そうに考え込んでいる。そのやつれて寒々とした顔から眠っていないことがうかがえた。ずっと煙草を吸っていたのだろう。煙草の吸殻が白い円を成して、彼の周りを囲っていた。

「そこのお若い方」ちょっと辛辣に声をかけた。「煙草は寿命を縮めるのを知らないのかしら？　それから、消化不良、神経障害、結核、喘息も引き起こすのよ？」

彼はしぶしぶ立ち上がり、あまり関心なさそうに私を眺めた。

「麻疹（はしか）や花粉症も。言うまでもないですね」気難しい顔で彼は言葉を継いだ。「あの、ミス・キート、彼女と会う機会はあるでしょうか？」

誰とは訊かなかった。

「わかりません。最近会っていないのですか？」

彼は疑い深そうにちらりとこちらを見て、丸太の椅子を示し、気付くと私は、決して居心地がいいとは言えない場所に腰を下ろしていた。木から落ちる滴で湿っぽく、自分の襟にさえ気をくじかれ、おまけに横には泥棒と疑っている男がいる——控えめに言っても泥棒に変わりはない。

「僕が昨夜、夕食時に病院にいたのはそのためです」親しげな声だった。「もう何日も彼女と会っていません。彼女は忌々しいほど仕事に身を捧げてますから」

「ミス・デイは、いい娘です」ためらいながら言った。

「いい娘！」彼は私を見た。「いい娘！　あなたが彼女を表現する言葉はそれだけですか？　信じられない！　彼女は僕をとりこにした！　ひと目見てそう感じた。『彼女だ！　僕の愛する人は！』とね！」彼は長く息を吐いた——「そして、先週の木曜日の夜、調理室の窓越しに彼女と言葉を交わした後、このジム・ゲインセイに来るべきときが来たとわかったんです！　すぐに町まで行って、到着が遅れると会社に電報を打ちました。そして、彼女が一緒について来てくれるまでここに留まることにしたのです」彼は言葉を切り、悲しそうに付け加えた。「彼女がその気になるまで長い時間がかかるかもしれない」

「それでは、あなたのメッセージはそのことを言っていたの？」

彼は素早く私を見た。あとでオリアリーに何と言われようと、ゲインセイの説明が不自然だとはとても思えなかった。

「どうしてもっと早く説明しなかったの？」彼がこれまで引き起こした混乱を思いだし、厳しい口調で言った。

「説明！」強くあざけるような声だった。「説明しろだって！　僕の頭の中が彼女のことで一杯だってことを説明しろと！　ご親切な紳士には、殺人が行われている最中に部外者が敷地内をうろついて、迷惑をかけてすみませんでした、と謝罪して。でも、本当に僕はただ恋に落ちただけなんだ。何が説明だ！　まったく！」

威厳を持って私は立ち上がった。いくら筋が通っているとしても、あまりにもひねくれた考え方だ。

「それではミスター・ゲインセイ」冷たく言い放った。小道の曲がり角に来たとき、後ろを振り返った。「今日の午後、彼女に散歩をするよう言っておきます」愚かなオールドミスに成り代わり、そう約束した。それを聞いた彼の表情が明るくなった。最後に見たときには生き生きと楽しそうにカエルに小石を投げつけていた。

レゼニー・コテージの玄関は掃かれた跡もなく荒れ果てていた。何度もベルを鳴らしたが、明らかに誰もいないと思われた。しばらくして重たいドアを開けて廊下に入っていった。人の気配はどこにもない。書斎のドアは閉まっていたが、もしコロールがいるならそこだと考え、近付いていった。真鍮のドアノブに手をかけると、ドアは数インチこちらの方へ動き、私はためらった。低い呟き声が聞こえる。ドアの向こうに誰かいるようだ。ちょうどその声の主が部屋から出てくるところだった。

「そこが安全だと言うのは確かかね?」はっきりとした声が聞こえた。

ハイェク医師の声だ。

「ええ、かなり確かよ」コロールが言った。彼女のアクセントは間違えようがない。

「それでは、今日がうってつけだ」

「たぶん――そのようね」コロールはあまり気乗りしない口調だった。

「君は手を引くつもりか?」フレッド・ハイェクが、こんなにも不快な声を出すとは信じられなかった。

「いいえ」コロールが答えた。

「じゃあ、どうして、今日じゃないんだ?」最後のひと言のところで、ドアがぴしゃりと閉まった。話し手の力強い動きに押されるように。

当惑しながら私は待った。まだ声は聞こえていたが、内容はわからなかった。突如男性の声が怒りで大きくなり、私は考える間もなく真鍮のドアノブをつかんで素早くドアを開けた。

そして奇妙な場景の中に割り込んでいった。

コロールはテーブルの前に体を反らせて座っている。混乱の中、唇を引き結び、瞳は緑色の炎を放っている。ハイェク医師はなおも感情的になっていた。顔は赤黒く、こぶしを握りしめて細長い瞼（まぶた）の中の黒い瞳は不機嫌そうに光っている。私がドアを開けたとき、彼は話をしており、最後の言葉が耳に入ってきた。怒りで太い声だった。

「……今になって断るとは。結局、私が行なったのは――君のためだと言うのに！」

「あら、私は断ったりしないわ」コロールが答えた。

それから二人はこちらを見た。

ハイェク医師の黒い顔が、より濃く痛々しいほど赤く染まっていた。どうにか自分の意志の力で彼は手を緩め、テーブルの上の帽子に手を伸ばし、何かを呟きながら部屋を出ていった。コロールはすぐに冷静さを取り戻していた。彼女は眉を上げて面白がっているように肩をすくめた。金色と緑色の刺繍がびっしりと施された、目を奪うような中国風の外套をまとっている。ラインストーンで飾った踵のついたダンス用のハイヒールは先端がボロボロになっていた。そして、ストッキングを履いていないなんて！

「おはよう」厚かましいほど穏やかに彼女は言った。

オリアリーは廊下でハイェク医師に会ったに違いない。書斎に入る前に彼の声が聞こえた。

ドアのところでオリアリーは立ち止まった。

「あら、いたのね、おはよう」コロールの面白そうな笑顔は消えていた。

「入ってもよろしいですか、ミス・レゼニー?」オリアリーが尋ねた。充分な睡眠をとったあとのようにすがすがしく、身なりも綺麗に整っていた。「呼び鈴を鳴らしたのですが、返事がなかったもので」

コロールは奇抜な外套を強く引き寄せた。

「ハルダーは、これ以上ここにいないと決めたようよ」彼女は言った。「昨夜、出ていったわ——突然。ええ、どうぞ入って、ミスター・オリアリー」

それからの一時間を忘れることはないだろう。あれほど冷酷で執拗なオリアリーを見たことはなかった。彼がコロールの言い訳やわざとらしい態度をかわす様子に、私は目を見張り、畏怖すらおぼえた。彼女は猫のように質問を回避して柔らかな微笑みをたたえていたが、彼は一切引かず、質問に答えるよう仕向け、答えが真実でない場合はさらに切り込んだ質問を繰り返した。

まず、リボルバーの話からはじまった。しかし、彼女は審問のときと同様に、それが十八号室にあったのは知らなかったと繰り返した。またあの夜、彼女が十八号室を訪ねて、怒りっぽいガスティン氏を避難させることになった件については、再び不充分な説明を繰り返しただけだった。注射器の扱いを心得ていることはあっさりと認めた。彼女は悪意のこもった目で私を見た。同様にレゼニー医師の死の知らせの後、すぐに果樹園に向かったことも認めた。厚かましくも悲しい知らせをハイェク医師と話しあうため会いに行ったのだと。

それからオリアリーは、彼女の目の前に小さな金色のスパンコールを差し出した。

「これを見ればもう充分でしょう、ミス・レゼニー」冷たく彼は言い放った。「秘密をすべて話してしまった方があなたのためです。先週の木曜の夜、なぜ十八号室の窓辺にいたのですか？　この飾りは、窓の敷居で見つかりました。どうしてそこにあったのでしょう？」

コロールは、ぼんやりと金のスパンコールからオリアリーへと視線を移したが、不思議なトパーズ色の瞳の奥で必死に考えているのがわかった。

「ええ」ようやく口を開いた。「確かに十八号室の近くにいたわ。実際に窓辺まで行った。あたしは果樹園を歩いていたの。南病棟の玄関のそばに来たとき、何かの音が聞こえた——角にある部屋の窓から、騒音のような」そこで話を止め、猫のように舌で唇を拭った。「そこは十八号室だった。ふと興味が湧いて、そっと窓に近づいたの。男が網戸を開けて十八号室に忍び込んでいった。網戸は開いたままだったから、私も静かに窓から中へ入った。でもほら、あたしはかなり背が高いから、敷居に屈んだとき、スパンコールがドレスから落ちたんじゃないかしら」

「あの夜はとても暗かったはずです。周りが見えていたのですか？」

彼女は再び唇を湿らせた。唇が赤みを帯びた。

「あたしは——暗闇でも、他の人よりよく見えるのよ」——少なくとも私は、それだけは疑わなかった——「とにかく、聞こえたのよ」

「何が聞こえたんですか？　なぜ自分が聞いた物音が、十八号室に忍び込んだ男のものだと思ったんですか？　それはちょっと考えにくいことですよね、ミス・レゼニー」

「でも、とにかく本当よ」彼女はむっつりと言った。「網戸の留め金が外れるような音がして——慌てていたような音だった。それから彼のシャツに光が当たっているのが見えた」

「もしそれが本当なら、なぜ病院の職員にすぐに知らせなかったのですか？」

「だって、その男の正体を知っていたからよ」

　一瞬緊迫した沈黙が流れた。

「その男とは誰ですか？」とても静かな声でオリアリーは訊いた。

「いとこのルイス・レゼニーよ」彼女は勝ち誇ったように、その名前を出した。オリアリーにとって、それは驚きだったのかどうかはわからない。しかし、彼はしばらく何も言わなかった。澄んだグレーの瞳はコロールの顔をじっと見つめていた。

「もちろん」満足そうに、悪意を込めてコロールは続けた。「もちろん病院中に知らせるようなことはしなかった。この病院の院長が窓から忍び込んだなんて公言できませんから。レゼニー医師の目的が何なのか、あたしが知るはずないでしょう？」

「あなたは嘘を言ってますね」オリアリーが口を挟んだ。「嘘をつかないように忠告したはずです。あなたが見たという十八号室の窓に忍び込んだ男は、レゼニー医師ではない。あの夜、あなたとハイェク医師は一緒に果樹園にいた。確かにあなたは十八号室に入るため、窓の敷居にもたれかかっていた。しかし、すでにレゼニー医師は部屋の中にいた。あなたとハイェク医師は話しあった。レゼニー医師が出てくるまで待った方がいいか、それともハイェク医師も彼に続いて部屋に入った方がいいか」

　コロールの瞳の煌めきがサフラン色に変わり、ほんのり頬に塗ったオレンジ色が濃く浮かび、高い頬骨がぞっとするほど際立った。見開いた瞳が光り、唇が少しめくれて歯がのぞき、けばけばしい中国風の外套が醜く青ざめた顔をより引き立たせていた。

「誰がそんなことを言ったの？」忌まわしいその唇から彼女の声が漏れた。

「ヒギンスが教えてくれました」はっきりとオリアリーは答えた。

「ヒギンス！」かすれた声が叫んだ。宝石で飾った茶色の腕を喉元まで上げながら。「ヒギンスですって！　でも彼は死んだわ！」

「ヒギンスが話してくれたんです」オリアリーは繰り返した。「それでは教えてください。あなたとハイェク医師は何をしていたんですか？」

「あたしたちは――橋のところで会ったの。一緒に果樹園へと歩いていって」自制心を取り戻そうとするコロールの必死の努力は見苦しいものだった。

「続けてください」

「それから――さっきも言ったように――十八号室で男の気配がして。そこで何をしてるのか興味を持ったのよ。自然なことだと思うわ」

「そうかもしれませんね」オリアリーが言った。「なぜ待っていなかったのですか、その――その男が十八号室から出てくるのを」

「待ってなかったわ。誰かが来たの。はっきりと誰とはわからなかったけれど、ジム・ゲインセイだと思った。彼もあの夜、果樹園にいたから」

「どうやら人気の待ち合わせ場所のようですね」オリアリーは辛辣に述べた。「それで、その近付いてきた男にあなたは怯え、逃げたのですか？」

「まったく違うわ」ちらりといつもの余裕を見せてコロールは否定した。「あたしたちは、ただ――去ったのよ」

「どこへ去ったのですか？」

「林檎園の方へ」

「その――よくわからない人物を避けて、興味をそそる十八号室の方へと戻ったのですか？」

「いいえ」コロールは淡々と答えた。「あたしはすぐに家へ帰ったのよ」

「ハイェク医師は？」

「病院の自分の部屋に戻ったわ」

「確かですか？」

「ええ」

「どうしてわかるのですか？」

コロールは口ごもった。

「彼が後でそう教えてくれたのよ」弱々しい声だった。

「なぜ、あなた方は、レゼニー医師の――いや、レゼニー医師と思われる男の――邪魔をしようとしたのですか？」

コロールは前に身を乗りだした。

「いい？　ルイス・レゼニーがあの夜、十八号室にいたってのはわかっ、わかっているのよ！」

「こちらもわかっています」オリアリーは静かな声で同意した。

再び彼女はうしろのクッションにもたれかかった。瞳は困惑し、ラインストーンの揺らめくヒールが赤と緑の輝きを放っていた。

「なぜ彼の邪魔をしようと思ったのですか？」オリアリーは繰り返した。

「なぜなら――ハイェク医師は知っていたから。ルイスの奇妙な行動のわけを」

「ハイェク医師は研修生で、レゼニー医師は院長です」オリアリーは懐疑的な態度を示した。コロールは悪意に満ちた目で刑事を睨んだが、何も言葉は発しなかった。

第十五章　コロールの率直な告白

沈黙が部屋の中を支配した。オリアアリーは窓際に歩いていき、桑の実色の重たいカーテンを脇に引いてしばらくそこに立ちすくんだ。外はびしょ濡れで寒々としている。深い緑色の茂みが奇妙な見慣れぬもののように感じた。落ち葉は腐敗し、太い枝からは水が滴っている。私の向かい側にはアルコーヴがあり、ピアノが置かれている。大きな黒いベルベットのカバーで覆われていたが、亡霊のような指が、あの耳について離れない嬰ハ短調の前奏曲(プレリュード)を奏ではじめるような気がした。私はしびれを切らして身動きし、オリアアリーはコロールの方へ顔を向けた。コロールは不機嫌そうに大型ソファに座り、オレンジ色の枕を指で引っ掻いている。

「さあ、ミス・レゼニー。ラジウムのことはあきらめて真実をすべて話してください」

「ラジウムなんて持ってないわ。信じないのなら、この家を探してみれば」

「この家はもう探しました。あなたのメイドには黙っているように要請しましたが。昨日、捜索したのです。あなたが——出かけているあいだに」

「あたしが昨日出かけているあいだに——。教えて、ミスター・オリアアリー。誰か他の人にも——見張りがついているの？　昨日は警察から来た男が、ずっとあたしの後をつけてたわ。今も外にいるんでしょう。玄関の柵に座ったりしているんじゃない」

「彼の名はオブライエンです」愛想よくオリアリーが告げた。「見張りがついているのはあなただけではありません」

「そうだろうと思ったわ」満足げな、悪意のこもった瞳が光った。「そうだろうと思った。ジム・ゲインセイは？　それからメイダ・デイは？」

「なるほど。彼らがどうかしましたか？」

「どうかしましたか、ですって！」彼女が一瞬躊躇したのがはっきり見てとれた。「メイダ・デイがルイスと話した最後の人間だってこと、もちろん、あなたは知っているでしょう？」

沈黙が続き、コロールはオリアリーの表情が変わらないかを虚しく見つめていた。

「驚かないのね！」彼女はじれったそうに叫んだ。「優等生のメイダは、気難しくつんとした顔をして、先週の木曜の真夜中、ルイスと果樹園にいたのよ」

「なるほど」オリアリーが言った。「驚きませんがね」

「二人の会話は全部聞いたわ」もっと強い反応をこの刑事から引き出そうと決意しているかのように、コロールは続けた。「暗がりの中で全部聞いたのよ。ルイスはメイダに夢中だった――確かよ。どうしてそうなったか知らないけど。とにかく、彼女はきっぱりと彼の思いには応えられないと告げていた」コロールは残忍な笑みをちらりと浮かべた。「かわいそうなルイス！　二人はしばらく話しあっていた。ルイスはいつもなら恐ろしく冷たい人間なのに。彼の言葉を聞いて驚いたわ。お芝居なんかよりずっとおもしろかった」

「二人の姿を見たのですか？」冷ややかにオリアリーが尋ねた。

「タールのように周りは真っ暗だったわ。でも、二人の声はわかった。それにあたしは猫のように暗がりでも見えるの。彼らがどこにいるのかもわかった――メイダの制服の輪郭が見えたし、ルイスのシャツの前の部分も」

「もちろん、二人はお互いの姿が見えていた?」何気なくオリアリーは訊いた。

「いいえ、そうは思えない。さっきも言ったけど、暗闇でもあたしは普通の人より見えるの。たぶん二人はお互いの姿が見えていなかったと思う。会って話しだしたとき、メイダは息を呑んで『誰?』と訊いていたから。そしてそれにルイスが答えていた」

「どのくらいの時間、二人は話してましたか?」

「そんなに長くなかったわ。たぶん十分か十五分くらい」

「何時頃のことですか?」

コロールは答えるまでに間をおいた。彼女はあの真っ暗な夜の自分の行動については、何一つ認めていないことに、私は、はっきり気付いていた。

「ちょうど午前一時前だったと思うわ。患者の様子を見に、ルイスがサラと一緒に十八号室に入った後だったから」

「ミス・デイはすぐに病院に戻りましたか?」

「ええ、そうね。彼女、怒っていたわ。哀れなルイスがキスしようとしたのが、ひどく癇に障ったみたいで。最後には彼を叩いてた。間違いないわ。とても気まずく二人は別れた」意地悪く横目でオリアリーを見つめたが、彼は足元の柔らかな絨毯の模様を熱心に目で追っていた。

「なぜ、そういったことをすべて私に話すのですか、ミス・レゼニー?」穏やかな声だった。

彼女はこれを聞いて、きれいに手入れされた薄い眉をかすかに上げた。

「あなたの助けになることをなんでも話すように、ってさっき言ったじゃない？　あたしはとても大事なことだと思ったの。ルイスと最後に会った人物が彼と激しく喧嘩をしてたことが」

「実のところ、あなたはミス・デイに便宜を図ったことになります。あなたは親切にも、ミス・デイのカフスボタンがレゼニー医師のディナージャケットのポケットに入っていたわけを説明したことになります」

コロールは目をしばたいた。

「この話を聞いても驚かないって、あなた、言ったわよね——すでに知ってるって」

「そうじゃないかと、うすうすは感じてはいました。ミス・デイは、はっきりと主張していましたから。彼女が最後にレゼニー医師を見たのは木曜の夜、あなたの家だったと。それは明らかに真実でした。彼女は彼と話をしたとき、姿を見てはいなかった。しかし、私にはわかっていました。彼となんらかの形で接触していたと。なぜミス・デイがその件について話すのを嫌がったかよく理解できます。どんな若い女性でも、そういったニュースの見出しになるのは避けたいものです——想像できませんか。『美しき若き看護婦——医師と痴情のもつれ』——そういったことです。間違いなくカフスボタンは袖口から取れてレゼニー医師の手に渡り、彼は返そうと思ってポケットに入れた——そのあと何が起こるかも知らずに。教えてくださってありがとうございます。ミス・レゼニー」彼はドアの方へ歩いていき、ドアノブに手をかけたまま立ち止まった。振り返ってコロールを見つめるその顔は険しかった。「あなたは真実をすべて話すことを避け、事態をさらに悪くしているだけです。それではミス・レゼニー」

再び私たちは湿った小道をほとんど無言で歩いた。

「コロールが立ち聞きしていたのは、ミス・デイとレゼニー医師の会話だったんですね。そして、言いふらすと脅した。そのことが、ゲインセイからミス・デイに渡ったメモに書かれていた」じっくりと考えながらオリアリーは言った。私たちは南口に近付いていた。「さて、今朝の会談は事態に新しい光を投げかける結果となりましたね――そう思いませんか？　ところでミス・キート、一晩か二晩、病院に泊めていただきたいのですが。あなた以外に誰にも知られずに」

「でも、どこに――どの部屋に泊まるというのですか？」

「十八号室です」

自分の顔から血の気が引くのがわかった。

「あの――あの部屋は安全ではありません！」

「ばかげた考えです」

「でも、ミスター・オリアリー――今朝、私が耳にしたことをまだお話ししていません」

「何のことですか！」

「コロールが――コロールとハイェク医師が――」私が途中で遮った、あの奇妙な会話について話すあいだ彼は黙って聞いていた。

「ありがとうございます、ミス・キート」私が話し終えると、彼は静かに言った。

「あの――彼らをすぐにでも逮捕するつもりはないのですか？　彼らが行動を起こす前に――何を計画しているか知りませんが。これ以上セント・アンで殺人事件が起きるのは耐えられません」

彼は頭を横に振った。

「そんなことがまた起こるとは思えません。それにとにかく、いいですか――したい放題させておく方が――」彼は最後まで言わなかった。

私は賛成できず、唇を嚙みしめた。彼らに手錠をかけてしまった方が効果的だと思えた。

「秘密を守れますか、ミス・キート?」不意にランス・オリアリーが切りだした。

私は頷いた。

「それでは、うまくいけば二十四時間のうちに事件は終焉を迎えるでしょう」そう言って彼は去っていった。私は凍り付いたように階段に立ち尽くし、細いグレーの人影が病院の角を曲がって見えなくなるまで見ていた。

二十四時間のうちに!

私は階段で足を止め、周りの木々をぼんやりと見つめていた。そのとき木々のあいだの小道で、何か動いているものが目に留まった。雨に濡れた果樹園をぶらぶらと歩いていたのはジム・ゲインセイだった。彼の横にはメイダがいる。白いナース・キャップが緑のカーテンを背に浮かび上がっていた。柔らかな黒髪が美しい顔の周りで静かに揺れている。まとっている濃紺のケープが後ろにひるがえり、白い制服の襟のところの緋色の縁取りが輝いていた。その緋色は彼女の頰や唇と綺麗に調和していた。私が見ていると、二人は不意に向きあった。ジムはメイダの手を取り、自分の顔にあててゆっくりと彼女を引き寄せた。彼女は束の間されるままになっていたが、それから、病院の窓の方へ目を向けて身を引いた。彼は彼女の手を放し、笑った。続いて彼女もすぐに笑った。二人はまたゆっくりと歩きはじめ、白い帽子とケープの緋色の襟、茶色のステットソン帽は、濃い緑の茂みの中に消えていった。

彼はメイダに会うことができたのだ。私が約束を果たす必要はなくなった。

その日の残りの時間は静かに過ぎた。しかし、楽しいことなど何もなく、病院は暗く陰鬱に静まり返り、看護婦たちは落ち着かず神経質になっている。ある種の抑制された恐怖が偉大な古き建物の壁に潜んでいた。

私はいつものように最初の見回りの時間帯には眠れず、少し早めに南病棟に降りていった。それは幸運だった。他の者のパニックを防ぐことになったからだ。他の看護婦が、私のようにいきなりコロールと出くわしていたら、すっかり自制心を失っていただろう。

それは、こういった具合だった。

午前零時の三十分ほど前に、私は南病棟に降りて何気なく廊下を歩いていた。南口のドアは当然鍵がかかっていた。新しい鍵がちょうど届き、ピカピカに輝いてカルテ机の上の釘にぶら下がっていた。私は新たな鍵置き場を思案していたところで、ドアの右側に決めたが、ガラスのペーパーウエイトを使って釘を打ち込まなければならなかった。あまりうまく進んでいないところに、外からドアを引っ掻くような音が聞こえてきた。手を止めて、小さな四角いガラス窓から外を見た。

風が再び吹き荒れ、外の低い木々の枝が激しく揺れて悲鳴をあげている。廊下に充分な明るさはなく、黒いガラスの向こうまでは見渡すことができない。ガラスは真っ黒に光り、まるで二つの目がこちらを見ているかのようだ。それから、すぐに誰かの顔がガラスに張り付いた。その顔はやつれて野性的で、恐怖を浮かべ、すぐにコロールだとは気付かなかった。

私がじっと見つめると、彼女は偉そうなしぐさで青ざめた唇を動かしたが、声は聞こえなかった。鍵は手の中にあったのでドアを開けた。コロールはこそこそと中に入ってきて、私は雨や風が入ってこないよう慌ててドアを閉めた。それから彼女の方を振り返った。

コロールは息を切らしていた。髪の毛は跳ね上がり、濡れた糸のように顔にまとわりつき、大きな火花のような黒い瞳孔には光が反射していた。サルの毛皮で縁取りされた黒いシルクのマントを羽織っていたが、それは濡れて長く湿っぽい束となって首の周りにかかり、よけいに野性味をましていた。片手で胸の前のマントを握り、もう一方の手には四角い革張りの宝石箱を抱えていた。

私はようやく囁くような声を出した。

「ここで何をしているの？」

彼女は人目を気にするように南口を見た。

「ドアに鍵をかけた？　来て、どこかに話せる場所はある？　ここは——」素早く彼女は十八号室のドアを開け、私を押して中に入れた。

「電気は点けないで」緊迫した小さな声で懇願した。私もそうするつもりはなかった。彼女が話したとき、部屋にいるはずのオリアリーのことを思いだしたからだ。ベッドや椅子の方を素早く見たが、どちらもよく見えなかった。

コロールは息を震わせながら少し歩き、それから話しはじめた。

「ずっと走ってきたの」やがて彼女はそう小声で話した。「オリアリーの番犬を追い払わなきゃならなかったから」心の底では楽しんでいるようにも聞こえたが、何かひどく恐ろしい目にあったのも確かなようだ。

「誰かがつけてきたの？」

彼女は一瞬息を止め、そして吐き出した。

「ええ、誰かはわからないけど。サラ、あたし、ここに来なきゃならなかったの——夜、コテージに一人きりでいるのが怖いのよ。ハルダーがいなくなってしまったでしょう——怖いの。ここにいちゃだめ？」

「絶対にだめです。ばかなことを言わないで、コロール。セント・アンはホテルじゃないのよ」

彼女は私の腕をつかんだ。その手は震えていた。

「ねえ、あたし怖いの、サラ。どうしても泊めてもらわなくちゃ。寝るのはどこでもいいわ。ここでも、この部屋でもいいわ」

「いいえ、だめよ。そんなことはできません！」

「この病院に泊まるのよ。追い出したりさせるものですか。なんとしても泊まるわ」彼女が激しく震えているのがわかった。「またあの恐ろしい果樹園を通り抜けるなんてできない。今夜はルイス・レゼニーの家では眠れない。幽霊が出るのよ、サラ。幽霊が——ああ、あなたにはわからないでしょうね！」

「幽霊！　そんなものいないわよ」そう言いながら、頭皮が逆立つような感じがした。

「ええ、いないかも。でも、とにかくここに泊まるわ」

「いいえ」私は繰り返したが、だんだんと口調が弱くなっているのに彼女は気が付いたようだ。再び懇願しはじめ、さらには扁桃腺があるので入院させてくれとまで言いだした。びしょ濡れで帽子も被らないで来たせいだと。まったくばかげた話でもないと思ったが、信じることはできなかった。コロールはつやつやとして健康そうで、若いジャガーのように何事にも動じない。

「ねえ、泊まってもいいでしょう」私はついに折れた。「私の言うことを聞いて、ちゃんとおとなしくしているのなら」

「もちろんよ！」コロールは嬉しそうに同意した。「あたしはただ静かにしていたいだけなの。この十八号室でもいいわ。怖くなんてないから」彼女はベッドの方へ足を進めた。

私は彼女のマントをつかんで後ろへ押しやった。

「いいえ」急いで告げた。「この部屋はだめです」私の声には、どこか動揺が感じられたかもしれない。ベッドの方から抑えた忍び笑いのようなものが聞こえてきた。

コロールにもそれが聞こえたようだ。

「何なの？」後ろの方を見ながら鋭くささやいた。濡れたサルの毛皮に触れて私は身震いした。

「たぶん、猫よ」思い付くままに言った。

「猫！」短いスカートを体に引き寄せているのがわかった。「猫は嫌いなのよ。猫を見ると思いだすの――とにかく嫌い」

「コロール、ちょっとここで待っていて。ドアから外に出ないで！　私が戻ってきてドアを開けるから、できるだけ早く廊下を抜けて事務室から離れて。なるべく誰にも見つからないようにそこで待っていて」

同意するように彼女は何か呟いた。話す間も与えず、適当な用事をつくって、看護婦を調理室や薬剤室に送り込んだ。コロールは動物のように素早く、長く薄暗い廊下を抜け、私も後を追った。彼女が泊まれるのは私の部屋の他にはなかった。そして寝間着一式を貸した。長袖にハイネックの寝間着を彼女はうさんくさそうに見ていたが、結局手に取った。

ほっとしながらドアに鍵をかけ、その鍵を持ち去った。コロールが鍵をかける音を聞いたかどうかは知らないが、彼女に自由に病院の暗い廊下を行き来させるつもりはなかった。

深夜十二時を少し過ぎた頃、再び南病棟に降りた。メイダとオルマ・フリンがすでに勤務に就き、青い縞の制服を着た看護学生もいた。

見回りの前に時間があったので、調理室に入ってカップ一杯の濃いブラックコーヒーを淹れた。コロールの出現で神経が少し高ぶっており、病院の周りに吹き付ける風が気になった。隙間風が入り込み、窓をカタカタと鳴らし、そこに雨が激しく打ち付けている。

しかし、二回目の見回りもいつものように静かに過ぎていった。不穏な雰囲気と落ち着きのなさは相変わらずで、誰かと一緒に行動するのがみんなの習慣となっていた。しばしば暗がりに目を留める。突風のせいで体温計が床に落ち、一つ、二つ、不意に砕けた。電気が一度ちらつき消えそうになったが、ありがたいことに持ち直した。付け加えるとすれば、次々と壊れる体温計がその週の些細な問題だった。体温計は簡単に人の指から滑り落ちるものだ。特に振るときは。バルマン医師は新しい体温計をそれぞれの病棟分注文しなければならなかった。

時間がとても長く感じられた。もし、コロールとハイェク医師が計画をその日に実行するつもりだったら、もうあと数時間しか残っていない。コロールを安全な場所に閉じ込めたが、疑っていたとおり、病院に匿ってもらうために見せかけの恐怖を装っているのなら、これ以上彼女の行動を許すわけにはいかない。しかし私には、計画の上でコロールがやって来たとは単純に信じられなかった。彼女のパニックは本物に思えた。

忙しさに追われることはなく、考える時間はたっぷりあった。幾度となく、静かに仕事に取り組むメイダに目を留めた。

私たちは机の前で、取りとめのない話を半分うわのそらで続けていた。そのとき、パタパタと静かな足音が、廊下から私たちの背後に迫ってくるのを感じた。私もメイダも同時に振り返った。メイダの瞳は黒く光り、唇を素早く引き締めた。私の顔もそのような素早い警戒をあらわしていただろうか？　それはオルマ・フリンだった。騒がしい口調で十八号室に何かいる、と告げにきたのだ。私は一瞬驚いたが、すぐにそれはオリアリーだと気が付いた。メイダは背筋を一層伸ばしていたものの、顔が蒼白だった。

　私はなんとかオルマをなだめた。自分の主張を曲げない彼女は、単純でラバのような頑固者だと、心の中でレッテルを貼らずにいられなかった。

「もし私たちがみんな朝までに殺されたら、ミス・キート、あなたのせいだわ」遂に彼女はこう言いだした。

「まったくばかげてます！　もしそれが幽霊なら、あなたはそう信じてるようですけど、恐れることはありません。幽霊はそばにきて嘆き声を出すしかできませんからね」そのとき、ちょうど不運にも古い廊下に隙間風が入ってきて、本物の嘆き声のように聞こえたので、オルマ・フリンは青ざめ、調理室に消えていった。私が思うに、こういったことが根も葉もない噂を広げるのだ。十八号室は幽霊に取りつかれていると。南病棟は決してそういった噂から逃れられないのだろう。

　その不吉な部屋に隠れていたいのなら、もう少し慎重に行動するようにオリアリーに忠告しようと、私は人目を忍んでそっと十八号室に入った。すでに夜明けが近付き、冷たく薄暗い室内に家具が黒く浮かび上がって見えた。部屋には人の気配がまったく感じられなかった。私の疲れた神経には、他に何かがいるようにも思えたが。嫌な考えを振り払った。窓の方を見ると、ボルトが外れて網戸が開いていた。オリアリーは、他の者と同様にあの低い窓を開けて出ていったに違いない。またそこから戻ってくるかもしれない。私はボルトを締めたいという子供じみた衝動に抗って廊下に引き返した。

金属を鳴らすような朝食のベルの音が地下から聞こえてきた。かすかに目の下に隈が見られる清潔な制服をまとった日勤の看護婦のあいだをすり抜け、廊下を進んだ。コーヒーのかぐわしい香りが漂ってくると、私の警戒心は少し和らいだ。夜は過ぎ去り、異常な出来事は私の知る限り何も起こらなかった。コロールが朝寝坊だと知っていたので、彼女を外に出すためにすぐ部屋に向かおうとはしなかった。代わりにメイダとオルマと看護学生の後に続いて地下の食堂に行った。そば粉のケーキという私の大嫌いな残念な朝食だった。おまけに、これを食べると蕁麻疹(じんましん)が出るのだ。ミス・ドッティはとても気味の悪い夢について語り、メルヴィナがそれに解釈を加えると、涙さえ流しはじめた。涙はミス・ドッティのあまり高くない鼻に落ち、メルヴィナは夢の意味をどんどん誇張し、気付くと私はコーヒーに砂糖を二度入れていた。食事が終わると、ほっとした。

メルヴィナが不吉な長談義を続けているあいだ、コロール・レゼニーのことを考え、鍵をかけて閉じ込めても簡単にあきらめたりはしないだろうという結論に至った。日勤の看護婦の目をこっそりと避けて、すぐにオリアリーを探しにいった。彼は十八号室にいなかった。皺の寄ったベッドカバーを直して部屋を出た。慈善病棟の二階の廊下を通り過ぎるとき、無防備に置かれていた食器用エレベーターから朝食のトレイを一つ取った。あとでわかったことだが、トレイがなくなったことで、その病棟ではかなりの混乱が起こったらしい。のちにトレイが二階のリネン室で見つかったので、さらなる騒ぎが起こったようだ。よく考えた末にそこにトレイを置いたのだが、コーヒーが少し飛び散っていた。そして、コロールはトレイを見ることすらなかった。

自室のドアを開けると、ひと目で私の籠の鳥が逃げ去ったことがわかった。化粧ダンスの上にトレイを置いて部屋の奥に進んだ。ベッドは乱れたままで、どうやら眠ったらしい。しかし、貸した寝間着はきちんと畳まれ椅子に置かれていた。窓が開いていて、雨混じりの突風が花模様のボイルのカーテンを濡らし、ピンクと緑色の筋ができていた。あとで取り替えなければならない。部屋を横切って窓を閉めるときに、彼女の脱出方法を発見した。前にも言ったが、セント・アンは古い建物で、大小たくさんの塔があり、屋根の高さもまちまちで、様々な出っ張りや幅の広い窓がある。私の部屋の窓の上には時代遅れの鉄製の非常階段が降りていて、錆びたボルトで古い赤煉瓦に固定されている。部屋の窓から隣の窓までは出っ張った棚のようなものでつながっていて、確かに幅は狭く滑りやすいが、ツタが這い、下は藪になっているため、落ちるときの妨げにもなる。コロールという女性の体格や性格を考えると、よじ登るのは困難ではなく、いったん非常階段に上がればあとは簡単だ。私は窓から身を乗りだした。まだ信じられない思いはあったが、彼女が辿った証拠が残っていた。ツタにからまっているのは、濡れて放り捨てられた黒いサルの毛皮の一部だった。

コロールは出ていったのだ！　彼女を簡単にこの手から逃してしまったことに罪悪感を抱いた。しかし、オリアリーは、彼女がここにいることを知っていたはずだ。それに、女性がびしょ濡れのコートで帽子も被らずに遠くまで行くはずがない。

こういった慰めの考えは、洋服ダンスを見てはかなく消えた。一番お気に入りの帽子がなくなっている。その帽子はとても美しいもので、造花のスミレが散りばめられ、三ヤードほどもある紫のリボンが巻かれている。束ねた髪形に合わせるために二十五ドルも払ってオーダーしたものだった。コロールは、厚かましくもそれを被って出ていったのだ。これ以上彼女に温情を示すなど不可能だ。

再びオリアリーを探すことにした。すぐにコロールが逃げたことを知らせなければ。二階のリネン室に立ち寄ってトレイを置いた。

ようやくオリアリーの姿を見つけた。そこは大きな古い馬小屋で、今はガレージに改装されており、病院の後ろ側に位置している。彼は、夢中で何かのにおいを嗅いでいたが、私の方からはよく見えず、近付くと、慌ててそれをポケットに入れた。

手短かにコロールがいなくなったことを話した。

すると彼の表情が変わった。

「それはまずいですね。それは、まずい。あなたのところにいれば安全だと思ったのですが。それでは、あの出っ張りを伝って出ていったのですね」私たちの立っているところから、ちょうどそこが目に入った。彼は、灰色の雨が降りしきる中、じっとその場所を眺めていた。

「さて、今さらどうにもなりません。彼女はあなたの帽子を被っていったと言いましたね？」

「はい、そうです」

「彼女がレゼニー・コテージに戻るとは考えにくいですね」彼は考え込んだ。「ええと、まだ七時になったばかりですから、店が開くまで一時間はあるでしょう。時間はたっぷりあります」

「店が？」

「彼女はすぐに帽子を買いに行くはずです」まったく気配りを欠いた説明だ。「コロール・レゼニーはそんなに遠くへは行かないでしょう。その帽子では――」彼は、私の冷淡な表情に気付いたようだった。「その帽子は――ええと――彼女には合わないので。つまり自分で選んだ帽子ではないという意味で」彼は慌てて言い直した。

何も言わず、私は病院へ戻ろうと砂利道に向かった。

「ちょっと待ってください、ミス・キート」オリアリーは深く悔いた面持ちで懇願した。女性の気に障るような発言をして怒らせたのだと気付いたのだ。「どうか待ってください。許してくれるのなら、ちょっと興味深いお話を提供しましょう」

大いに興味を持って私は戻った。彼は大きな灰色の救急車の影へと私を引っ張っていった。

「ミス・デイから目を離さないようにお願いします」彼が低い声で言った。奇妙な眼差しを馬小屋の暗がりに投げかけている。

「ミス・デイですって！」

「特に、あのゲインセイという男がうろついているのを見かけたら」

「どういう意味ですか？　ジム・ゲインセイが――」

「昨夜、コロールの跡をつけていたのはジム・ゲインセイです。オブライエンが、コテージの張り込みをしていて彼を見かけたのです。コロールは通用口から抜け出したようです。彼女は意表をついて出ていったので、オブライエンが追いかける前に果樹園に入ってしまいました。彼は全速力で追いかけ、そのとき前方に誰かがいるのに気が付きました。二人はコロールを追い、オブライエンによると、彼女はものすごいツキに恵まれて木の幹や藪をすり抜けていったようです。暗闇の中でも目が利く、というのは本当のようです。橋のところでオブライエンは追いつき、それは紛れもなくゲインセイでした。しかし、ちょうどそのとき、低い枝がオブライエンに当たり、彼はしばらく意識を失い、起き上がったときにはコロールもゲインセイもいなかった。オブライエンは果樹園をさまよい、彼らを探しまわりました。そして、五時頃、私は彼に出くわしました。ずぶ濡れで、顔にはみみず腫れができたものの、ことの決着はまったくつかないままでした」

「それでは、コロールをあんなにも怯えさせていたのはジム・ゲインセイだったのですね」私は呟いた。「彼の目的は何だったのでしょう」

「ゲインセイにとっては不利になりそうです」考え深げにオリアリーは言った。「ミス・デイを守ろうとして、誤ってレゼニー医師を殺したか、ラジウムのためにジャクソン氏を殺したか、どちらかかもしれません。それとも、ラジウムがまだ見つかっていないことを考えると、自分が利用するために確保しようとした。いずれにせよ、まずいことになりそうです。あなたの友人のミス・デイが、どうか傷つかないように祈っています」

「もしかして、彼女がゲインセイに特別な関心を寄せていると思っているのですか？　メイダは簡単に恋に落ちたりはしないはずです。ラジウムさえ見つかれば」ほとんど絶望的に感じていた。

「ラジウムなら、私が持っています」淡々とオリアリーが言った。

第十六章　ドアの上の赤い信号灯

「あ、な、た、がラジウムを持っている！」

彼は頷いた。私は口を開けたまま、彼の次の言葉を待っていた。束の間の沈黙の後、ガサガサという音が聞こえたので驚いて辺りを見まわした。オリアリーもその音を聞いたはずだが、彼の顔に浮かんだのは、満足と懸念が混じりあったなんとも奇妙なものだった。彼は説明しようとかすかな身振りを示したが、ちょうどそのとき、さりげなく猫のモーグが、かつての馬小屋の二階の穴から落ちてきた。これに私は少し驚き、飛び上がった――彼女の予期せぬ出現に。しかし、オリアリーは気にせず話しだした。

「そうです。私がラジウムを持っています。と言いますか、十八号室にあります。そこが一番安全な場所ですから。セント・アンで、あの部屋に入るような人間は一人もいないでしょう――おそらく、勇猛果敢なあなた以外には」

「どうやって見つけたのですか？」

「コロールが、昨夜十八号室に持ち込んだのです」オリアリーの声は、いつもの高さに戻っており、もっと低い声で話すべきだとそのとき思った。「コロールは宝石箱にラジウムを入れていたのです。宝石箱はそこに置いたままです。彼女は疑っていたに違いない。あなたの――なんと言いますか――

親切心を」

「つまり、彼女はラジウムの箱を宝石箱に入れていたということですか！」私は声をあげた。「そして、それをそのまま十八号室に置いた？」

「おそらく、彼女も私と同様、そこが一番安全な場所だと思ったのでしょう。誰もラジウムが十八号室に戻っているとは考えないでしょうから。誰もその部屋に入ろうともしないですし。それから、彼女はあのクロゼットの前を横切るのを警戒していたようで、宝石箱はクロゼットから離れた棚の上に置きました。あなたが彼女を自室へ連れていくために通路から人を遠ざけるよう計らっているあいだの出来事です。彼女はベッドに座ろうと近付いてきましたが」オリアリーは淡々と続けた。「私は必死にマットになりすまそうとしました。そこで折よく、あなたが戻ってきたのです」

「まあ」私は驚きを隠せなかった。「なんてこと」

「レゼニー医師の遺体が隠されていたクロゼットです」じっくりと考えながらオリアリーは続けた。「今夜まで、ラジウムは十八号室に残しておくつもりです。周到な監視のもとに置かれるでしょう、ミス・キート。しかし、今夜、二回目の見回りのあいだの、監視がいなくなり、病棟が静まってから取りにいくのがより安全だと思います。再びゲインセイに殴られ、意識を失うような危険は冒したくはありませんからね。もちろん、コロールの居場所を突き止め、戻ってくるのを阻止しなければなりません。きっと彼女は戻ってきます。ラジウムを取り返しに。それでは、病院が寝静まるときには警官を遠ざけるように手配しましょう」

「それが賢明な方法だと？」躊躇しながら私は訊いた。「そうすれば、きっと——」

「病院に戻る準備はできましたか？」オリアリーが遮った。きれいな白い砂利道を並んで歩きながら、彼は流調かつ断固とした調子で、私が口を挟む隙を与えないように、長雨が作物にもたらす効果について意見を述べ続けた。一階のドアのところで立ち止まると、オリアリーは奇妙なことを言った。

「では、のちほどお会いしましょう、ミス・キート。自分に与えられた二十四時間のうち、十二時間が過ぎてしまいました。ところで、もしあなたが予行練習をしていたら、あれほどうまくはいかなかったでしょうね」そう言うと、暗闇の中に私を残して彼は去っていった。彼の言葉の意味も、その言い方も、なぜか癪にさわった。モーグは、小道までついて来て、私のスカートに体を擦り寄せた。猫はすでに高慢な雰囲気を失っており、疲れきった様子でとても細くなっていた。しかし、こちらを見上げる黄色の瞳はのうのうとした訳知り顔で、あまりにもコロールに似ているために耐えられなくなり、足で押しのけて力ずくでドアを閉めた。

雨は降り続いていた。絶え間なく、強く激しく、憂鬱な日々が過ぎていくように。午前中、私は自室にいた。ドアは安全のために鍵をかけ、椅子を窓の前に置いた。コロールがここへ戻ろうなどと考えることがないように。眠ろうとしたが、ほとんどの時間は天井を眺めたり、雨で汚れた窓を見つめていた。

午後には起きだして、冷たい水を疲れた目に浴びせ、制服に着替えて下に降りた。日中なのに暗く、大きな古い病院は今までにないほど陰鬱だった。建物じゅうの電気を点けてはいたが、潜んでいる影を追い払うことはできなかった。看護婦たちは期待どおりに自分の任務を遂行していたが、何人かで固まっていても、活発なおしゃべりや笑いが欠けているのは明らかだった。

北病棟の二階に上がる途中でハイェク医師を見かけた。新しい白のフランネルのズボンにコートを羽織っている。泥棒にも殺人者にもまったく見えない。朝の見回りの最中に産科病棟のドアのところでバルマン医師に会った。付き添い看護婦がすぐ横にいた。

日常の業務が通常どおり行われているのを見るのは、なんとも奇妙だった。恐ろしく非情な力に捉えられ、身動きできずにいるなんて、まるで嘘のようだ。だが、通常どおりというわけではないのだ。病院の真っ白な、何かが潜んでいるような壁は、どことなく不穏な空気を、また固唾を呑んで何かを待ちわびるような空気を発していた。

バルマン医師もそれに気付いていた。

「患者たちも、今日は動揺して落ち着かないようだよ」疲れた様子で彼は言った。私が立ち止まって、ソニーの様子を聞いたときだった。ソニーのギブスがどうしても気になっていた。医師は優しげな高い額を手でこすり、そっと顔の痣に触れた。痣はまだ赤く腫れていた。彼はため息をついた。

「天気のせいですね」私はそれとなく言った。そんなはずはないと思っていたが。

「そうだね。そうだ、天気のせいに違いないよ。こう長々とどんよりした天気が続けば神経にもよくないからね。雨が止む日を心待ちにしているよ」不安そうな瞳は、私を通り越して廊下の端の窓へと向けられた。

「すべてはいったいどこから始まったのか。誰もがそう思っています。私もです。患者は感じています——その——病院の雰囲気というか。看護婦たちは落ち着かず、神経質になっていて、ちょっとした物音で飛び上がり、どこか不安定で——息切れしたような空気が漂っています」

バルマン医師は頷いた。薄い眉の下で、とても疲れた悲しそうな目をしていた。

「君の言うことは理解できるよ。意識の底流には不安と驚愕があり、それが病につながる傾向があるからね」

「お加減がよろしくないようですね、ドクター・バルマン」私は言った。「痣の手当てをなさった方が」そして口には出さなかったが、肝臓の薬を飲んだ方がいいかもしれないと考えていた。

「時間がなくてね――」彼が話そうとすると、看護婦がそれを遮るようにスカートの音を立てながら詰め寄ってきて質問をはじめ、私は下へ降りていった。

廊下の棚に私宛の手紙があった。筆跡に見覚えはなかった。角張った、はっきりとした文字で、とても苦心して書かれたようだ。しかし、そのサインに目を奪われた。急いで文面に目を走らせ、もう一度注意深く読み、無意識に周りを見渡し、廊下の角の引っ込んだ所でもう一度読んだ。それは短く要点をついていた。

拝啓

自分が耳にしましたことをお教えするのが、わたしのぎむだと思っております。ミスター・ゲンシーについてでございます。わたしは、あの方を好ましく思っておりましたが、彼は不正直です。彼は、ミス・Cがラデウムをもっていると考えています。Cとは誰か言うつもりはありませんが。彼女は言いました。ゲンシーは、殺人についてや、それ以上のことを知っているはずだと。すると彼は言いました。もし、知っていれば、ラデウムを手にすると。それから、彼女はつかまる前に、ここから出ていくように言いました。彼は出ていくのはあんただと言い返しました。それから、台所のドアが閉まりました。どうか、よろしければ、あのグレーの瞳の男性にお話しください。

あのゲンシーは悪い男で、ポケットにリボルバーを入れています。

わたしは、ミス・Cの家を永遠にさることにしました。

敬具

ハルダー・ハンスインゲ

不正直（crooked）を殺される（crooked）と読んでしまい、一瞬、ゲインセイの死を知らせているのかと思ったが、それ以外はハルダーの驚くべき書簡は難なく理解できた。いかにも彼女らしい文章だ。彼女は正直な人間だ。疑っても何の得にもならないだろう。これをオリアリーに託すのが私の務めだ。彼を見つけることができたらすぐにでも渡すべきだったが、見つからず、沈んだ気持ちのまま昼食へと降りていった。

午後は、午前中と同じくらいゆっくりと時間が過ぎていった。オリアリーの姿を見ることはなく、コロールについても、ラジウムについても、少しも情報は得られなかった。ハルダーからのメモについて、すぐに知らせたくてうずうずしていた。オリアリーの自宅に電話をしてみたが、召使いすら出なかった。私が事務室にいたとき、誰かがハイエク医師に電話をかけてきた。ミス・ジョーンズが電話に出たが、私に彼を呼びにいってほしいと頼んできた。彼は南病棟にいるとのことだった。

「女性からよ」ウインクしながら彼女は言った。「名前も番号も言わないの」

ハイエク医師は十七号室にいて、包帯を替えていた。彼はピンセットを落とし、あまりにも急いでゴム手袋を取ったので、片方が手のひらで破けてしまった。

「ピンセットを拾って、消毒しておいてくれ」付き添いの看護婦にそう指示した。「すぐに戻るから」

彼は、私が非難めいた顔をしたのに気付いたのだろう。病室を出るときに何か呟いていた。大事な電話がかかってくることになっているとか、十七号室は自分が戻るまで大丈夫だろうとか。廊下では、十八号室のドアに椅子を傾けて警官がのんびりと座っていた。ハイェク医師は考え込むように彼を見たが、何も言わなかった。私に言わせると、それはひどくばかげた対応だった。監視のもと、ラジウムをそこから取り出し、保管場所に移す方がずっと懸命だと思った。しかし、オリアリーにはオリアリーのやり方がある。

なんとも奇妙だった。このハイェクという男が自由に病院を歩きまわり、看護婦たちが彼の指示に従い、彼の責務において病人たちを管理している。また一方で、彼は確実になんらかの形で、私たちに襲いかかった物騒で卑劣な惨事にも関わっているのだ。彼の白衣の後に続いて廊下を通り抜け、調べるつもりだった記録のことを思いだし、一緒に事務室へと入った。しかし、ファイリング・キャビネットの上に身を屈めているときにハイェクの簡素な会話が耳に入ってきて、作業はまったくはかどらなかった。会話は三つの言葉だけで、「そうだ」、「いや」、そして「わかった」が最後の言葉だった。それから受話器を戻し、急いで南病棟の十七号室へと戻っていった。話しているあいだ、彼の目は、ミス・ジョーンズに向けられていたが、何も知らないミス・ジョーンズは、医師の電話での会話をあえて聞くつもりもなさそうだった。

「一つだけわかったわ、ミス・キート」私が出ていこうとすると、彼女は言った。「電話の向こうの声は、どう考えてもミス・レゼニーよ」

それから約二十分後、ハイェク医師がさりげなく一階のドアから出て、ガレージに向かうのが見えた。夕食のベルが鳴ったときには、彼は事務室で禁じられている葉巻を吸い、これ以上ないほどくつろいで夕刊を読んでいた。

私は、ほとんどの時間、廊下をさまよっていた。とても落ち着かない気分で、何かに取り組むこともできずにいた。興味深いことは何も起こらず、午後を無駄に過ごしてしまった。夕食時は、気分もあまりすぐれなかった。

ふと、テーブルの端にいる看護婦たちの会話の断片が耳に入ってきた。

「……それで訊いてみたのよ。『あの男の人は、雨の中、ニワトコの茂みでいったい何をやっているのか』と。そうしたら、彼女は『十八号室を見張っているのよ』って」

「どうして十八号室を？」ミス・ファーガソンが目を見開いて尋ねた。

「あら、私に訊かないで！」最初の女の子が肩をすくめた。「でも、男の人が何人かいたわ。それに、南病棟には警官も一日じゅううろついているじゃない。あの人たちは警官じゃないわね。だって、制服を着てなかったもの。でも、一日じゅうずっと十八号室を監視しているのよ」

「理由は何だと思う？」緊張した、鋭い声が続いた。

「知らないわよ！」

「ああ、よかった。南病棟の担当じゃなくて」誰かがそう言うと、テーブルの上のすべての視線が素早くこちらに向けられた。

「とにかく、なんであろうと早く片付いてほしいわ」ミス・ファーガソンがきっぱりと訴えた。「神経質になっちゃって、触れるものなんでもすぐ落としてしまうの。いつも肩越しに振り返ってしまうから、首を曲げ過ぎてすっかりこっちゃった」

メルヴィナ・スミスが咳払いをしたので、私はすかさずテーブルを離れた。メルヴィナを目の敵にしているわけではないが、もし彼女がこの一週間南病棟にいたら、山ほどの恐怖体験を得ただろう。

闇が深まり、とてつもなく恐ろしいことが迫っているような雰囲気が辺りに漂い、さらに強まっていった。真夜中になる頃には私は競走馬のように興奮し、物音が聞こえるたびに心臓が喉から飛び出しそうで、手は震え、目覚まし時計を止めることも帽子を整えることもままならなかった。嵐は次第に激しくなり、十二時には突風、雷鳴、稲光が伴い、なんともおぞましい夜となった。古い建物は様々な襲来に震え、窓はカタカタと鳴り、カーテンはひるがえり、すべての場所がまるで生きているかのように激しく振動していた。

南病棟へ降りる際、私は気後れのようなものを感じて葛藤していた。少なくとも胃に穴が空いて、そこに石が入っているような感じがした。膝の後ろがガクガクして足取りも不安定だった。背後の階段から足音が聞こえたときには悲鳴をあげそうになった。しかし、それは当直に向かうメイダだった。私たちは一緒に、人けのない、きしむ廊下を歩いていった。

当直の時間までまだ二十分あったが、注文書にピンで留めたメモを見つけた。「ミス・キート」との宛名があった！　封印されていたが、広げた紙にはたった一行、インクが跳ね、慌てた文字が記されていた。

十八号室の赤い信号灯が光ったら、呼び出しに応じるように。

私は振り向き、廊下のずっと先の突き当たりにある閉ざされた謎に包まれたドアを見つめた。廊下は闇に覆われて見えない。ドアも見分けがつかない。しかし、遥か向こうの南口の窓ガラスに、この部屋の緑色のライトの灯りが反射していた。

『十八号室の赤い信号灯が光ったら、呼び出しに応じるように』

あの暗闇に閉ざされた部屋の中で、何が起きようとしているのか？　このメモは何を意味するのか？　するべき仕事がたくさんあったのは幸運だった。心に引っ掛かってはいるものの、この驚くべき任務に専念する時間がほとんどなかったからだ。実際は病棟の仕事には、ほとんどうわのそらで、自分の腕時計と南病棟の廊下の外れの暗がりを交互に眺めていたのだが。

十八号室の赤い信号灯が光ったら！

いつなのだろう――あの重厚なユーカリ材のドアを開けて、私は何を目にするのか？

赤い信号灯が光ったら……無限と思われる時間が経ち、さりげなく、できるだけ冷静に、そちらの方へゆっくりと歩いていった。謎めいたドアに近付くと、心臓が激しく鳴りだした。廊下の南口のところで立ち止まる。壁に掛かった温度計を注意深く調べるかのように。そして、鈍く光るユーカリ材のドアに向かって懸命に耳を傾けた。物音ひとつ聞こえない。その辺をしばらくうろうろしていたが、何も聞こえなかった。

戻る途中、オルマ・フリンに呼び止められた。

「十一号室ですが、薬を飲もうとしないのです、ミス・キート。どうしたらいいでしょう？」

私は、何か曖昧に答えたに違いない。実際はほとんど彼女の質問を聞いていなかった。いずれにしても、彼女は奇妙な顔で私の方を振り返り、南の廊下に向けられた私の視線を追い、何もないとわかると再びこちらに顔を向けた。

彼女の目は見開かれたままで、口も開いたままだ。

「何ですか――何とおっしゃったんですか、ミス・キート？」

「朝になったら、様子を見てみるわ」何も考えずに答えた。彼女は恐怖におののきながら私を見つめて戻っていった。のちに、彼女が薬剤室で看護学生とひそひそ話してしているのを目にした。二人とも不審な顔で私を眺めていた。

時間がのろのろと過ぎた。私はカルテ机に向かって仕事に取りかかり、椅子の向きを変え、からっぽの暗くて長い廊下に顔を向けていた。闇の中にある十八号室が見えるように。

メイダはときおり机のそばに来て、遂には足を止めて不思議そうにじっと私を観察した。

「いったいどうしたっていうの、サラ?」彼女は訊いた。

「別に」もう幾度も見たであろう腕時計にまた目をやりながら答えた。午前二時十五分。

彼女はしばらく奇妙な表情で私を見つめていた。

「なんて夜かしら! 風も雨もひどく神経に障るわ」メイダはピンで留めていた体温計を外し、蓋を取って目の前に掲げた。「ちょうど雷が轟いたときに熱を測っていて、驚いて体温計を落としてしまったの。たぶん」彼女は黙って目を細め、注意深く小さなガラス管を見つめた――「たぶん、こわれてないと思うけれど。ああ、お願いだから、サラ!」不意に彼女は苛立ちを押さえきれず言葉を切った。「廊下ばかり見るのはやめてちょうだい。すごく気になるのよ。何を見ているの? いったい何を――」

言葉の続きは聞いていなかった。私は不意に立ち上がり、薄暗がりの方に目を凝らした。自分の目が間違っていないと確かめるために。

間違いじゃない!

十八号室のドアの上には小さな赤い信号灯が光っていた。

第十七章　オリアリー、語る

次に思いだすのは、十八号室のドアの前に立っていたことだ。指をドアノブにかけ、息を切らし、心臓は文字どおり喉から飛び出しそうだった。

このドアを開けたら、いったい何が明らかになるのか？

長く震える息を吐いて、ドアを押し開け、数歩前へ出た。

濃い闇が目の前を覆い、その向こうに何か擦るような気配、重い息遣い、肉体と肉体がぶつかりあうような衝撃、そして二つの体がもがきあっているなんとも形容しがたい音が聞こえた。本能的に部屋の中に足を踏み入れ、背後のドアを閉めて壁の電気のスイッチを探った。

そしてその瞬間、稲光に部屋は包まれ、二人の男がよろめきながら組みあっている光景が浮かび、オリアリーのかすれた囁き声がした。

「電気は——点けないで——くれ！　点けないで——」最後の言葉が途切れた。

私はその場に凍り付いたように立ちすくんでいた。何かをしなければと思いながら、何もできずに。

それから不意に誰かが息を切らして言った。

「オリアリー！」

「わかった」

「ちくしょう」

男たちは倒れたようだった。

「よし、もういいぞ！　ほらよ！」その言葉は小さく喘ぐような声で、聞き覚えがなかった。

それから、見えたというよりは気配を感じた。かすかな二つの人影が、静かにベッド脇の窓の方へ歩いていくのを。一瞬、外の激しく叩きつける雨の向こうに目を凝らし、再び慎重な足取りで後ろに下がった。

「隅の方へ！　そこだ、スクリーンの後ろに！　ミス・キート？」

「はい」

「こっちへ急いで！」

ベッドの足元を通り過ぎるときに少しよろめいたが、暗闇の中に伸びている私を導く手に気付き、瞬く間に部屋の隅のもっとも暗い場所に、黄麻布（バーラップ）のスクリーンの後ろに押し込まれた。

「静かにしろ！」オリアリーが厳しい声で警告した。

私のそばで荒い息をしているもう一人の男がいた。たじろいで後ろに下がったとき、何か冷たいものに触れた。恐る恐る指で触ってみて、ぞっとして手を引っ込めた。それは四角くて固く、横の男のコートの中に押し込まれていた。オリアリーの手に渡るはずのものだ。

私は、その箱から一インチも離れていないところに立っていた。私が不意に動きだしたためか、オリアリーが再び鋭い声で囁いた。「静かに！」

私たち三人は、まるで石のように、黄麻布のスクリーンの後ろに立っていた。物音一つ聞こえなかった。目が暗闇に慣れてくると、スクリーンの隙間からベッドの横の窓がかすかに見えた。私は隙間からじっと目を凝らした。

一度、横にいる男がほんのわずか身じろぎし、不意に静かになった。あの恐ろしいリボルバーが、男のあばらに突きつけられているのがはっきりとわかった。

私の肺が今にも破裂しそうになっているとき、影が見えた。窓のところに、周りの影よりももっと濃く。瞬きをして少し寄って目を凝らした。そうだ、間違いない。静かに驚くほど音を立てず、それは窓の外から部屋の中に忍び込んできた。一瞬動きを止め、あまりにも静かだったために人間のようには思えなかった。それは部屋に滑り込み、私の視界からは見えなくなった。

そのとき、オリアリーがいなくなっているのに気が付いた。と同時にベッドのスプリングがきしむ音とオリアリーの声が聞こえてきた。凶暴なリボルバーのように冷たく固い声だった。

「そこに立ってろ！　手を上げろ！　電気を点けてくれ、ミス・キート。手を上げろ！　逃げられないぞ！」

電気を点ける！

部屋を横切って？　いや、ベッドの上に明かりがあるはず！　コードはどこ？　ああ！　指がコードをつかんだ。発作的に引っ張ると、光が部屋を満たした。

こもった叫び声がクロゼットの方から聞こえてきた。すぐそこに立っている男は、手を頭上に上げている。オリアリーは高くて狭いベッドの上に立ち、リボルバーを構えている。スクリーンの後ろにいる男はまだ動かずにいる。

「よし。オブライエン」オリアリーが頭を動かさず、静かな声で言った。

「わかった」声が窓に反響した。窓のところにオブライエンの頭があった。窓にもう一つのリボルバーが光っていた。それからもう一人、屈強な警官がオブライエンの横からあらわれた。

私の頭はすっきりとし、突然の光に瞬きしていたのがおさまった。

クロゼットの前にいたのはフレッド・ハイェク医師だった。彼の顔はパテ色(淡褐灰)をしていた。怯えた動物のように小さな瞳が光っている。レインコートからは滴が落ち、床に小さな水たまりをつくっていた。

「そいつを頼んだぞ、オブライエン」威勢よくオリアリーが言った。

「わかった!」

オリアリーは軽々とベッドから飛び上がり、スクリーンの方へ歩いていき、それを後ろへ退けた。

ジム・ゲインセイがそこに立っていた。帽子を目深に被り、歯を食いしばって。片手をコートのポケットに入れ、もう一方の手で小さな四角い箱をつかんでいた。その箱を見て私は喘ぎ声を出し、指さした。

「それは――ラジウムだわ!」

「あなたでしたか?」オリアリーは奇妙な声で言った。

ハイェクが不意に動きだした。オリアリーが振り返る。

「動くな!」彼の声が鞭のように響いた。ハイェクは窓のそばの男たちを怒りの表情で見つめ、動きを止めた。

オリアリーは再び振り返り、部屋の中央まで歩いていき、立ち止まった。男たちの顔を順に見つめながら目には奇妙な表情をたたえていた。

「さて」彼は言った。「これで二人とも捕まえた」

ゲインセイが話そうとしたが、口を閉ざした。リボルバーの先端が休みなく動いていたからだ。

「手を降ろしたければ降ろしてください、ハイェク」余裕たっぷりにオリアリーが告げた。「いや――ちょっと待ってください」

ハイェクのもとへ向かい、素早くそのポケットを探った。小さな目に宿っている怒りをものともせずに小さなリボルバーを抜き出し、ベッドの上に放って微笑んだ。

「さあ、どうぞ、ドクター」礼儀正しく言った。「もう手を降ろしてもよろしいですよ」

窓のところでちょっとした動きがあった。

「ここに誰かいます、ミスター・オリアリー」誰かが言った。

「この男が植え込みにいました。誰も逃がさないようにとおっしゃっていましたので」

オリアリーは、窓の向こうにいる数人を見つめると、瞳を輝かせた。

「おお、あなたでしたか、ドクター・バルマン。ちょうどいい時にいらっしゃいましたね。獲物は捕まったようです。窓から入ってこられますか、ドクター?」

それはまぎれもなくバルマン医師だった。肩から水が滴り、警官に支えられて窓を這い上がってくると、その姿が明かりに照らされた。

部屋の中に入ると、バルマン医師はゆっくりと周りに目を向けた。

「これはいったいどういうことなんですか? 何がわかったのですか、オリアリー?」当惑した顔で、ゲインセイの手に握られた箱を見つめた。彼はハッとした。「どうして――どうしてラジウムが?」

「どうしてか興味がおありでしょうね、ドクター・バルマン。我々は殺人犯と泥棒を捕まえました」

「なんだって!」バルマン医師は声を張り上げた。ゆっくりと部屋中を見渡し、次に叫んだときには声が少しかすれていた。

「まさか――まさか、フレッド・ハイェクが？」

鋭く勝ち誇ったようなオリアリーの瞳が少し和んだ。

「待ってください」彼は言った。「部屋の中にもう一人います」

ポケットから鍵を取り出し、さっそうとした足取りで、もう一つのクロゼットに向かった。鍵をあけ扉を開いた。私は一歩前へ進み出て無意識に声をあげた。瞬時にずぶ濡れになった紫の帽子が目に入った。そして、狭い空間に押し込められた女性の縮こまった姿。コロールだった！

私たちがじっと見つめると、一瞬ぎらぎらとした目で睨み返してきた。それから彼女は、締め付けられていた体をほぐしながらゆっくりと立ち上がった。憎しみで細めた目がオリアリーに向けられた。

「何時間もここに入ってたのよ」奇妙な声だった。しわがれて張りつめた怒りの声。血行を良くするために足を踏み鳴らし、腕をゆっくりと動かした。そして頭から帽子を取り、ばかにしたようにその辺に放り投げ、茶色い手で乱れた黄色い髪を撫でた。「あなたは、きっとこの報いを受けるわ。まったく、人をクロゼットに押し込んで鍵をかけたまま放っておくなんて！」彼女は、まるで虎のようにオリアリーに詰め寄った。挑発的な爪が光っていた。

「まあ、少し落ち着くんだ、お嬢さん」窓からそっと入ってきたオブライエンがあいだに入った。コロールは悪意のある視線を一瞬オブライエンに移した。それから、ゆっくりと部屋の中に視線を巡らした。

「あら、あなたもここにいたのね？」彼女が私に言った。「それからドクター・バルマン、ジムも。たいしたファミリー・パーティーだわ」

「そのとおり」オリアリーは速やかに同意した。「なかなかのファミリー・パーティーです。実際は、この輪を完成させるのにもう一人必要ですが。ミス・キート、ミス・デイを招集していただけますか？」

その名前を聞いて、私の心臓がまた跳ね上がった。ジム・ゲインセイが何か呟いたが、すぐに静かになった。ドアを開けて急いで廊下に出た。メイダを呼びにいくまでもなかった。彼女はそこにいた。ドアの向こうに立っていた。ドアの上にはまだ不吉な赤い信号灯が光っていた。彼女は真っ白い顔をしており、中に入るように手招きをしても何も言わなかった。

私たちが入ると、オリアリーは活発に動きだした。座れる場所を探してそれぞれに指示した。

「座ってください、ミス・デイ――ミス・キート。ドクター・バルマンはベッドの上に。少しでも落ち着いた方がよいでしょう。みなさんにお話しすべきことがありますから」

おそらく私は、ジム・ゲインセイの手に握られた貴重な箱を不安な面持ちで見つめていたのだろう。すべてを引き起こした、その原因となる箱を。オリアリーは少し顔をゆがめて笑った。

「心配しなくても大丈夫です、ミス・キート。ラジウムはその箱に入っていませんから。先ほどラジウムは取り出し、安全な場所へ移しました。そこにある箱はただのおとりです」

悪態をつきながらジム・ゲインセイは箱を放り出し、腕を組んだ。彼の瞳はメイダを追っていたが、彼女がそれに応えることはなかった。

「さて、ドクター・ハイェク」オリアリーが言った。「最悪な結果になりましたね。あなたについては考え直しました」

ハイェク医師の唇が、歯を剝き出すようにめくれ上がったが、何も言わなかった。コロールが不意に動き、オリアリーの注意がそちらに向いた。

「ドクター・ハイエクがやったという確信があるのですか？　ぜひ聞かせてください、オリアリー」

バルマン医師の疲れきった声には権威の響きが明らかに感じられた。

「自分のやり方で進めさせていただきます」オリアリーは申し訳なさそうにバルマン医師を見て、請けあった。「まずは迷信について。あなたは気に病んでいたようですが、ミス・キート。それが再び現実となりました」彼は劇的に言葉を止めた。部屋のどこからか、不安なため息が聞こえてきた。

「ジャクソン氏を殺した犯人は、すぐ近くにいたのです。傷口から血が流れ出るのを見たときに。しかし、彼は――クロゼットの中でした」彼はそこを指さした。沈黙が問いを呑み込み、誰も口を開こうとはしなかった。

「そうです」オリアリーは無言の問いに答えた。「レゼニー医師だったのです」

「ドクター・レゼニーだって！」ジム・ゲインセイが叫んだ。

「そんな――ドクター・レゼニーがまさか」バルマンの声は苦しそうだった。

「ドクター・レゼニーだったのです」オリアリーは静かな声で繰り返した。

「知ってたわ！」コロールが叫んだ。「知ってたわよ！」

誰も彼女を見なかった。私たちの目はオリアリーに注がれていた。

「どうしてわかったのですか？」遂に私は訊いた。

オリアリーはためらうように部屋を見回し、それから肩をすくめた。

「どこででも起こり得たことです」彼は言った。「レゼニーだと、どうしてわかったのか？　どうしてヒギンスは騒ぎ立てなかったのか？　なぜなら、彼は院長がこの部屋にいたのを見ていたからです。

なぜラジウムを探す必要があったのか？　なぜなら、それを隠した男が死んでしまったからです。あくどい仕事に手を染めたドクター・レゼニーは、捕まるのを恐れてスピーカーの中にそれを隠しました。誰も見ていないと思ったのです。ヒギンスだけは、それがどこにあるか知っていた。ヒギンスは自分が目にしたものに怯え、口にするのを恐れていました。なぜなら彼は知っていたからです。誰かが――誰かがレゼニーと出くわし、彼を殺したと。ヒギンスは同じ運命をたどることから逃れようとしていた。それから――ラジウムを欲しがっていた人間は他にもいて、捜索が始まった。そして遂に、それは見つかった」彼の澄んだグレーの瞳がコロールからハイェクへと移った。

「とにかく、ちょうどレゼニー医師が部屋から出ようとしたときに別の男と出くわし、男はラジウムを自分のものにしようとした。それから――何が起こったか正確にはわかりませんが、二人は揉みあいになり、そしてレゼニー医師は頭を強打し、それが原因で死に至った――原因はこれです」――彼は部屋を横切り、大きな四角い角のある洗面台を示した。「間違いありません」オリアリーが続けた。「というのも、誰も手を触れないうちにこの部屋を調べたからです。もう一人の男は、おそらく怯えたのでしょう。自分が殺人の罪を科せられるという絶体絶命の危険にさらされていると知って。レゼニー医師の遺体を引きずってクロゼットに入れ、鍵をかけ、その鍵を処分し、遺体が見つかるのをできるだけ引き延ばそうとした。こうして証拠を隠滅しようとした。しかし、そこで初めて、ラジウムがないことに気が付いた。レゼニー医師がどこかに隠したのは間違いない。そのときはあえて探そうとはしなかった。戻ってくるつもりだった。彼は来た道を引き返した。つまり、そこの窓から。そして――病院内の自分の部屋にも窓から入り、ドアを叩くミス・キートの呼び出しに応じることができた」

彼の目はハイェクを捉えた。ハイェクの顔はひどく青ざめていた。

オリアリーは、ハイェクの口から出かかった言葉を未然に制した。

「まだけっこうです」厳しい声で言った。「あなたが話す時間はたっぷりあります――のちほど」

「それでは――それでは、ジャクソン氏を殺したのはレゼニー医師だと確信なさっているのですね？」いぶかしげにバルマン医師が問いかけた。

「確信しています」オリアリーが答えた。「さらなる証拠として、ミス・レゼニーのリボルバーには、レゼニー医師の指紋が付いていました。なぜ病院にリボルバーを持ってくる必要があったのか？もし彼が平穏な任務に就いているのならば？　彼はラジウムを必要としていた。金が必要だった――研究のための金が欲しいのはもっともなことだと思います」オリアリーの口調には、わずかに哀れみが感じられた。「そのときの状況はどうだったのか。レゼニー医師は瞬時に決断したと思われます。自分で使用するためにラジウムを確保しようと。彼は病院にやって来た――自分が、まもなく命を奪おうとしている患者を診察したときに、どういう心理状態だったのかは不明です。おそらく故意に殺すつもりはなかった――患者を診た後、病院を出たと推察されます。病院の外で、偶然ミス・デイと出くわした。そしてしばらく彼女を引き留めた――彼女が病院に戻ろうとすると、袖をつかみ、そのときにカフスボタンが取れてしまった。そうですね、ミス・デイ？」

何も言わず、メイダは頷いた。彼女の深いブルーの瞳は感謝の色をたたえ、若き刑事を見つめた。

「それから、ラジウムを盗みだす、にわかに構築した計画を実行しようと決意してチャンスを見計らった。ミス・デイが調理室で仕事に取り掛かっているあいだ、そしてミス・キートが十五分ほど病室に引き止められているあいだに――十一号室でしたか？」

「十一号室です」と私は答えた。

「――彼は廊下をそっと進み、薬剤室に入り、モルヒネの錠剤と注射器を取り出し、誰にも見られないように急いで十八号室に戻った。ジャクソン氏は、もちろん何が起こるか知る由もなかった。レゼニー医師は危険を冒してはいなかった。なぜなら第一に、ジャクソン氏は医師が入ってきても驚かないでしょうし、注射を拒否する理由もない。さらに、睡眠薬による眠りから覚めて、頭がぼんやりと混乱していて、その影響で何かを証言することは不可能だった。レゼニー医師には、決して致命的になるような投薬の意図はなかったと信じています。ただ、ラジウムがなくなったことを気付かせない程度の投薬を行うつもりだった。しかし、知らず知らず高揚していたレゼニー医師は、薬の量を間違えたか、患者の抵抗力が弱まっていたのか、結果的にあのようなことになってしまった。医師は、開いた窓から注射器を投げ捨て、のちにそれが発見された。若干の食い違いはあるかもしれませんが、だいたい、こういうことだったと私は信じています。確かなことなど何一つありません――関係者が亡くなってしまった以上」

静粛が辺りを支配した。それからコロールが話しだした。

「そう、ルイスだったのよ」邪悪な満足感が口調にあらわれていた。「知ってたわ。最初からずっと、見ていたのよ――」彼女は言いかけて、口を閉ざした。

オリアリーが咄嗟に顔を向けた。

「ちょっと待ってください」冷たい声だった。「まだ、あなたの潔白が証明されたわけではありません。ヒギンスの死について、それからラジウムが盗まれたことについて、説明がまだです」

「ヒギンスの死については、あたしは何も知らないわ」コロールが声を張りあげた。

「続けてください、ミスター・オリアリー」バルマン医師が促した。明かりの下で、彼の顔はやつれ年老いて見えた。

「その夜から、ラジウムを見つけて手に入れようと、それぞれの奮闘が始まりました。レゼニー医師がこの件に関与していることを知っている面々は、十八号室にまだラジウムがあると考えたのでしょう。ハイェクはそれを見つけ出そうとしました。いつでも出入りできるようにと、南口の鍵まで盗んで」

再びハイェクが言葉にならない呟きを発したが、オリアリーが制した。

「彼がラジウムの捜索に手こずっているのに我慢できず、ミス・レゼニーは自ら――いや――ハイェクと共謀して、この件に関与することとなった。この部屋で何が起きたかを知っていたため、生まれつき迷信深い彼女は、極度に怯えながらも、真夜中に十八号室に足を踏み入れた。そしてベッドの上に横たわる患者を見つけた。ラジウムは結局見つからなかった」

「そのことについては、あなたの言うとおりだわ」厚かましくも彼女は口を挟んだ。「でも、間違ってることがある――」

「あの夜、ハイェクは死に物狂いになっていた。どうしてもラジウムを手に入れたかった。そして、コロール――つまり、ミス・レゼニー――が、度重なる彼の失敗を非難した。六月七日の夜、雷で停電になったときのことを彼は思いだし、その状況が助けになると思い立って再現してみることにした。十八号室の捜索を続けられるように。地下へ行き、電気のメインスイッチを切り、一階の出口へ向かった、病院をぐるりと回り、開いていた南口から中に入った。窓はボルトで固定されていたからだ。電気のスイッチを切ってから一分半ほどで十八号室に入った。よく考えた末か、それとも考えられる隠し場所はすべて探した後だったのか、彼はすぐにスピーカーに向かった。七日の夜、奇妙なことにスピーカーは元の場所に戻っていた。しかし、地下でヒギンスが彼を見かけ、跡をつけていた。十八号室で彼ら二人は出くわした。先ほど言ったように、ハイエクはようやくラジウムを見つけた。そして、誰かが見ていることに気付き、暗闇に向かってやみくもに銃を放った。そして一瞬のうちにヒギンスの命を奪った。きっとヒギンスが何か言ったのでしょう。ハイエクが何をしようとしているか知っているとか、スピーカーから何か盗ったとか。正確にはわかりませんが、ヒギンスは勇気を振り絞って跡をつけ、暴露すると脅したか何かしたはずです。ハイエクは、単なる衝動にまかせたその結果に驚愕した。もし、帰る途中でラジウムを持ったまま捕まったら、自分に不利になる。どう言い逃れしようとも。行動する時間はわずか数秒しかない。レゼニー医師の例に従い、すぐ手の届く場所にラジウムを隠した——植木鉢に。土をかき出して箱を隙間に埋め、その土をポケットに入れ、南病棟を回って急いで地下のドアから入り自室に向かった——そして、我々は彼をそこで見つけた。彼はどうにか気付かれる前に部屋に戻っていた」

「私はやってない！　あんたは嘘を言ってる！　やってないんだ！」ハイエクは叫んだ。怒りで顔が紅潮し、ギラギラと光る眼で私たち一人一人を睨みつけていた。「本当だ、私はやっていない！」

オリアリーが合図をすると、オブライエンがハイエクの傍らに歩み寄った。手にしていたリボルバーをハイエクの脇腹に突きつけながら。

「でも——でも、窓の敷居の泥は」私は当惑しながら口を開いた。「もし彼が一階のドアから地下に入り、そこから来たのなら——」

オリアリーが遮った。

「ミス・デイが、たまたまロベリアの植木鉢の中にラジウムを見つけました。鉢は廊下に置かれていました。十八号室が隈なく捜査されると考えたハイェクが急いで隠した場所です。ミス・キートはそのあいだ——まあ、それは詳しく話す必要はないでしょう。とにかく、それはその後私の手元に渡りました。ハイェクが私を殴り倒して、ラジウムを奪うまでのほんの束の間ですが。彼は事務室でミス・キートが打ち明けたのを聞いていたのでしょう。そして、それが私の手に渡るのを待っていた——」

「それは認める」ハイェクが声をあげた。「しかし、他のことは——」

「おい、黙るんだ！」オブライエンがリボルバーで脅すような素振りをすると、ハイェクは口を閉ざした。

「しかし」バルマン医師が自信なさそうに話しだした。「ハイェク医師だったとは、まったく夢にも思わなかった。なぜ彼は、私たちがあなたを階段で見つけたときにあそこにいたのでしょうか？ 彼も私と同じくらい驚いていましたが」バルマン医師は震える手でハンカチを取り、額を拭った。「恐ろしいことです、オリアリー。本当に」彼は動揺していた。「わかっていますか？ あなたはセント・アン病院で起きた、言うに耐えない犯罪について一人の医者を告発しているのですよ？ あなたは、それで——」

「真実は真実です」オリアリーのグレーの瞳は奇妙な冷たい色をたたえていた。「もしも、セント・アンの医者が罪を犯したのなら、他の人間と同じように有罪であるのは当然です」

「まあ、それはそうだが。私もそう思うよ」バルマン医師はしぶしぶ同意した。「しかし、それにしても——おそろしい話だ」彼は、誰もがわかるように身震いした。

私はようやく声を出した。

「それで、こういったことすべてにおいて、ゲインセイはどんな役割を果たしたと？」

オリアリーは、答える前に意外な顔をしてこちらを見つめた。そしてゲインセイの方に向き直った。

「ゲインセイは」ゆっくりと話しだした。「ときに、自分の仕事そっちのけで、由々しき問題に首を突っ込みたがる若者のようですね。彼は手の付けられないほどの詮索好きで、自分の力でこの謎を解こうと本気で思っていたようです」彼の澄みきったグレーの瞳の奥に、一瞬陽気な光が灯った。

ジムは体を真っ直ぐに起こし、無造作にポケットを探ってパイプを取り出した。火をつけずに手にしていると、窓際の警官がものすごい形相で彼を睨んだ。

ジムはため息をついた。

「僕は、確かに愚か者ですよ」投げやりに認めた。「でも、僕に言わせりゃ、あなたは何一つ手掛かりを得ていないようだった。僕が首を突っ込まないわけにはいかなかった。最初にすべきはラジウムを見つけることだと思った」

コロールの細めた瞳が緑色の炎を放った。

「もう少しで手に入るところだったのにね」意地悪く彼女は言った。「でも、あたしはあんたからうまく逃げたわ」

「どこへ隠したのですか？　ハイェクが私から奪い、あなたに渡したあと」オリアリーが穏やかな声で尋ねた。

彼女は不機嫌な顔をしていたが、おそらく一瞬でも舞台の中央に立てることが嬉しくて答えはじめた。

「外の木の下に埋めたのよ」トパーズが輝く、長く茶色い手を果樹園の方へ向けた。「昨日はずっとそこに埋めたままよ――もう一昨日のことだけど」彼女は窓を見つめた。そこにはうっすらと灰色の光が輝きはじめていた。「それからあの夜、あたしがあんたから逃げて」彼女はオブライエンを見た――「それから、あんたからも」――今度はジムの方を――「それを取り出して、宝石箱に入れてここに持ってきたの。この部屋なら安全だと思った。それにサラはひどく興奮して」――私の方に悪意ある視線を投げかけた――「全然気付かなかったわ。私がここに宝石箱を置いていったことには。情け深いことに彼女は自分の部屋に連れていってくれた。そして、あたしを閉じ込めたのよ！　どうやってあれを見つけたの？」

オリアリーは答えなかった。

「ミス・レゼニーが、今夜十一時頃にラジウムを取りに戻ってきたとき、私が――ええ――彼女を拘束したんです」オリアリーはコロールが出てきたクロゼットの方をちらりと見た。

「あなたがラジウムを手に入れた、と自ら認めたのは大変興味深いことですね」

「だから、どうだって言うの？」コロールは横柄に言い返した。「それに、ハイェクに関するあなたの話は間違ってる。あたしは知ってる。彼はヒギンスを撃ってないし、ルイスも殺していない。なぜなら、そのとき、あたしと一緒にいたんだから――」

「あなたの言うとおりでしょう、ミス・レゼニー。というより、ミセス・ハイェクですね」

コロールはギョッとしていた。茶色い手が後ろの壁をつかんだ。

「どうして、そのことを？」

オブライエンが気まずそうに咳払いをし、その音でコロールは彼の方へ顔を向けた。

「今日の午後、私たちをつけてきたのね」執念深い声だった。

「彼らは、今日の午後、結婚しました」オリアリーが言った。「我々の一人が耳にした会話によると」

――今度は私が気まずくなる番だった――「おそらく、花嫁はちょっと渋っていたと考えられる理由がありますが。しかし、彼らは実際に郡庁舎で結婚したのです――オブライエンがすぐそばにいました。ミセス・ハイェク、この状況において、あなたのせっかくの偽誓は何の役にも立たないでしょう。あなたの夫の容疑は晴れていないのですから」

奇妙な沈黙が続いた。激しかった雨が少し弱まり、雷の轟が遠ざかっていくのが聞こえた。

私は頭の中で、オリアリーの説明を何度も繰り返していた。すべてが明らかになっていないような気がした。ある件について尋ねようとしたところ、オリアリーが再び口を開いた。

「これで、すべて明らかになりましたか、ドクター・バルマン？」彼は恭しく問いかけた。

バルマン医師は躊躇していた。

「わかりません」当惑し、不安げな様子だった。「本当にわからないのです。これは」――彼は言葉を切り、手を目の位置まで上げて頰の痣をこすった。まるで痒いかのように――「これは恐ろしいほどの責務です。ミスター・オリアリー」

オリアリーは頷いた。

「しかし、あなたはセント・アン病院の院長です。そして、この事件が起訴中という状況にあるわけですから、セント・アンの施設の長として――我々の調査結果に満足していただけるものと思いたい」

「そのようなことは――そのようなことは考えられません」バルマン医師は言った。

オリアリーは明らかにイライラしている様子だったが、忍耐強く続けた。

「私が何か見過ごしていることがありますか、ドクター・バルマン？」

「いいえ。いいえ、そうは思いません」バルマン医師は自信なさそうに答えた。

「おそらく、すべてを明らかにしていなかったのかも知れません」オリアリーはさらに辛抱強く続けた。「もう一度、最初から検討してみましょう、ドクター・バルマン。それぞれの断片を理論的な順序に並べてみましょう。あなたにとってすべて明白になるよう、確証が必要でしょうから」

「いや、けっこうだ！　そんな必要はない」

「必要です」オリアリーは執拗に主張した。「あなたはセント・アンの院長ですから。私の力で与え得る情報の断片をすべて頭に入れておくべきです」

「いや、いいんだ！」バルマンは言った。「私にとってはとても苦痛なんだ。とにかく理解したと思う。レゼニー医師がラジウムを隠した後に、ハイェク医師が十八号室に入った。そうでしたな？」

オリアリーは頷いた。意義を申し立てる抑制された唸り声が、ハイェク医師の口からすぐに漏れた。

「二人の男は揉みあい、それによってレゼニー医師は命を落とした」

再びオリアリーが頷いた。

「ええ、充分納得できたと思います。それでも、そんなことがあり得るとは信じられません」バルマン医師は疑わしげにハイェク医師を見た。

「あり得ません」ランス・オリアリーがゆっくりと言葉にした。「ミス・キートが何も知らなかったとは、まったく奇妙に思えます」

「きっと彼女は何か聞いていたと思いますよ」バルマン医師は言った。苦しげな表情がこちらに向けられた。私は身振りで同意を示した。

「そうですね」オリアリーが言った。「あなたは覚えていないようですが、彼女は廊下の端に行って――」彼の言葉は途切れ、宙に浮いたままだった。話しながら彼はかすかに手を動かした。手の甲が汗で光っているのを見て、私はひそかに驚いた。その夜はとても涼しかったのに。彼の表情は、いつもどおり落ち着いていて穏やかだった。

「おお、そうです」バルマン医師が言った。「思いだしました。彼女がこういった騒ぎを見たり、聞いたりしていないのは奇妙なことです。彼女は十八号室のドアを開け、そこにしばらく立っていたわけですから」

不気味なほど部屋は静まり返っていた。誰も息をしていないかのように。

それから、ランス・オリアリーの声が沈黙を破った。それは張りつめた妙な声で、少し震えていた。「そのことを知っているのは犯人だけです！」彼は鋭くオブライエンを見た。「急げ！」最後の言葉は鋭い鞭のひと振りのようだった。

そのとき何が起こったのか、私にはよくわからない。コロールは悲鳴をあげてハイェク医師の上に身を投げ出した。別の場所でも揉みあっているようだった。素早い動きで、それぞれの姿がかすんで見え――悲鳴があがり――いつのまにか私はメイダにしがみつき――ジム・ゲインセイの大きな体が目の前を素早く通り過ぎた。

それから、オリアリーの緊張した声がこの場を支配した。

「よし、オブライエン！」鋭い声だった。

それから、部屋の中がくっきりと形を成した。それぞれのものが、元の様相を取り戻したようだった。

私はその光景を眺め、目をこすり、また見つめた。
それから、膝の力が抜けて悲鳴をあげた気がする。
手錠が、バルマン医師の腕の上で冷たく光っていた。

第十八章　オリアリー、事件を振り返る

十八号室で事件がはじまり、そして、そこで終焉を迎えたのはふさわしいことだった。

警察がバルマン医師を連れていったのは、ぼんやりと、混沌とした記憶として覚えている。コロールとフレッド・ハイェクが護衛付きで出ていったのも。私は呆然と十八号室に座ったままで、オリアリーが戻るまでメイダがそばにいて手を握ってくれた。ジムもオリアリーについて出ていった。

ジムが戻ってきて、雨で濡れたコートのまま白いベッドに座り、泥だらけの靴と濡れたコートがベッドカバーに染みを付けたのに気付いたときに、ようやく現実味が戻ってきた。

すでに夜が明けようとしていた。夜明けの灰色の光が窓に当たり、電灯の色が薄まり、次第に弱々しくなっていった。色褪せた弱い日差しが部屋に差し込みはじめたのを見て驚いたのをなんとなく覚えている。一週間雨が降り続いた後の太陽！

オリアリーが部屋に入ってきてドアを閉めた。ラジエイターの方へ歩いていき、疲れた様子で腰かけた。彼は憔悴して疲れきっていた。私が期待したような喜びの欠片も見られないくらいに。

「それでは」私の声はほんの少し震えていた。「それでは――うまくいったのですね」

「はい、犯人を捕まえました」

「あまり喜んではいないようですね」

「ええ、そうですね」ランス・オリアリーはあっさり認めた。「つまり、誤解しないでください――自分の務めを果たしたことは嬉しいです。しかし、彼のことを考えると――聡明な科学者で、学位もあり、有能な外科医でもある男が――間違った道に進んだ。バルマン医師は実際、自分の人生を――もちろん誤ったやり方ですが――科学のために捧げた。彼はラジウムを手に入れたかった。それがもたらす金が欲しかった。他の見方をすると、彼は何よりも境遇の犠牲者だった。悲しいことです――まったく」

「バルマン医師は悪に手を染めてしまった」私は呟いた。自分たちが過去形で話しているのは奇妙だった。

「ええ」オリアリーは同意した。「しかし、レゼニー医師も同等の罪を犯した。おかしなものです。男は自分の人生を女性や――または職業に捧げる。ええ」彼は肩をすくめて言葉を切った。「哲学を説いても無駄ですね。私が気落ちしているのは気にしないでください。もし失敗していたら、もっと気落ちしていたはずですから」

「バルマン医師が話すまで、あなたのやっていることがよくわかりませんでした。『彼女がドアを開けたとき』という言葉でぴんときたんです。最初の審問のときのあなたの要求を思いだしたからです」

「それは、何だったのですか?」ジムが訊いた。

「ミス・キートにお願いしたんです。事実を告げないようにと。ドアが閉まるような音を聞いて廊下に出たとき、実際には――」

「違うんです!」私は震える声で遮った。

「――実際は違っていたんです。彼女は十八号室のドアを開け、しばしそこに立って耳を澄ましていた」

「なぜですか？　何か聞こえたのですか？　それとも、何か見たとか？」

「いいえ。でも、犯人はまだ十八号室の中にいたと私は推測しています。衝撃音の後、すぐのことです――レゼニー医師を殺したときの音です――犯人はレゼニー医師の体を引きずってクロゼットに押し込み鍵をかけた。ミス・キートが十八号室に来る前に逃げだすことは不可能だとわかっていた。したがって、犯人だけが彼女がどう行動したか知っていると思ったのです」

「先を読んで計画を立てていたんですか？　彼にそれを認めさせるよう仕向けることができると確信していたのですか？」心底驚いて、ジムが訊いた。

オリアリーは悲しそうに微笑んで頭を振った。

「いいえ、私は普通の人間に過ぎません。でも、常に賭けに出る用意はあります。どんな些細な証拠でも可能な限り胸に閉まっておくのです。ちょっとしたことですが、確実な方法でもあります」

「そのたった一つの証拠で、バルマンがあやしいとにらんだのですか？」ジムが尋ねた。

「いいえ。他にも証拠があります。でも満足のいくものではありませんでした。いいですか、私はミス・キートの助けを借りて、バルマンにラジウムはこの部屋にあると知らせました。一日じゅう見張りをつけておき、夜は誰もいないということも。そして、私がそのとき取って来るつもりだと。ミス・キートに今朝、そう話し、そのときバルマンはガレージのドアの反対側にいました――昨日の朝、と言った方がいいですね」オリアリーは私に説明した。「もちろん、すぐにラジウムを取り出して替わりの箱を用意しました。バルマンは、きっと夜中にそれを取りに来るだろうと踏んでいました。そして、現行犯で逮捕しようと企んだのです。でも、そうはいかず——ゲインセイ、あなたが私の仕事を台無しにしたのです。あなたはずいぶんと厄介なことをしでかしてくれましたね、次から次へと」彼は途中でちらりと、まったくユーモアの感じられない視線を送った。「しかし、理由はわかります。あなたの——おせっかいの」オリアリーは率直にメイダに笑いかけた。それは、彼が特別な機会のためにとっておいた、いかにも勝ち誇った笑いだった。そしてメイダも笑った。「その件であなたを責めるつもりはありませんよ。でも、もし最初に彼女にカフスボタンの件について話すよう助言してくれていたら——」

「あのカフスボタン！」悔恨をにじませてメイダは呟いた。「ごめんなさい。すぐに説明するべきだったわ。でも、話すと——周りに知られることになるから。本当に不愉快だったのよ」彼女の顔がピンク色に染まった。そして、ジムの確固たるゆるぎない視線が彼女に注がれた。

「他に、何が原因でバルマン医師を疑うようになったのですか?」私は慌てて問いかけた。今度ばかりは恋愛のことなどに関心を持つ余裕はなかった。

「私がここで今夜話したことは、大部分は真実です。ただ、人物の名前をハイェクからバルマンに入れ替えれば。バルマンを疑ったいくつかの点は——」彼は、一つ一つ指を折って確認していった。「最初に、コロールのリボルバーについていた指紋です。レゼニー医師とバルマン医師の指紋がはっきりと残っていました。バルマン医師の有効な指紋を手に入れるのに、少し時間がかかりましたが、事件に関わる人間すべての指紋を手に入れました。もう一つの事実は、彼がこの低い窓にボルトを留めるようにと頼んだことです。そしてその依頼は、南口の鍵がなくなったのと同じタイミングでした。中に入れるように準備をしておき、他の人間をラジウムがある部屋から遠ざけようと躍起になっていた。それからミス・キート、あなたが嗅いだエーテルの問題がありました。ヒギンスが言うには、十八号室の窓の外に置かれたコートからエーテルのにおいがしたと。そして、あなたは黄色いレインコートのポケットにハンカチを見つけた。調査をすると、あの金曜の夜、夕食時に病院を離れていたのはバルマン医師だけでした。そして、彼は黄色いレインコートを着ていた。だがそれは決定的な証拠とはならなかった。なぜなら、ミス・キートと同じように、彼もそれを借りただけかもしれない。しかし昨日の朝、彼の車のサイドポケットに小さな空のボトルとスポンジを見つけました。そこにはまだにおいが染みついていました」

「でも、なぜエーテルを?」ジムが訊いた。

「どうやら彼は、ジャクソン氏にエーテル麻酔の吸入を行ない、患者が意識を失っているうちにラジウムを盗んで逃げようとした。しかし、危険がないと思われるまで敷地内でしばらく待って、ようやく十八号室に入ると、他の誰かが部屋にいた。ラジウムはなくなり、患者は死んでいた。次に私がすべきことはアリバイを崩すことでした。貨物用エレベーターがバルマンの住んでいるアパートの奥にあるとわかり、それが可能となりました。彼はその動かし方を知っていた。用心のため、そのエレベーターを使って部屋を出て地下に行った。フロントの深夜勤務の男性は、バルマンが再び外出したことはまったく知らなかった。同じ方法で戻ってきて、電話にちょうど間にあった。嵐がはじまったときに下の道路に出ていったのは彼の車だったのです、ミス・キート」

「彼は狂ったように急いでいたのでしょうね」私は推測した。

「そうですね。あとに残してきたものを考えると、」オリアリーは険しい顔で続けた。「彼はわかっていた。いずれ警報がなり、自分が病院に呼び出されるであろうと。それで電話が鳴ったときは部屋にいたのです」

「すべてをつなぎ合わせると――かなり明確な証拠となりますね」ジムが言った。

「ええ、ほとんど」オリアリーが同意した。「しかし、決定的な自供をさせたかった。ラジウムを盗んだ罪で彼を捕まえるつもりだった。でも、それには失敗しました。あなたが今夜ここで電気を点けたときです、ミス・キート。ハイエクとゲインセイの姿しか確認できなくて、自分が失敗したとわかりました。しかし、バルマン医師があらわれると、自分の進むべき道が見えてきたのです。私はハイエクにかなりの苦悶を与えましたが、まあ、彼はそうされても仕方がないでしょう。なぜあなたは、ここに入り込んだのですか、ゲインセイ？」

ジムは居心地の悪そうな顔をした。

「なぜって、いいですか、オリアリー。コロールが昨夜、病院の南口から入るのを見かけたんです。そして窓ガラスから中を覗いていました。もう少しで彼女を捕まえることができた。宝石箱にラジウムが入っているのはわかっていました。南口のドアからは、廊下はあまりよく見えなかった。でも、彼女が宝石箱を十八号室に置いていったのはわかりました。きっと十八号室は安全だと思って、彼女はそれを置いていったのだと想像がつきました。日中そのことを何度も考え、自分がラジウムを取り戻すべきだという結論に達しました」彼は恥ずかしそうに笑った。「僕は――あまりあなたのことを考えていませんでした、オリアリー。そしてミス・デイのことも心配でした。ええ、そうですよ。僕は本当にばかな振る舞いをしました」

「そうですね」オリアリーが言った。「そうです。あなたは、今後は橋の仕事に専念した方がいいでしょう、ミスター・ゲインセイ」

「あなたのおっしゃるとおりです」ジムは心から同意した。「でも、ここに来たことは決して後悔していません。それにまだ望みを抱いています。まだ失敗してはいないと——僕が取り組んでいることについては」彼の目がメイダに向けられた。彼女の顔が真っ赤に染まった。オリアリーは少年のように笑った。

私はため息をついた。ロマンスの時間はたっぷりある。この事件がすべて明らかになれば。

「ミスター・オリアリー」私は口を開いた。「すべてを証明できますか?」

彼はすぐに真面目な顔に戻った。

「唯一、推測に過ぎないのは——または唯一、単なる理論に基づいているのは、この件においてのレゼニー医師の役割です。たとえ推測でも、いくつかの出来事については確かに起こったに違いないとわかっています。あとはハイエクの名前をバルマンに入れ替える—まあ、そういうことです」

そして、ここで言っておいた方がいいだろう。バルマン医師はすべてを自白した。オリアリーが間違っていた点は一つだけだ。日曜の夜、私とメイダが怯えているとき、カルテ机から鍵を持っていったのはハイエクだった。彼は自分の部屋の窓から外へ出てその鍵を使って、南口に入ったが、私たちが近付いてくる音を聞いて十八号室から抜け出し、また窓から自分の部屋に戻り、中央廊下を通って南病棟に入った。そして、鍵を机の上に放り投げ、自分の部屋に急いだ。

「それでは、ハイエクの罪状否認は嘘だったのですか?」ジムは尋ねた。

「まったく嘘とも言えない。ヒギンスが撃たれた夜、彼は確かに病院を出て果樹園にいた。騒ぎを耳にして急いで部屋に戻った。しかし、その前にコロールと会っていた。もちろん、二人はラジウムを手に入れると決めていて、機会があるごとに協力しあっていた。七日の夜、彼とコロールは果樹園にいた。男が十八号室の窓から入るのを見て、出て来たら捕まえようと待っていた、というのは嘘だったのです。ヒギンスだけが、バルマンが入るのを見ていたが、それが誰か彼にはわからなかった。しかし、コロールとハイェクは、レゼニー医師がセント・アンに行ったのを知っていた。彼が遺体で見つかったとき、ラジウムがまだ十八号室にあると確信した。十八号室の窓辺で聞いていたからです――金のスパンコールのことを覚えていると思いますが、そういうことです。ハイェクとコロールはラジウムを手に入れようと決意を固めていた。そして、廊下で私を殴って意識を失わせたのは、ハ、ハ、イェクだったのです。私が考えていた筋書きはだいたい真実でした。バルマンを捕まえる唯一の方法は、彼の警戒心を取り除くことだとわかっていました。それが可能かどうかはわかりませんでしたが――なんとか、やってのけました。焦りから声が裏返っていたようですが。あまりにも必死で執拗だったので。ぶざまなところをお見せしました。つまらないことでバルマン医師に警戒心を与えてしまった。彼に話をさせなくてはならないのに。そして、彼は自分の代わりに誰かを刑務所に送り込みたいと考えるほど落ちぶれてはいなかった。時間稼ぎに質問をし、なんとかハイェク医師の潔白を証明できないかと試みたようです。同時に自分も不利にならないように。彼はその可能性を素早く探っていたのです」オリアリーは髪を後ろに撫でつけ、非の打ちどころのないネクタイを真っすぐに直した。「あのときは、本当に神経を使いました」

「もし、彼が沈黙を続けて何も言わなかったら?」好奇心から私は訊いてみた。

「いえ、きっと話すと思いました。彼は罪の意識を抱いていた。話すのを拒む人間はいないはずです。そして自分自身の罪をわかっていた。それゆえに、潔白であるかのように振る舞っていた。彼も混乱していたのです。決して、実践的で機転が利くような人ではありませんから。危険とは思わず、ただチャンスに飛びついたのです」

長い沈黙が続いた。廊下の向こうで朝食のベルが鳴る音がかすかに聞こえた。それとともに、意識がはっきりしはじめ、ようやく病棟の仕事を思いだした。立ち上がり、潰れた帽子を手に取り、そしてドアのところで立ち止まって病室を振り返った。

十八号室！　ここでどれほどのことが起こったのか！　この部屋はどれほどのものを目撃したのか！

オリアリーも私に続いて部屋を出た。そして、メイダとジムも。いったん廊下に出て、あの小さな赤い信号灯がまだ鈍く光っているのに気が付いた。十八号室に戻って電気のコードを抜いた。無意識にベッドを直して窓を閉める。

廊下に出ると、メイダとジムがいなくなっていた。オリアリーは南口のドアに立っていた。楽しそうに澄んだグレーの瞳を輝かせ、窓ガラスの向こうを見つめていた。彼の視線の先には、メイダの白い制服とジムのツイードのコートが、日の当たる果樹園の小道に消えていくのが見えた。

「困ったものね、若い人は」私は呟いた。「朝食もまだだというのに」

小道はその向こうにあるレゼニー・コテージを思いださせた。

「コロールとハイェクはどうなるのですか？」私は尋ねた。

「彼らはラジウムを狙っていた」ためらいながらオリアリーは言った。「でも、結局一番いい方法は、ハイェクを追いだして彼らを放っておくことです」

「つまり、病院の立て直しってことですね。新たな医者と、新たな秩序と――何もかも」

オリアリーは頷いた。

「もっともなことですね」彼は考え深げに言った。「どんなに崇高な職業においても、悪党は必ずいるってことです」

「でも、その割合はずっと少ないはずです」忠誠心から私は言った。「患者の信頼に対して不誠実な医者が一人いるとすれば、職務を履行しない銀行員は百人はいるはずです」

私の弁護に対して、彼は温かく微笑んだ。

「あなたは自分を取り戻したようですね、ミス・キート。先ほどの言及には、本来のあなたらしさが出ていました」

ちょうどそこで、オルマ・フリンが私の袖を引っ張った。

「カルテは問題ないでしょうか、ミス・キート？」好奇心で目を丸くして推測をふくらませ、十八号室を覗き見ている。

さて、話はこれで全部だ。

事務医が朝のうちに集まり、理事会の役員たちはとても寛大に支援を申し出てくれた。それからまもなく常駐の医者が揃い、病院の再編成が行われた。

新しい院長の妻はアングロサクソン系の血を引いており、コテージにインド更紗で覆われた家具を並べ立てたり、綿モスリンのカーテンをかけたり、何かと会を催すのが好きだった。彼女は詮索好きな気質で、私たちはあまりうまくいっていない。そして、二人の新しい研修生もやって来た。若々しい頬をした男の子たちで、ミス・ドッティが世話を焼き、何やら不面目な噂が広がっている。

バルマン医師は、頬の傷から感染症を起こし、長くは生きられなかった。コロールとハイェクは姿を消し、それ以来噂も聞いていなかったが、最近、コロールに似た、美しく着飾った女性をヨーロッパのにぎやかな観光地で見かけた、という噂が聞こえてきた。おまけにギャンブルで大金を成したとも。私が察するに、コロールは相変わらず柔らかな場所に身を置き、良心がとがめられることなど決してないのだろう。

メイダとジムは、私がここに記した事件の後、すぐにロシアに発った。二人からはしばしば便りが来る。ニュースやスナップ写真でいっぱいの長い手紙だ。

ランス・オリアリーともときどき会う。それからもいくつかの事件で、わずかばかり力になったりもした。

しかし、たいていはセント・アンにいて、私は今もこれまでどおりの勤務をこなしている。ただ、あの鋼(はがね)のような青い瞳がなつかしくてたまらない。

そして、あの閉ざされた、いわくありげな十八号室のドアには、決して近付かないようにしている。

訳者あとがき

ミニオン・G・エバハートは、一八九九年にアメリカのネブラスカで生まれた。一九二〇年代から一九八〇年代まで、長きに渡って執筆活動を行ない、アメリカン・アガサ・クリスティーと呼ばれた作家である。

本書は、エバハートの処女作にあたり、まさにこの作品から彼女の作家人生が始まったのである。看護婦ミス・キートを主人公とする物語は、のちにシリーズ化され、本作は一九三八年に本国にて映画化されている。

舞台は、歴史と伝統のある、とある病院。ここで三つの殺人事件が起きるわけだが、主人公以外全員あやしいといった状況の中で、どう犯人を追い詰めていくのか、繊細かつ緻密に計算されたプロットにて物語は展開する。女性作家ならではの丁寧な場景描写や感情表現も読みどころである。

なんといってもユニークなのが、主人公のキャラクターだ。今では、ほぼ死語となっているオールドミスの婦長ミス・キートの活躍が、どこか滑稽で微笑ましく、職務に対する真摯な姿勢には胸を打たれる。大胆でありながらも、他人に対して常に細やかで、誠意ある対応を見せる女性だ。なかなか、いそうでいないタイプではないだろうか？　オリアリー警部との会話のやりとりも絶妙である。

病院という閉ざされた中での殺人事件。犯人は身近にいるという恐怖。些細な事件が、また事件を呼び、何人もの人間が巻き込まれて絡みあっていく。かなり細かな場景描写の中に、重要な鍵が隠されているため、時間のある方は、ぜひ読み返してみることをお勧めしたい。なるほど、と納得する部分がいくつか出てくるはずだ。

ところで、ストーリーのキーワードとなる「ラジウム」について、少しだけ解説を加えたい。ラジウムは、かの有名なキュリー夫妻によって一八九八年に発見された。この作品が書かれたのは一九二〇年代である。当時は、病院で放射線治療などに使用された。簡単に言えば、銀白色の石らしいが、かなり高価なものであったのは話の中でもうかがえる。研究者にとっては貴重な研究材料であり、病院の治療においては画期的な治療法だった。エバハートが、ラジウムに目をつけたところが、なんとも興味深い。

この時代のアメリカの病院はどのような所であったのかと想像力をかきたてられるが、本質的な部分は現代とあまり変わらず、さして日本ともそんなに違いがないことに気付き、かえって驚かされた。夜勤、見回り、注射、検温、氷枕、研修医制度、看護学生研修、看護婦と医者との色恋沙汰、女性同士の密やかな確執など。現代でもそっくりそのまま続行中ではないか！　看護婦が社会の一階層を占めている、という言葉もどこか頷ける。

人の死と幾度も向きあってきたであろう看護婦が、殺人事件や遺体にこれほどまでに怯え、胸を痛める場面は、人間の本質や良心について巧みに描いていて、作者の人柄までもがあらわれている気がする。

事件あり、友情あり、恋愛あり、のミステリをぜひ堪能していただきたい。

最後に、愛すべきオールドミス、サラ・キートが登場する作品について、ここで紹介させていただきたい。

The Patient in Room 18（1929）、『夜間病棟』本書
While the Patient Slept（30）
The Mystery of Hunting's End（30）
From This Dark Stairway（31）、『暗い階段』六興出版部
Murder by an Aristocrat（32）
Wolf in Man's Clothing（42）
Man Missing（54）

ミニオン・G・エバハートの処女作

野村恒彦（神戸探偵小説愛好會）

本書の作者であるミニオン・G・エバハート（Mignon Good Eberhart）は一八九九年に米国ネブラスカ州リンカーンのユニバーシティ・プレイス生まれで、一九九六年に死去した。彼女はまた、一九七七年にアメリカ探偵作家クラブ（Mystery Writers of America）の会長にも就任している。『世界ミステリ作家事典［ハードボイルド・警察小説・サスペンス篇］』（森英俊編）によれば、エバハートは五九作におよぶ長編小説の著作があると紹介されている。彼女が登場させたシリーズ探偵は、本作にも登場するセント・アン病院の婦長サラ・キートと警察官ランス・オリアリーのコンビがある。本書『夜間病棟』（原題 The Patient in Room 18）は彼らが登場する最初の作品であり、一九二九年刊行のエバハートの処女作でもある。

日本での彼女の長編作品の紹介は非常に早く、戦前まで遡ることができる。その作品は『霧中殺人事件』（原題 The Dark Garden、英題 Death in the Fog）であるが、その訳者は神戸を中心に活躍し、自身も探偵小説を執筆していた酒井嘉七である。

酒井嘉七はその訳書『霧中殺人事件』の序で次のように書いている。

こゝに譯出した"The Figure in the Fog"は、女史の作品中、最も傑れたものである。これは、歐米批評家の等しく認めるところであり、かの「レッド・ブック・マガヂン」の編輯者もまた、その誌上に於て激賞してゐる。それにしても、この傑れた作者と作品が、これまで、何故わが國に紹介されなかつたのだらうと、不可解にさへ感じられる。恐らくこの一篇によつて、我が國の讀者は、ミニオン・ヂイ・エバアハートに大いなる魅力を感ぜずにはゐられなくなるだらう。

しかし、訳者酒井嘉七の熱烈な推奨にもかかわらず、残念なことにエバハート作品は、その後続けて翻訳されることはなく、次の訳書の刊行は戦後まで待たねばならなかった。

エバハートの長編作品の邦訳は、現在までに『霧中殺人事件』を含み五冊が刊行されている。それらを列挙すると次のようになる。

『霧中殺人事件』　日本公論社　酒井嘉七訳　一九三六年（原著刊行　一九三三年）

『高架線の戦慄』　代々木書房　長谷川修二訳　一九四一年（原著刊行　一九四一年）

『暗い階段』　六興出版部　妹尾韶夫訳　一九五八年（原著刊行　一九三二年）

『見ざる聞かざる』　早川書房　ハヤカワ・ポケット・ミステリ654　村崎敏郎訳　一九六一年（原著刊行　一九四一年）

『死を呼ぶスカーフ』　論創社　板垣節子訳　二〇〇五年（原著刊行　一九三九年）

『嵐の館』　論創社　松本真一訳　二〇一六年（原著刊行　一九四九年）

そして次に本作『夜間病棟』がリストに加わることとなる。

このリストのうち『高架線の戦慄』は所持していないが、前述の『世界ミステリ作家事典［ハードボイルド・警察小説・サスペンス篇］』にはその原題としてStrangers in Flightの記述がある。

エバハートの長編作品の本邦初紹介の訳者は、先に述べたように酒井嘉七であった。その酒井嘉七のご家族の熱意によって編まれた論創ミステリ叢書第三四巻『酒井嘉七探偵小説選』の横井司氏による解説の中には、酒井嘉七の長女である珠璃子氏の写真が掲載されているが、彼女の背景にある写真がエバハートであることも注目すべきことである。酒井嘉七が何故エバハートの作品を翻訳することになったのかは、今となっては不明であるが、海外での情報をいち早く知ることができた仕事に就いていたことも大きな理由の一つであることは間違いないと考えられる。現に『霧中殺人事件』の原著の刊行は、翻訳書が刊行された三年前の一九三三年のことである。

戦前に早くも紹介されていたにもかかわらず、終戦後、彼女の長編作品の紹介が立ち遅れていたことは否定することができない事実であろう。それは先程記した既訳長編作品一覧を見ていただければ、容易に理解することができる。

終戦後の翻訳は、まず六興キャンドル・ミステリーから刊行された『暗い階段』（原題From This Dark Stairway）がある。この作品は本書にも登場するサラ・キートを主人公とするシリーズの第四作である。エバハート作品は戦前に『霧中殺人事件』が刊行されたとはいえ、ほとんど本邦初紹介と言ってよい状況だったために、田中潤司による解説も相当詳しいものになっている。最初に女性探偵小説作家の歴史をアンナ・キャサリン・グリーン（解説ではカザリンとなっている）から書き起こし、M・R・ラインハートからメーベル・シーリーにまで至っている。もちろんその中にはアガサ・クリスティーの名前もあるばかりではなく、P・A・テイラーや、デビッド・フロムとレスリー・フォードの筆名を持つゼニス・ブラウンまでもが紹介されている。さらに同解説には『二十世紀著述家辞典』に掲載されたエバハートの略歴や、ヘイクラフトによるエバハートについての紹介文が含まれている。

次に早川書房のハヤカワ・ポケット・ミステリから刊行された『見ざる聞かざる』は『暗い階段』から三年後に刊行された。この間隔は比較的短いと考えるが、当時のポケット・ミステリのラインアップから考えると、クラシック作品と新しい作家の作品とが入り混じっている時期であり、ちょうど過渡期にあたっていた。その後続けて翻訳されなかったのは、このような時期に翻訳が刊行されたのも原因の一つかもしれない。

しかし、訳者の方も田中潤司と同様に彼女の作品紹介には相当に力が入っていた。事実『見ざる聞かざる』(原題 Speak No Evil) の訳者である村崎敏郎は、そのあとがきを「強力な女流作家のエース」と題して次のように書いている。

ところで、いつか小生は我国の海外探偵小説の翻訳に明確な基準がないことを指摘し、作品の紹介がでたらめだと書いたことがある。あまりに数多い男の作家はしばらく別にして、いまここで頭に浮かんだ、ぜひその作品を数多く訳出してもらいたい女流作家だけを数えても五指に余るが、それぞれの作品の紹介ぶりがひどくかたよっている。つまり、とりあえず思いつくのは次の六人である。

この記述の後に六人の女流作家の名前が掲げられているが、それらには、メリイ・R・ラインハート、ドロシイ・セイヤーズ、アガサ・クリスティー、ナイオ・マーシュ、マージェリー・アリンガムと並んでミニオン・エバハートの名前がある。このようにエバハートは戦前戦後を通じて、海外ミステリファンの間では気になる作家の一人であったのである。

この訳者あとがきの執筆された時期から既に五十年以上が経過しているため、現在ではそこに描かれている状況とは大きな変化がある。例えばクリスティ、セイヤーズについては全作品の翻訳が刊行されたし、マーシュ、アリンガムについては近年再評価が著しいと言っても過言ではないだろう。ところが、これら四人の作家をめぐる状況と比較して、ラインハートとエバハートのそれはあまり大きな変化が見受けられないのは残念の極みである。

エバハート作品の翻訳の状況は、例えてみると、ドロシー・S・デイヴィス(Dorothy Margaret Salisbury Davis)と少し似ているところがあると思われる。デイヴィスとエバハートの二人ともアメリカ探偵作家クラブの会長に就任しているという経歴もそうであるが、多作家であるにもかかわらず日本での翻訳の不遇さにも共通点がある。デイヴィスの翻訳は『優しき殺人者』とその十九年後に刊行された『暗い道の終わり』のわずか二冊しかなく、その後も長編の翻訳は出版されていない。『優しき殺人者』は秀作だったとの記憶があるので、未訳作品が多いのは余計に気にかかるところである。

閑話休題。

そのような状況の中で二〇〇五年に「論創海外ミステリ」叢書から『死を呼ぶスカーフ』(原題The Chiffon Scarf)が刊行され愛好家の間では話題になったが、残念ながら続けて翻訳が出版されることはなかった。

ところが事態が変わったのは昨年（二〇一六年）である。五月に『嵐の館』（原題 House of Storm）が刊行され、一年の間隔を空けることなく本書『夜間病棟』が読者の前に登場することとなったのである。

また、本書のようなクラシック作品の翻訳では常に話題になることがある。それはハヤカワ・ポケット・ミステリの初期刊行書の一部に掲載されていた近刊予告の内容である。エバハートの作品もその例外ではなく、その近刊予告には『暗黒の階段』と『18号室の患者』の題名が見える。前者は先述の『暗い階段』であり、後者が本書『夜間病棟』であることはすぐに理解していただけるものと思う。これでまたクラシックファンとしての不満が一つ解消されたわけだ。

さて本書の内容であるが、セント・アン病院の十八号室では三人の犠牲者が出ていた。その病室に患者を入れようとすることもあったが、もちろん患者から拒絶される。たとえそのことを知らずに入院した患者でも、数時間後には違う部屋に移ることを要求されるのである。そんな折、十八号室にラジウム治療を行う患者が入院した。そして夜になってその患者が死体となって発見されるのだが、死体発見までの描写で、じわじわと恐怖が盛り上がってくるところなどはゴシック・ロマンスそのものである。そして、このような描写が本書の中に何度も出てくる。しかも、病棟の都合でそのような事件が起こった十八号室に新たな患者が入ることになるが、その後にまた殺人事件が起こることになる。

処女作なので少しぎごちないところはあるが、作者のゴシック・ロマンス風のミステリを目指した意図は明白である。『暗い階段』ではこの風味は薄くなっているが、それでもその影響は感じることができる。この味付けは昨年刊行された『嵐の館』でも発揮されている。

作者のシリーズ・キャラクターであるサラ・キート（『暗い階段』では、セアラ・キートと訳されている。）は、本編ではセント・アン病院に勤務しているが、『暗い階段』ではメラディー記念病院の三階東廊下病棟看護婦長となっている。本書と『暗い階段』の間には三つの長編があるので、この間に転職したのであろう。そのあたりのことも知りたいところだ。

先述のようにエバハートの未訳長編作品は、本当に数多くある。これらが次々に紹介されていき、エバハート作品の全貌が明らかになることを心から願っている。

最後になりましたが、本解説を書くにあたり、湘南探偵倶楽部の奈良泰明氏より『霧中殺人事件』に関する資料をご提供いただきました。また、酒井嘉七が初紹介したエバハートの作品の解説を執筆する機会が与えられたことは、偶然とはいえ光栄なことであると考えています。この機会を与えていただいた論創社編集部の林威一郎氏、黒田明氏にこの場をお借りしてお礼を申し上げたいと思います。

〔訳者〕
藤盛千夏（ふじもり・ちか）
小樽商科大学商学部卒。銀行勤務などを経て、インターカレッジ札幌にて翻訳を学ぶ。訳書に『殺意が芽生えるとき』、『リモート・コントロール』、『中国銅鑼の謎』（いずれも論創社）。札幌市在住。

夜間病棟（やかんびょうとう）
——論創海外ミステリ 185

2017年7月20日　初版第1刷印刷
2017年7月30日　初版第1刷発行

著　者　ミニオン・G・エバハート
訳　者　藤盛千夏
装　画　佐久間真人
装　丁　宗利淳一
発行所　論 創 社
〒101-0051 東京都千代田区神田神保町2-23 北井ビル
電話 03-3264-5254 振替口座 00160-1-155266

印刷・製本　中央精版印刷
組版　フレックスアート

ISBN978-4-8460-1562-6